藥堂營業中

1

風 文創 1224

朝夕池 著

目錄

序文

朝夕池

中醫藥學文化博大精深，藥材的炮製過程和炮製後藥材的變化時常讓我驚嘆它的神奇。

我時常在想，若是這門鬼斧神工的非物質文化遺產技藝能融入我們每個人的生活，會碰撞出怎樣的火花？

於是便有了這本書，一個愛意、勇氣和藥香交織的故事。

女主瀟箬是末世異能者，意外穿越到農耕為主的朝代，爹娘雙亡，家庭貧困，還有一雙年幼的弟弟、妹妹需要撫養。

為了活下去，她靠火系異能學習炮製藥材的技藝，在新的世界裡勇敢闖出一片新天地。

希望這個故事能為千里之外，翻閱這本書的讀者帶來全新的閱讀體驗，一起在文字的世界裡，愛過去，也愛未來。

第一章

瀟箬費勁睜開雙眼，映入眼簾的是兩張胖嘟嘟的小臉蛋。

看見她微微睜眼，其中一張小臉蛋立刻扭頭朝外頭嚷嚷起來。「劉大爺！張大娘！阿姊醒了！」

另一個小臉蛋嘴巴一癟，細細的眉毛皺成一團，藕節似的小胖手立刻摟住瀟箬的脖子，嚎啕起來。

「嗚哇哇……阿姊，阿姊妳可醒了嗚嗚嗚……妳嚇壞嫋嫋了，嗚嗚嗚……」

兒童稚嫩的聲音在耳邊炸開，雖然奶聲奶氣，可是直接在耳朵旁近距離輸出也是非常可怕的。

瀟箬頓時覺得好像被高音炮持續轟擊，腦袋嗡嗡作響。

她印象中最後的畫面是在基地的生物演變研究室裡，足足六個小隊的叛軍團團圍住她，要她交出變異基因秘鑰。

叛軍頭子擠弄著他的綠豆眼，肥胖的臉上掛著猥瑣的笑容，試圖延攬瀟箬。

「瀟隊長，只要妳交出基因秘鑰，妳就是我們長盛軍的大功臣，到時候君主一定不會虧待妳的。看看，妳每天要刀裡來、槍裡去的廝殺，也太危險了，像妳這樣的大美人，君主一定會讓妳……」

不等這個豬頭隊長把話說完，瀟箬冷哼一聲，指尖暗暗蓄能。

「一頭肥豬，想得還挺美，我瀟箬生平最大方，這就請你們吃烤乳豬！」

話音剛落，幾團青色火焰憑空出現，直衝叛軍頭子方向。

五千多度的高溫瞬間讓整個實驗室空間扭曲坍塌。

按照原定計劃，在實驗室坍塌瞬間，十幾里之外的隊友應該迅速打開空間紐帶，將她轉移至安全地帶。

不知為何，該出現的空間紐帶並沒有如期而至。

在最後一刻她只能用盡體內所有異能，凝結成一個絕對空間，包裹住秘鑰，任由自身墜入無邊的黑暗。

我死了嗎？還是這是臨死前的幻境？

瀟箬想抬手將埋在自己肩窩裡嚎啕的小腦袋瓜移開，卻感覺自己的手被千斤重物壓住一樣，無法挪動分毫。

「哎喲小祖宗，妳可別壓著妳阿姊了！」一個胖婦人聽見嚷嚷聲，從門外小跑著進來。

「箬箬啊，妳可醒了，擔心死我了。」

胖婦人跑到床邊，一把將還在嗚嗚哭泣的娃娃從瀟箬身上抱起來。

「嫋嫋別哭了，妳阿姊剛醒肯定餓了，妳和昭昭去給劉大爺幫忙，弄點吃的來。」

胖婦人從粗布口袋裡費勁地掏出兩小塊粗糖塞進兩個小娃的手裡，連哄帶趕地將兩個抽抽噎噎的小傢伙送出門外。

瀟箬還沒來得及感嘆終於耳根清淨，胖婦人又折返回床前，拉住瀟箬的一隻手開始抹眼淚。

「箬箬啊，妳這個傻姑娘，怎麼就想不開要尋短見呢……」

婦人的手粗糙但是熱呼呼的，加上力氣比較大，這麼看似輕輕拍了兩下，瀟箬卻覺得自己的手好像被板子打了一樣疼。

「那瘸拐張也真不是東西，就算是遠方表親，也不能強迫妳嫁去他家啊！箬箬妳別怕，有大娘我在，我就不信那瘸拐張還能上門來硬搶不成！」

說著又摸了摸瀟箬的頭，把她鬢角散亂的一縷髮絲別到耳後。

「妳爹娘在的時候沒少照顧我家兒子，多虧妳爹教我家大娃算術識字，我家大兒才能進縣城去替人當跑堂夥計，賺得幾個錢養家餬口，我們一家人才有機會搬到縣城邊過好日子。」

婦人擦了擦濕潤的眼角又說道：「那殺千刀的瘸拐張，看妳爹娘沒了，加上我們都不在村裡，欺負你們無依無靠，想強娶妳給他家小瘸子當便宜媳婦！」

婦人越說越來氣，恨恨地一跺腳。「看我張翠花這次不去撕了他的嘴！拆了他家驢棚！就他家那破落草房子也敢叫囂要給他家小瘸子娶三妻四妾，作他個春秋大夢！」

瀟箬躺了一會兒終於積攢一些力氣，費勁地抬起沒被張大娘握住的那隻手抹了一把臉，勉強擦掉大娘太激動而不小心濺到自己臉上的口水和眼淚。

這一會兒工夫，瀟箬心裡就琢磨出了個大概。

自己應該是在實驗室的坍塌中死了，不知道什麼原因，靈魂並沒有滅亡，而是重生到這個叫箬箬的女孩身體裡。

在末世見到了太多知人知面不知心，瀟箬謹慎地選擇不說出真相，即使眼前這個張大娘看起來是真心對這個身體原主人好。

姑且先這樣吧，觀察清楚後再做後續打算。瀟箬心裡暗暗做好決定。

既然如此，收集資訊就是第一步。

瀟箬自醒來後就沒怎麼開口說話。

一是原身昏迷的時間長，嗓子嘶啞乾澀。二是多說多錯，倒不如多聽旁人言語。

別人問她身體感覺如何，她就抿著嘴笑，再輕輕咳兩聲，旁人也就知道打住話頭不再追著聊天了。

幾天的休養後，她從旁人的敘述中，摸清了這個重生世界的大致情況。

原身也叫瀟箬，字如何寫不知道，但是發音一致。

原身爹娘在三個月前過世，據說是得了急病，突然雙雙撒手人寰，留下十六歲的瀟箬和兩個五、六歲的雙生弟妹。

這個家並不富裕，爹娘在世時是靠著耕種一畝薄田換取一家人的口糧，農閒時爹爹替人抄寫書信，賺取微薄的酬勞。

可是這個小村子裡大家都不寬裕，幫忙抄寫書信，鄉里鄉親也就意思意思給幾個銅板，有時候還會拿自家醃菜或者雞蛋來代替書信錢。

雖然沒有攢下什麼家底，但也不缺三個孩子的吃喝。

原身和兩個弟妹肉眼可見地被養得很好，皮膚白淨，衣衫齊整，完全不似村裡其他孩子在鄉野溝壑裡摸爬滾打，皮膚黝黑。

特別是兩個雙生弟妹，五、六歲還沒褪去兩頰的嬰兒肥，手臂藕節似的胖乎乎，像年畫裡走出的一對龍鳳娃娃般。

瀟箬甚至發現在這個鄉野人們普遍大字不識幾個的情況下，她的便宜弟弟、妹妹不僅能背誦《百家姓》、《三字經》這種啟蒙文學，還能簡單地計算出百位數以內的加減。

看來原身爹娘並不是普通的鄉野農家，尋常農家屋子裡有空位置都是堆放育種柴火，哪有多餘地方騰出來放書架。這個家裡卻不只一個書架，架上的書籍更是五花八門，從農耕醫學到精算推演，足足有百來冊。

許是個沒落的書香世家？

聽聞爹娘在幾十年前逃荒到這個小村子，看這兒水土尚算豐美，就在這兒落戶安家、生兒育女。

瀟箬沒時間繼續琢磨過世的爹娘是從何處來，眼下她有一堆麻煩事迫在眉睫。

第一件事就是她剛醒來時，張大娘口中的瘸拐張逼婚。

這個瘸拐張並不是本村人，是十八里外隔壁村東頭的一戶人家。

爹娘在世時，瘸拐張曾經把他唯一的兒子送來瀟箬家住過一陣子，說是會給束脩，讓瀟箬爹爹教他識字算術。

其實就是圖瀟箬爹爹不是正經的私塾先生，占個便宜地方學字而已。所謂的束脩，也從來沒有在眼皮子底下實打實的出現過。

這瘸拐張的兒子叫張光宗，不知是遺傳還是怎麼的，左腿也有點瘸，走路一跛一跛的，因此沒少被村裡其他孩童嘲笑叫他小瘸子。

只有瀟箬沒有笑話他，加上瀟箬從小就生得眉清目秀，一雙光閃閃的大眼睛一笑起來就跟小月牙似的，這小瘸子就惦記上了瀟箬。

張光宗每次回家都要和瘸拐張念叨以後要娶瀟箬，念叨的次數多了，加上瘸拐張婆娘是個大嘴巴，隔壁村不知怎的就傳開了瀟箬訂了親給張光宗。

鄉里傳話極快，幾天工夫，這個訂親的傳言就傳到了本村，自然也傳到了瀟箬爹娘耳中。

那時候瀟箬才剛滿十歲，花苞都還沒長起來，可不能被流言給生生折了枝條。

瀟箬爹爹趕緊將張光宗送回瘸拐張家，明確說明不再教其識字，以後還請不要再來往，瀟箬也不會與張光宗訂親。

可是這瘸拐張沒別的特長，占便宜和臉皮厚倒是特別突出。哪怕瀟箬爹爹當著大夥的面說得如此清楚，他也依舊讓小瘸子兒子準時準點跑去瀟家。吃了幾回閉門羹後，又時不時讓小瘸子兒子帶點馬蘭頭、小魚仔之類的便宜山貨上門，硬是軟磨硬泡又瞎纏了幾個月。

到最後甚至不清不楚地對外說自己家和瀟家是遠方表親，往上數幾輩子可是表兄弟。磨得瀟箬爹娘實在無法，對人解釋都解釋不清，索性就隨瘸拐張一家去了，頂多就是不教不問不聞。

本來也就這樣過下去，誰知瀟箬爹娘突然過世，瀟箬又已過及笄。瘸拐張看著瀟箬如春花般的面容和家裡的兩間房子，這心思就起來了，到處嚷嚷著他身為遠房表親要照顧瀟家。瘸拐張的婆娘把陳年舊聞翻出來，說瀟箬是她兒子從小定下的媳婦，自然是要來她家的。

還說瀟箬的兩個弟妹和瀟箬年紀相差十歲，定不是她爹娘親生的種，沒準兒是從哪個野外撿來的，讓瀟箬早早趕走兩個拖油瓶，帶著家裡東西做嫁妝到張家。

瀟箬越聽越來氣，她瀟大隊長已經十幾年沒有受過這樣的鳥氣。

要是擱在她重生前，瘸拐張這樣厚顏無恥的一家人早讓她一把火給燒了，骨灰都被她給揚了。

可是重生後別說火系異能，就這纖瘦的身體，揚起鋤頭都費勁，還揚別人骨灰呢。

瀟箬重生的這個朝代還處於農耕時期，太陽下山後並沒有什麼娛樂，大家都早早地回家休息睡覺。

村裡漸漸陷入寂靜黑暗中，只有偶爾幾盞如豆燈火從沒有關嚴實的窗櫺照到地面上。畢竟這燈油也不是便宜東西，大部分人還是不捨得在家多備。

其中就有瀟家一盞。

瀟箬和弟妹正圍著小桌子吃著晚飯。

說是晚飯，其實也就是四張發硬的餅子和張大娘送來的臘肉炒薺菜。

餅子是妹妹瀟嫋烙的，柴火是弟弟瀟昭架起來的。弟弟瀟昭的小臉蛋上還有幾道沒擦乾淨的炭灰。

瀟箬不會做飯，她十幾年來大部分時間喝的是營養液，偶爾想改善伙食，就去基地美食愛好者開設的實體飯店打打牙祭。

張大娘看姊弟三人乾啃硬餅子實在心疼，回家匆匆炒了個菜送來讓他們就著吃。

雖然張大娘沒有明說什麼，只叮囑瀟嫋和瀟昭聽姊姊的話，但是瀟箬還是從張大娘蹙起的眉頭中看出了一絲嗔怪。

的確，十六歲在這個朝代已經不算小，按理是要操持家裡活計，更何況弟弟、妹妹才

五、六歲，是實打實的孩童，卻要弟弟、妹妹來照顧自己這個姊姊。

瀟箬心中也分外不是滋味。

「孄孄。」瀟箬給妹妹挾了一筷子臘肉。「阿姊前陣子摔下山讓你們擔心了，妳能和阿姊講講，阿姊摔下山之前的事情嗎？」

瀟孄看了看碗裡紅通通的一小塊臘肉，咬著筷子尖嗦了一口，又把肉撥到瀟箬的碗裡。

「阿姊不記得了嗎？」她胖嘟嘟的小臉蛋近日居然有了一絲消下去的樣子，沒有瀟箬第一眼看到時那樣細嫩。

「阿姊那天說要上山給孄孄採紅莓莓，讓弟弟和孄孄在家裡等，可是孄孄和昭昭在家裡等了好久好久，阿姊都沒回來，太陽都快下山了。」

瀟孄說著說著皺起了小眉頭，小五官擠成一團，像顆還沒上鍋蒸熟的小肉包。

「後來瘸子爺爺來了！」瀟昭搶著說：「瘸子爺爺還帶著搖搖哥哥！他們一起來的，一來就推門喊著要找阿姊！」

瀟昭說的搖搖哥哥就是張光宗，隨著年紀越大他走路越發搖晃，這才被瀟昭和瀟孄喊搖搖哥哥。

「我說阿姊不在，瘸子爺爺還不相信呢，說我騙他。」

瀟孄嚼著菜含含糊糊地說：「瘸子爺爺就一定要進來看阿姊在不在，弟弟站在門口，瘸子爺爺還把弟弟推倒了，還說兩破瓶子什麼的……」

瀟嫋學著瘸拐張當時的動作和語氣，筷子一揚，對著空氣軟軟的一推。

瀟箬知道這是瘸拐張欺負兩個娃小，罵他們是拖油瓶。

她恨恨地一咬後槽牙，這便宜弟妹雖然不是自己親弟弟、親妹妹，但是聰明可愛，又乖又軟。從她醒來後天天黏在她身邊，一口一個阿姊叫著，有點什麼好吃的東西都想塞給她，對她撒嬌，要她快快好起來。

瀟箬已經把這兩個娃娃劃分到自己的保護範圍內，既然占了原身的肉體，自然要替她照顧好她的弟弟、妹妹。

「不過瘸子爺爺和搖搖哥哥看阿姊真的不在就走了，還把阿姊種在門口的胡蘿蔔拔走了好多哦……」

瀟昭也皺起了小眉頭，他這是心疼阿姊種的胡蘿蔔。

爹娘走後阿姊就忙得很，每天都要去田地裡看看禾苗，回來又要餵雞鴨。

胡蘿蔔是阿姊摸黑育苗種下的，好不容易長成了手指粗細，這下突然被拔走了好多，他真是心疼得緊。

瀟箬看兩個娃娃如出一轍的皺包子臉，也心疼得厲害。

她一把將兩人摟到懷裡，揉著兩人的小胖臉。「沒事，胡蘿蔔拔了我們還能種。昭昭被推倒了痛不痛呀？」

瀟昭很有男子漢氣概地握了握拳頭。「不痛！爹爹說男子漢流血不流淚！昭昭也沒有流血！」

這個男子漢氣概一閃而逝，瀟昭又馬上把頭埋進了長姊的肩窩小聲說道：「瘸子爺爺走後沒多久，阿姊就被劉大爺和叔叔們送回來了。阿姊那時候動都不動，臉白白的和雪一樣，嚇壞昭昭了……」

聽著弟弟咕噥，瀟嫋也有樣學樣地把頭埋到長姊的另一側肩窩。「嫋嫋也嚇壞了，嫋嫋都哭了……」

瀟箬看著懷裡撒嬌的兩人，心裡是又暖又酸。

她已經有很多年沒有和人這樣緊緊擁抱，這樣被全身心的依賴著。

在末世時代，她是異能強者，帶著手下幾十個人在資源匱乏的蠻荒地帶艱難求生，時時提防變異生物的攻擊，監視人類叛軍的一舉一動，甚至對自己的隊友、手下也不能完全信任。

要知道在那樣的環境下，自己能活下去永遠都是人的第一目標。

為了能讓自己活下去，多年的隊友說翻臉就翻臉，昔日幫你擋住敵人攻擊的刀刃可能轉頭就刺進你的胸膛。

人人信奉強者，信奉資源為上。

瀟箬這幾天不是沒有想過自己的死亡是不是源於另一場背叛，但是她並不是一個鑽牛角尖的人，既然自己已經重生到這個世界，原世界的背叛與否也不再重要。

眼下最重要的還是弟弟、妹妹，她是這兩個孩子的長姊，也是他們唯一的保護者，她需要承擔起身為長姊的責任。

她要讓弟弟、妹妹吃飽穿暖，不受人欺侮。

第二章

當晚為了安撫弟弟、妹妹，瀟箬姊弟三人擠在一張不算大的床上過夜。好在瀟嫋、瀟昭年紀小，身量也小，三人睡一張床也不算太擁擠。

瀟箬睡在中間，左右各一個軟軟暖暖的小身子緊挨著她，好像兩個小暖爐一樣。她摸著兩個娃軟軟的胳膊肉，心裡盤算著這個家裡的物資。

儲存的米還有三缸，約莫有一百來斤，每缸米裡放了幾球大蒜防蟲，按照他們三個人的食量，倒是能撐好幾個月。

另外家中還有米粉、麥粉各一袋，依照這幾天村裡人所說，再過個把月就是雨季，米粉、麥粉不耐潮，要先用掉，避免浪費。

肉類沒有多少儲存，翻箱倒櫃也就找出來一小條臘肉，還不到一斤。

院中有四隻母雞，卻是留著下蛋的，不能宰殺。瀟嫋、瀟昭還小，蛋白質補充不能少，每天雞蛋要先緊著他們吃。

這光吃蛋也不夠，家裡沒有找到什麼現錢，看來不能去買現成的肉，她得想想辦法再弄點其他肉類。

家裡還有一畝多的地，也要找個時間去看看。雖然她不會種地，但是她可以學，家裡的米總有吃完的一天，不種地可沒有來年的糧食。

還有現在天氣暖和，這個村子後面就有山，山上應該山貨、野果資源不少，也得去山上多尋些自然饋贈。

盤算來、盤算去，瀟箬不知不覺睡著。

她作了一個模模糊糊的夢，夢中有兩個看不清臉的中年人，一男一女，衣著樸素整潔，遠遠地看著她。

瀟箬想靠近看看兩人長什麼樣，可是無論怎麼追都追不上，兩人始終和她保持著固定的距離。

瀟箬想問他們是誰，但是張開嘴發不出一絲聲音，急得她手腳並用的比劃，想知道這到底是怎麼回事。

中年男女並沒有回應她，不知道過了多久，那兩人緩緩給瀟箬作了一揖，轉身消失在她的視線裡。

隨著中年男女身影淡去，瀟箬也慢慢轉醒。

懷裡的瀟嫋、瀟昭還在熟睡，肉乎乎的小手還緊緊攥著她的衣襟，縐巴巴的衣襟在訴說著雙胞胎內心深處的不安。

小傢伙們還是挺敏感的。

瀟箬心裡酸酸的，慢慢起身，乾脆把外衣脫下，蓋住兩個娃。

外衣帶著長姊身上淡淡的幽香，籠罩著尚在夢中的瀟嫋、瀟昭，似是略微安撫了兩人，兩個娃娃向更深的黑甜鄉墜去。

瀟箬前世神經時刻緊繃，本就淺眠，加上這幾日借著養傷的名頭著實睡了不少覺，現在外面雖然天剛泛魚肚白，雞未叫第一遍，她就已經再也睡不著。

琢磨了一會兒剛才的夢，瀟箬覺得夢中的中年男女可能就是原身的爹娘。

至於為什麼她會夢到，有可能這是原身本就留存的記憶。

原身說到底也就是個十五、六歲的小丫頭，擱在瀟箬的前世，十五、六歲還是個孩子，思念自己過世不久的爹娘也是人之常情。

也可能是原身爹娘放心不下家中三個孩兒，特來她夢裡託她照料這三個可憐孩子。

雖然瀟箬不信鬼神玄怪之說，可她都能重生了，這鬼神到底是不是真的存在，也不可斷言。

既然受了夢中男女一禮，自己又本就打算好好照料這個家，那就要前塵往事皆雲煙，她再也不去想前世的事情，一門心思開始為這個小小的家庭忙碌開來。

做飯還未學會，灑掃歸置之類的活計總歸難不住她。

裡屋兩個娃娃還在睡覺，瀟箬就沒有打掃。

小孩子還是需要多些睡眠，多睡長得高。

推開外屋的房門窗戶換氣，就著外面熹微晨光在地面微微撒上一些水，瀟箬仔細地用笤帚掃過一遍。

房子是土木混建的，地面也是夯實的土，直接掃會揚起大片灰塵，撒上一些水再打掃就不會滿屋是灰。

清掃完外屋地面，擦完桌椅後，她邁出房門。

瀟家所在的村子叫井珠村，村子不大，一共也就二十來戶人家。

家家戶戶都有十幾公尺的距離，並不緊挨著，大部分都是兩、三間土木混建的一層矮房，再往四周圍一圈竹籬笆，便算是自家的院子。

瀟家位於井珠村的西南面，同樣是前後兩間土木房。

後面的做裡屋，裡屋隔做三個房間，最左邊是瀟家父母在世時的臥室，最右邊大部分是姑娘家的衣衫，是瀟箬的房間。

中間房間則是做了個小隔斷，一半給雙胞胎姊弟睡覺，另一半就放著三個通頂的書架，上面整齊排放著百來冊書籍。

外屋則是多了桌椅，類似於門廳的作用，只是房屋角落擺放了不少大缸和木架，缸做儲存糧食所用，木架上也多是農具柴刀。

再往外就是瀟箬現在所在的院子，院子左右各搭有兩處草棚，左邊那處草棚下是石頭和土塊壘砌的灶臺，右邊草棚則是一個簡易搭建的雞籠。

指望自己能做出好吃的飯菜目前是不可能的，瀟箬又不想昨晚場景重現。

一想到瀟嫋小小的身子還沒灶臺高，昨天烙餅還得搬個小凳子墊著腳，著實讓她愧疚。不會做複雜的飯食，那就弄點簡單的。此時剛好母雞們也咯咯叫著醒來，雞籠裡發出陣陣窸窣的動靜。

瀟箬眼睛一瞇，這不是剛要瞌睡就有人送枕頭？幾步來到雞籠前，全然不顧老母雞憤怒的咯咯聲，白皙的手一伸一摸，果然摸出兩個熱呼呼的雞蛋來。

她用火摺子點燃了引火草堆，又架上幾根木柴，架鍋燒水。水開後撒了兩把麥粉攪和攪和，朝鍋裡磕了兩個雞蛋。

生蛋瞬間被咕嚕咕嚕燒開的麥粉糊氣泡沖散，蛋白凝固成白花花的蛋包，蛋黃倒還是整個的。

做完這一切天光已亮，不遠處的鄰居也傳出了響動，村裡的人都逐漸起床幹活。

瀟箬擦擦額頭上冒出的細密汗珠，暗想這身子可真是瘦弱，這麼點活計就能累成這樣。看來強身健體也迫在眉睫，長姊太過於弱小，對於這沒有父母庇護的家可不是什麼好事。

她邊心裡盤算著強身健體的方法，邊向裡屋走去。

看看光景，大約兩個小娃娃也該醒了。

幾步進屋，發覺兩人果然已經半睜著眼睛，愣愣地坐在床上發呆。

瀟嫋手上還攢著她的外衣不放，細細的眉毛皺成一個小疙瘩，兩眼迷濛。

瀟昭同樣滿臉迷離的靠在雙胞胎姊姊身上，小胖手還微微一握一握著空氣，像是還在和睏勁奮戰。

「醒了？醒了就起來漱洗吃飯了。」

瀟箬俐落地過去一手拉一個，讓他們站起來更快清醒，找出兩人的衣服各自放在他們懷裡。

「衣服都能自己穿嗎？要阿姊幫忙不？」

被動站起來後姊弟倆終於徹底清醒，小胖手扒扯自己的衣服，拽出上衣開始往身上套，邊努力穿衣、邊異口同聲含糊的回答。

「嫋嫋能自己穿！」

「昭昭能自己穿！」

瀟箬笑嘻嘻地看雙胞胎手腳並用，穿好衣服，收拾自己，又跟著他們一同去裡屋中間的房間，拿出各自布巾擦臉，用粗鹽刷牙漱口。

他們三人昨晚是一同睡在最左邊的房間，也就是原來瀟家父母的睡房。

漱洗完畢，瀟箬給兩人各盛了一碗雞蛋麵糊糊。

賣相不太好看，勝在加了雞蛋有香味。

瀟昭看著碗裡覆著一層麵糊的蛋黃，眨巴眨巴眼睛問瀟箬。「阿姊，今天吃雞蛋嗎？可是今天不是過年呀。」

瀟家的雞蛋平時是攢起來的，攢夠一定數量會到縣城裡去賣掉。只有過年或者孩子生辰時，才會煮幾個雞蛋自己吃。

這讓瀟箬對這個家庭的經濟情況有了進一步實際的認知，雞蛋對於瀟家來說是經濟來源的一部分，並不是日常消耗品。

但是沒有攝入足夠的蛋白質，雙胞胎的營養就不夠充足，她首先要保證兩個小娃娃的健康。

賺錢什麼的，另外想辦法就是，總靠攢雞蛋並不現實。

她摸摸瀟昭肉乎乎的小臉蛋，笑著說：「昭昭，母雞下了不只兩個雞蛋呢，還有的，你和嫋嫋以後每天都要吃雞蛋，這樣你們才會長高高哦。」

瀟嫋看到有雞蛋吃，開心得立刻吃了一大口，剛沒嚼幾口，她就停下來，猶猶豫豫地看向長姊。「阿姊，這個蛋蛋沒有味道……」

壞了，瀟箬這才意識到她忘了放鹽調味……

還好雙胞胎都懂事，臨時加了一小撮鹽巴攪和攪和後，三個人勉強吃了一頓算得上營養豐富的早飯。

吃完飯收拾了碗筷，又餵飽了一大清早被拿走蛋而氣呼呼的母雞們，瀟箬決定要出門轉一轉，探查下附近情況。

最好能給瀟家想想辦法開源，雙胞胎尚且年幼，想拉拔大的道路可漫長著呢，絕不是每天兩顆雞蛋就夠的。

不過出門之前，瀟箬還有一些準備工作要做，首先就是要防著瘸拐張。

瘸拐張家從瀟箬出事之後就沒有來過。

一是聽說了瀟箬在山上出事，不知到底傷得有多重，怕摔傷摔殘了賴上他家。瘸拐張可不想要個殘婆醜婦當兒媳婦，萬一被村裡人拉著要他家出錢出力去照顧瀟箬，他不就吃了大虧。

再一個，瀟箬剛出事第二天，和瀟家交好的張翠花就上門指著他鼻子罵，罵他們家沒良心想逼死瀟家遺孤。

張翠花生性潑辣，自家婆娘壓根兒罵不過她，瘸拐張決定事情沒有明朗之前，還是和瀟家撇清關係比較好。

現下瀟箬蘇醒已經有幾天，村裡人也漸漸沒了指責瘸拐張家的閒言碎語，瘸拐張心思就又活絡起來。

不說瀟家大女兒年輕貌美，且說瀟家那畝地，土肥美得緊，豐年能產三石稻米，折成銀錢可就將近三兩銀子呢！

瘸拐張那邊眼冒綠光的算計著瀟家的家產，瀟箬這邊也在心中盤算著。

上回瘸拐張來瀟家沒看到瀟箬，也沒占著什麼便宜，按他貪小便宜的心性，肯定不會善罷甘休，說不定肚子裡還憋著什麼壞水。

自己又不能整天守在家裡等他們上門鬧，不趁著現在氣候合適去尋些山貨野果，等天氣熱了或者雨季到來，田地裡禾苗又沒到收成時候，家裡雙胞胎可能就要少吃好幾頓。

門還是要出的，瀟嫋、瀟昭還小也不能跟她上山下地，瀟箬決定做一些簡易的小機關，至少能在瘸拐張再上門鬧事時小懲大誡，讓他知道瀟家不是那麼容易就能來的。

瀟箬先讓瀟嫋去收拾雞籠，將打掃出的雞糞攏成一堆，用草編的小筐子盛起來。又讓瀟昭去蒐集一些灶臺旁邊的白色粉末。她觀察過，灶臺用的是石灰石，和木材燃燒後的產物，也就是生石灰。

兩個小傢伙領著長姊分配的任務，興沖沖的忙碌起來，雖然不知道阿姊要做什麼，但是能幫上阿姊的忙他們就很高興。

欣慰的看雙胞胎各自撅著屁股忙碌，瀟箬也開始自己的行動。

她先是將兩根山藥細細搗碎，將山藥汁水塗抹在外屋門把手上。

山藥汁水富含植物鹼，能讓人接觸後皮膚奇癢無比，塗抹高度正好是兩個小傢伙搆不到的地方，以免兩人玩鬧中不小心誤觸。

塗完後她小心的從未塗汁水的門內進入，用細棉線把瀟嫋收集起來的雞糞筐子綁實了，一端懸掛於梁上，繞過木梁繫在門後。另一端用較短的棉線拉緊，固定在正對門的牆上，整體形成一個不規則Z字型。

這樣如果有人猛地拉門，門口的棉線就會受力，把裝雞糞的小筐子往門的方向牽引，後端原來用於固定草筐的細棉線就會被扯斷。沒有向後棉線拉扯固定的草筐，就會像鐘擺一般向開大門的人砸過去——帶著滿滿一筐雞糞。

生石灰則是被仔仔細細的在院子口撒了厚厚一層。

一般人就算進院子，不生事端就不會有什麼事，頂多就是鞋底沾滿生石灰。

但如果是瘸拐張來，他肯定不會沒看到人就打道回府，就算被砸了一腦門雞糞，他定然不會善罷甘休，罵罵咧咧地往前衝。

瘸拐張和他同樣瘸腿的兒子都是左腿不靈便，身子走路不自覺往左傾斜。

瀟箬在外屋偏左處放了八個罐子，裡面注滿了清水。

只要他們碰倒罐子，大量的水就會和他們鞋底的生石灰發生反應，散發大量熱能。

這個時代的農村人鞋底都不算厚，足以給他們一個慘痛的教訓。

弄完這些，瀟箬勉強放心了點。

目前家裡能利用的東西不多，也只能弄這麼幾個小機關，雖然沒有大殺傷力，對付沒見過什麼市面的農村賴子也是足夠。

她囑咐瀟嫋、瀟昭回裡屋玩耍，不管外面有什麼動靜都不能出去，除非是她回來喊他們，並保證在中午前就回來。

看雙胞胎齊齊點頭，眨著黑葡萄似的大眼睛，乖得沒邊，萌得瀟箬又忍不住狠狠摸了兩娃的小腦袋才出門。

瀟箬出門時整個村子已經忙碌起來，各家各戶炊煙裊裊，大多是家裡婆娘準備飯食，只待家裡勞動力飽餐後好幹活討生計去。

離瀟家最近的是劉大爺家，也是他在瀟箬出事那天幫忙上山尋人，再將她抬回來。

劉大爺此時正在院子裡修理鋤頭。

鋤刃和柄鬆動了，他將鋤刃在上、柄在下用力的往地上砸，這樣可以使鋤頭更牢固些。

「劉大爺忙呢？」瀟箬主動打招呼。

這個時代還是農耕為主，人們生性淳樸的居多，同一個村裡的人抬頭不見低頭見，總歸是熟絡的，見面少不得寒暄幾句，她也要盡快融入。

劉大爺被這脆生生的招呼聲叫得抬頭，看到是前幾天還病懨懨的瀟家大丫頭在喊他。

「這不是箬箬嗎，妳好些啦？我瞅著妳這精神頭還不錯啊，這是要上哪兒去？」

「我好多了，整天待在家裡也沒什麼事，我尋思著出來走走，看看地裡莊稼去。」瀟箬笑著回道。

門外的對話引出了屋裡的劉王氏，劉大爺家婆娘。

劉王氏探出大半個身子，看到是瀟箬，也招呼道：「箬箬啊，早飯吃了沒，沒吃的話，帶上妳家兩個娃娃來我家應付一口吧，王奶奶早上做了糍粑！」

劉王氏是個熱心人，自從瀟家父母去世後一直想辦法照應著這姊弟三人。

「謝謝王奶奶，我們吃過早飯了。」

瀟箬笑咪咪的回答，又有點不好意思的看向二人。「劉大爺、王奶奶，我等會兒去地裡看看，可能要一會兒時間，如果我還沒回來的話，萬一我家有什麼事情……」

話不等瀟箬說完，劉王氏就整個身子走出房屋，一手扠著腰，另一隻手還握著菜勺。「妳是說瘸拐張是吧，妳別擔心，這死瘸子還敢上妳家鬧事，我先一勺子敲死他！

「什麼歹毒心腸，就是欺負你們小孩沒人護著，上次翠花去罵他也不帶上我，我早就想罵死這家缺德玩意兒！」

看著劉王氏越說越激動，瀟箬趕緊擺了擺手。「不是不是，王奶奶，我的意思是等會兒我家如果發生什麼響動，您可千萬別插手。」

「啊？」瀟箬這一句可把劉家老兩口給聽愣了。怎麼著？這瀟家丫頭摔下山把腦子摔壞了？怎麼有人欺負她家還讓別人不要管呢？

瀟箬臉上掛著狡黠的笑容，大大的眼睛瞇成兩彎月牙兒。「劉大爺，王奶奶，你們不用擔心，我安頓好嬀嬀、昭昭了，其他我自有安排。」

說罷又問了劉大爺自家田地怎麼走，問清楚方向後就微微一彎腰算是行禮道謝，便轉身向村外走去。

看著瀟箬慢慢遠去的背影，劉王氏迷惑地和自己老伴說：「我怎麼覺得箬箬今天有點不一樣了呢……你說她能有什麼安排啊？」

劉大爺也愣了一會兒，又低頭繼續夯鋤頭，回了自己老伴一句。「妳甭管這些，沒根浮萍自己漂，娃子沒娘打算早，箬箬她現在已經有主心骨兒，她說有安排就有安排。咱們能幫襯的就幫襯，不用咱瞅著就行了。」

劉王氏也點點頭。是啊，三個娃娃沒了爹娘，瀟箬就是最大的，她大概也是開竅這是要當家了。

想著也就轉頭回屋裡繼續燒飯，合計著等自家大兒子學木匠回來，讓他多做點什物給瀟家姊弟仨，也不枉這鄰里鄰居的一場。

而向村外走去的瀟箬並不知道自己留給他人的印象正悄悄改變。

她現下心中鋪開了一張白紙，她要做的是盡快將能利用的資源羅列其中，為瀟家開源，讓瀟家雙胞胎能儘量茁壯成長。

第三章

井珠村碑外就是大片整齊開闊的稻田。

瀟箬走在夯實的田壟上，綠波春浪滿前陂，極目連雲穲稏肥。

在這片綠色海洋裡，她一眼就能找到自家的田地，畢竟大片的茁壯禾苗裡就那麼一塊地是稀稀疏疏的。

瀟家爹娘去世時剛好是開春，正是該開田下種的時節，下葬辦喪陸續忙完後已經過了最好的開田日子。

鄉親雖然有心幫忙，也得先把自家田地收拾完再來。

一來二去，瀟家地裡的秧苗就插得比其他家晚了很多。

後續的除草追肥經過原身一個沒有多少經驗的小姑娘打理，苗子越來越稀疏，要麼肥害葉尖枯黃捲曲，要麼就是瘦瘦長長，一看就沒什麼產量。

瀟箬望著低垂的禾苗心裡默默嘆了口氣，果然是指望不上今年的收成，就這長勢，秋收能有幾十斤稻米都是老天垂憐。

在心裡的開源清單上將稻米選項大大畫了個叉後，她決定往更遠點的山上去看看。

井珠村位置在大河下游，山地、平原兼具，既有大片廣闊田地，也有起伏綿延的丘陵。

村子南面是農民開墾出來的田地，西面則是幾座高低錯落的山丘，瀟箬只需穿過自家地裡再行十來分鐘，就能到達最近的一座山。

山只有兩、三百公尺高，山腳自由生長著一大片孟宗竹林。

竹林中有一條石頭小徑向上延伸，逐漸被茂盛的草木掩去，一眼望不到小路的盡頭。

瀟箬拾級而上，滴溜溜的雙眼四處張望著。

她眼中哪裡是竹林草木，這些都是食材和可以變現的白花花銀子！

穿過竹林時，她想的是這孟宗竹韌性好，鞭、根、莖、枝、籜都是可以利用的好東西，砍回去的竹子劈成細長竹條，還能做竹編。

大的竹床、竹榻她做不了，編個竹編籃子、椅子還是可以的，以前基地有開設資源利用最大化課程，裡面可是都有教過。

可惜現在不是筍的時節，不然挖個幾百斤竹筍回去，曬成筍乾也能吃上好一陣子。

搖搖頭扼腕嘆息了一番，瀟箬又把目光往地面搜尋。

經過數日的觀察，她確定井珠村的地理位置以原本世界來看，應該就是江浙一帶。

小時候還沒有進入末世時，她就生活在浙江的一個小縣城裡。

縣城外有很多低矮山坡，兒時瀟箬就和鄰居同伴們天天在山上瘋跑，春天摘的野果野菜更是數都數不清，什麼地摘公、野桑子、刺泡子，想想就讓她口舌生津。

想什麼、來什麼，剛出竹林，瀟箬就看到地面有一大叢地摘公。

嫩黃綠的葉子矮矮的長了一地，葉子背後有密密麻麻的小刺，扒開葉子就能看到一顆顆形如珊瑚珠的紅果子。地摘公中空外圓，口味酸甜深受孩童的喜愛。

地摘公其實就是蓬虆，除了好吃以外，全株及根入藥，能消炎解毒、清熱鎮驚、活血及祛風濕。

瀟箬喜孜孜的將它列入自己的開源名單，她摘了一小捧用手帕包起來，打算帶回去給瀟嫋、瀟昭當小零嘴。

收好地摘公，她繼續向山裡進發。

陸陸續續又發現了三葉木通和南酸棗的花，瀟箬仔細記下發現的位置和數量，這些在秋日都是很好的儲備水果。

莢蒾也有不少，這種植物果實、根、枝葉都可食用，具消食、活血、止痛、清熱解毒、疏風解毒功效，種子含油，可以製作肥皂或做潤滑油。

能夠好好利用的話，這對於瀟家可是一大筆進項。

漸漸的，樹木越來越茂盛，厚厚的落葉逐漸覆蓋了石頭小路，使小路顯得越來越窄。

這表示她現在到的深度已經是村民不常來的地段，人走得多的地方就有路，路消失的地方則少人煙。

耳邊只有鳥叫在林中迴盪，草叢樹後偶有窸窸窣窣的聲響，尋常人孤身一人在這個環境下多少有點發毛害怕，瀟箬卻絲毫不覺得哪裡可怕。

更驚悚可怖的事情她見得多了。

窸窣異響非但不會讓她退縮，反而更想上前一探究竟，萬一發出響動的是野兔、野豬呢？那可是上好的蛋白質！

地毯式的搜索下，瀟箬還真發現了優質蛋白質的蹤跡。

在一叢茂密灌木的樹根處，她看到一撮灰白色的毛，撿起來用手指抿了抿，再一聞，是兔子的尿騷味！呵，果然有野兔在這片地區生存。

兔子獨居或者成對居住，擅長打洞穴居，並不好捕捉。全速奔跑的兔子前世的瀟箬都未必能獨自追上，更別提現在這瘦弱的小身板。

瀟箬微微彎起嘴角，念叨著。「人之所以為人，是因為人有主觀能動性，並且人會利用工具！」

不能硬拚體力抓兔子，那她就設陷阱呀！

說幹就幹，她先四處尋了一根稍微粗壯的樹枝，把路邊略大的石塊用力互相砸碎成邊緣鋒利的扁平狀，再將數根草莖搓揉編織成牢固的草繩，用草繩牢牢捆好石塊與樹枝，一把簡易鐘子就完成了。

腐葉土層鬆軟，但是想挖個能捕捉野兔的洞怎麼著也要一公尺來深。

瀟箬用力挖了許久，也就挖了二、三十公分的深度。

嬌俏的小臉上已經布滿汗珠，汗水沿著脖頸下滑，濡濕了衣襟和裡衣，有些汗珠還隨著她動鏟子的動作甩進了眼睛，讓雙眼又刺又痛。

她氣喘吁吁的靠在旁邊的樹上，實在挖不動了，原身這細嫩蔥白的小手也被樹枝磨得發紅發燙。

算了，冰凍三尺非一日之寒，一口吃不成胖子，羅馬不是一天建成的。

瀟箬喘著粗氣安慰自己，可別一次透支體力，把這身子骨兒虧空了，這野兔也不是非要今天吃上，明兒個繼續來挖洞就是。

抬頭看看樹冠縫隙斜射進來的細碎日光，現在已是日頭高照，她答應了瀟嫋、瀟昭中午歸家，現下也該啟程回村了，不然雙胞胎可能就要在家偷偷掉金豆豆了。

瀟箬是撐著樹枝當枴杖回村的，她高估了這個身軀的力量，下山的時候腳都是軟的，眼前陣陣發黑。

這丫頭的身子骨兒也太弱了吧，難怪之前摔下山被人抬回來，還被誤會成想不開尋死。這麼弱怎麼能照顧好家裡雙胞胎？她必須制定針對性強化的鍛鍊計劃，不說飛簷走壁，至少要能肩扛手挑吧？

要知道她瀟箬以前可是為了追擊叛軍，帶著小隊在崖壁上攀援潛伏了足足三天沒有閉過眼！

瀟箬邊碎碎唸、邊一瘸一拐的挪回井珠村，還沒到村口就聽到遠遠有人喊她。

「瀟家大丫頭？是妳不？」

喊她的是同村的劉鐵生。井珠村大部分人家都姓劉，少有幾家外姓都是外遷而來的。劉鐵生是村長的二兒子，他爹年紀大了，村裡很多事情需要跑腿通知的，全交給他去辦。

瀟箬前幾日臥床休息時劉鐵生就來過幾次，是個面熟心熱的。

「瀟家丫頭，妳可算回來了！」確定走來的人是瀟箬以後，劉鐵生三步併做兩步的跑過來。

他三十來歲正值壯年，人高馬大的，這村口到瀟箬所在位置約兩、三百公尺的距離對他來說根本不叫事，甚至跑到瀟箬身邊氣都沒喘，額頭上倒是一腦門的汗。

「妳趕緊回家看看去，瘸子那一家又來了！也不知道發生了什麼，正在妳家院子裡呼天搶地呢！」劉鐵生這一腦門的汗不是累的，是急的。

「也不知道妳家弟妹去哪兒了，我在院子外往裡瞅了幾眼，妳家外屋大門開著，娃兒倆影子都沒瞧見！」

聽劉鐵生這麼說，瀟箬一把扔掉拄枴用的粗樹枝，提起在山上蹭髒的裙襬就往家裡跑。

她心裡又著急、又帶有一絲竊喜。

竊喜的是按照劉鐵生的描述，瘸拐張必定是觸發了機關，吃苦受罪必然是躲不過。

著急的是不知道瀟嫋、瀟昭到底是按照她的叮囑在裡屋不出來，還是被瘸拐張家的人怎麼了，才會導致劉鐵生說兩人不見蹤影。

在腎上腺素刺激下，原身的身體爆發出難以置信的能量。

劉鐵生只感覺身邊一陣風颳過，再抬頭瀟箬已在十幾公尺開外，正一路向她自己家飛奔，像隻小蜂鳥一般，撲著小翅膀還帶來一陣陣幽香。

原來那個平日裡安安靜靜、細聲細氣的瀟家丫頭能跑這麼快啊。劉鐵生感嘆著。

瀟箬在十幾公尺外就看到自家院子周邊圍著幾十個看熱鬧的村民，一陣陣的號啕聲從院子裡傳來。

「我的天老爺啊！殺人啦！殺人啦！」尖銳刺耳的婦人聲在哭喊著。「還有沒有王法啊，大白天的殺人啦！」

瀟箬站定後先努力深呼吸幾次，平復因快速奔跑而發脹的胸膛，吞嚥幾下口水緩解喉嚨裡的腥甜。

待呼吸平緩後，她拍了拍袖子上的灰塵，整理了下散亂的鬢髮，以一種淡定中帶著驚訝的語氣開口道：「今天叔伯嬸娘們怎麼這麼清閒？我家院子裡是有什麼大戲在唱嗎，惹得各位來看熱鬧？」

少女清脆的嗓音中包含著一絲嬌俏，原先圍著院子伸脖子往裡看的人群聞聲回頭。

劉王氏看到瀟箬回來立刻從人群中擠出，健步如飛地來到她身邊，拉住她的手湊到耳邊小聲說：「瘸拐張又來了，還帶著他兒子和婆娘，也不知怎的就在妳家院子裡哭鬧起來了。妳早上讓我別管，我就沒進妳家看。」

嘀咕完又擔憂地看著院子裡繼續念叨著。「嫋嫋和昭昭我一早上都沒看到，外邊這麼大的動靜，孩子倆怎麼會沒個聲響，不會是跑出去玩不在家了吧？」

瀟箬拍了拍劉王氏的手背讓她不要太擔心，隨即往自家院子走去。

圍觀的人群見主人家回來，自動分開一條空道讓瀟箬進去。

院子大門敞開著，一眼就能看到院子裡的三人。

呼天搶地喊著殺人了的正是瘸拐張的婆娘，一邊哭喊著、一邊半彎著腰拍著自己的大腿，一副受了天大冤屈的模樣。

瘸拐張癱坐在他婆娘腳邊，苦著臉哎喲哎喲的叫疼，他的臉上、頭上、衣襟上都是黃褐白三色皆有的半固體物，散發著陣陣臭味。

他也沒有要擦拭的意思，只癱在地上，枯瘦的手捧著自己的腳丫子不停的發抖。

瘸拐張的兒子張光宗則是坐在離他老爹稍微遠一點的矮木凳上，脫了鞋子，不停用手朝自己腳丫子搧風，齜牙咧嘴的模樣看起來也是疼痛難忍。

瘸拐張婆娘一看到瀟箬，也不捶胸頓足了，立刻站直身子雙手扠腰對瀟箬叫喊起來。

「妳這個歹毒的妮子，妳安的什麼心、使的什麼妖術！我們好心來看妳，妳卻使妖法害我們！妳這是要害死我們家啊！」

張家婆娘聲音尖銳刺耳直衝腦門，外面的人群都皺起了眉頭。

這瘸拐張家賊喊捉賊，誰不知道他們上瀟家的目的是什麼，還說自己好心，我呸！

瀟箬完全不理這狼狽的三人，一把推開快要把手指戳到她腦門上的張家婆娘，繞過滿是黃白穢物的瘸拐張，直接向裡屋走去，邊走邊喊：「嫋嫋，昭昭，阿姊回來了，把門打開。」

隨著瀟箬的聲音，裡屋緊鎖的木門吱呀一聲打開，露出了兩張圓乎乎、白嫩嫩的小臉。

看真是長姊回來了，瀟嫋像隻輕盈的小蝴蝶一樣翩躚而出，撲到瀟箬的懷裡，聲音裡透著委屈地說道：「阿姊妳可回來了，嫋嫋和昭昭好害怕啊，瘸子爺爺好凶地罵了一早上了。」

瀟箬心疼地摸摸弟弟、妹妹細軟的頭髮，安撫著。「沒事了、沒事了，阿姊回來了，有阿姊在呢。」

隨後一手一個牽著雙胞胎往院子裡走去。

院子裡張家婆娘還在不乾不淨的罵著。

罵瀟箬是妖女，罵她心思歹毒、不識好歹，罵得越來越難聽，甚至罵起了去世的瀟家父母沒有教好自己女兒禮義廉恥，難怪突發惡疾暴斃，肯定是老天爺的懲罰云云。

瀟箬柳眉一豎，怒喝一聲閉嘴。

所有人都沒想到往日柔弱安靜的小丫頭居然能這麼大聲的吼回去，張家婆娘好似被這一聲掐住了脖子，也收了聲。

看著所有人都愣愣地看向自己，瀟箬表情一變，溫柔地讓雙胞胎坐在乾淨的小木桌旁，掏出地摘公放在桌子上，讓他們慢慢吃。

而後又走向院中，在離瘸拐張一家一公尺開外站定。她可不想沾上雞糞，衣服會很臭很難洗的。

輕咳一聲，她朗聲說道：「嬸子，妳說我要害死你們全家，可有證據？」

張家婆娘回魂一般反應過來這是在問自己，又抖擻起來，繼續一隻手扠在自己肥胖的腰上，一隻手指著地上哎喲哎喲叫喚的瘸拐張。

「證據？我男人、我兒子還在這兒傷著呢！這不是證據？」

「妳說妳男人、兒子是被我弄傷？我一大早就出門看莊稼去了，村裡人都看著的，難道我是在幾里地之外隔空傷了你們不成？」瀟箬笑著反駁。

「當時只有我兩個年幼弟妹在家，還是說妳覺得我家孩子天生神力，能將你們一家三口重傷至此？」

聽到瀟箬問是不是瀟嫋、瀟昭把瘸拐張一家弄成現在這樣，眾人哄的一聲笑開了。兩個垂髫小兒怎麼可能把三個成年人弄得如此狼狽淒慘，說天書都不敢這麼瞎編的。

張家婆娘被眾人一陣哄笑弄得面紅耳赤，憋著氣罵著。「我哪知道妳是怎麼弄的，我男人一進來就被砸了滿頭的糞，再往屋子裡走就突然喊疼，嚇得我們趕緊跑出屋子，這還沒出院子，我男人和兒子就走不了路，還不停撓自己，喊著疼、叫著癢的！」

越說越覺得就是瀟家的問題，張家婆娘越發凶狠起來。「誰知道妳怎麼弄的，沒準兒就是妳使的妖法！妳就是個小妖女，妳爹娘定是教了妳妖邪術法！」

瀟箬一聽就笑了。「嬸子，妳說我用妖術，又拿不出實際的證據，平白無故誣衊別人使用巫蠱妖術可是要進大獄的。」

張家婆子一個鄉野村婦見過最大的官就是村長，一聽到可能蹲大獄頓時就心虛起來，又不甘心就這麼算了，想用手推自家男人讓他一起說幾句，但是瘸拐張這一身的雞糞實在不就手，她惱怒地踹了自己男人一腳，只換來瘸拐張更大聲的哀號。

瘸拐張邊哎喲哎喲叫著疼，邊用力抓撓自己裸露在外的皮膚。

本就起皮屑的手腳上都是一道道紅腫的抓痕，紅白交錯。隨著抓撓扭動，他頭上的雞糞也被甩到身上他處，抓撓間像是被抹勻了一般，到處都是。

瀟箬肚子裡暗笑得快要抽筋。要不是眾人都在看著，她還要端著瀟家主心骨兒的架子，她早就笑得捶桌了。

她憋著，儘量用平穩的語氣繼續道：「嬸子，我看張大爺這是犯了瘋病了吧？不然怎麼會這樣扮相？還有這一身的……嗯，雞糞，莫不是瘋病發作跑到我家雞窩裡打滾了？哎呀，這瘋病可不傳染吧？可別傳染給我家雞了！」

說著還假裝害怕地往後連退數步，蹙著柳眉用袖子掩住口鼻，一副深怕前面就是惡疾傳染源的樣子。

一聽說會傳染，圍在院子外的眾人發出一陣倒抽氣的聲音。

在這個醫療資源並不豐富的時代，會傳染的病症都是極其可怕的，誰都不想因為看個熱鬧就染上瘋病。

有幾個膽子小的已經打算扭頭回家了。

「妳、妳胡說！」張家婆娘憋紅了臉，這有傳染性瘋病的名頭一但被散播開來，他們家以後就沒法在村子裡住了，更別說給兒子討媳婦，傳宗接代開枝散葉。

「明明是妳家裡的問題！我家光宗也是進了妳家屋子後才會喊腳疼的，是妳家裡有髒東西！」

她不敢再說瀟箬會邪門歪道使妖法，她怕真的被扭送去蹲大獄。既然不是妖法，那定然是瀟家不乾淨，有髒東西作祟。

「髒東西？什麼髒東西？」瀟箬也緊接著立刻反駁。

「我家院子、房裡乾乾淨淨，我看這片地方就妳男人最髒！還有，妳平白無故進我家房屋裡幹什麼？莫不是看我家沒有人，想進去偷東西！」

瀟箬深懂這種狀況必須先發制人，先給對方扣上偷竊的帽子，加上瘸拐張家向來愛貪便宜的名聲在外，真假參半的嚷嚷起來，必然會讓圍觀的眾人覺得瘸拐張今日登門，是在覬覦瀟家財物，想順手牽羊。

「什麼偷！我們沒偷！」一說自己是賊，瘸拐張忍住叫疼大聲喊了起來。

偷竊是重罪，要被罰苦役的，被判定盜竊，即使沒有偷盜成功也會被杖責，要是人贓俱獲，臉上還要被紋面刺青。

這麼重的罪名，就算他只剩一口氣也要否認到底。

「你說沒偷就沒偷？」瀟箬並不打算輕易放過他們，不乘機狠狠教訓，他們下次肯定還敢來。

這次是自己有提防，萬一哪天疏漏了，自己又恰巧不在家，瀟嫋、瀟昭那麼小小個的豆丁，還不成了他們撒氣的包子，想怎麼捏就怎麼捏。

瀟嫋、瀟昭看著自家長姊一改往日的輕聲細語，對著瘸子爺爺一家條理清晰的反擊著，他倆愣得甜野果都忘了吃，直到看見瀟箬轉身對他們笑著招手，示意他倆過去，兩個小傢伙才回神，滑下凳子向長姊小跑過去。

「嫋嫋，昭昭，阿姊問你們，你們要如實回答。」瀟箬對自家弟妹還是很溫和的，摸摸兩人的小腦袋瓜，等兩人都點頭後繼續問：「你們有看到瘸子爺爺一家進家裡嗎？」

瀟嫋滴溜溜的眼珠一轉，看向了還癱倒在地上的瘸拐張，看到自己早上努力收集的雞糞均勻遍布在瘸拐張身上，她差點格格笑出來，努力憋了憋笑意，瀟嫋一本正經地回答。「阿姊妳出去後沒多久，瘸子爺爺就來啦！我和昭昭在裡屋玩數格子，聽到院子的籬笆被推開，然後就是瘸子爺爺在叫阿姊的名字。」

「我們不敢出聲，也聽阿姊的話不能出裡屋，就躲在窗戶旁邊偷偷看。」瀟昭接著瀟嫋的話。「我看到瘸子爺爺喊了幾聲就往外屋走，搖搖哥哥是跟他一起進的外屋。」

「進外屋以後呢？」

「他們把門一拉開我們就看不到啦。」瀟昭揮舞著小胳膊，學了一個開門的動作。「然後就啪的好大一聲！瘸子爺爺就叫起來了，開始罵人，罵了好多人，張家奶奶也跑進外屋了。嗯……」

他努力回憶著繼續說：「他們都進了外屋我們看不到，就聽到又有東西摔碎了，沒一會兒他們幾個就都哭叫著跑出來啦！」

瀟家裡、外屋中間有幾步距離的空地，裡屋呈半弧形圍著外屋，在裡屋側面的窗戶的確可以看到部分院子，若是外屋的門被拉開，則會擋住裡屋的視線。

眾人聽完兩個孩子的敘述，知道這兩個孩子並沒有說謊，這瘸拐張一家三口確實是有偷盜的嫌疑，不然怎麼會在沒有主人應答的情況下還自行進人家房子裡呢。

這下子所有人看張家三口的眼神都帶著懷疑和戒備。

看眾人這反應，張家三口這下子是真的慌了神。

他們本以為瀟家爹娘去世，家中三個孩子能成什麼氣候。瀟箬從小文靜溫婉還有點膽小懦弱，兩個小的稚嫩可欺，又沒有其他親戚叔伯的庇護，他們只要強勢一些，定能將瀟家吞吃入腹。

誰知道今天瀟箬完全不似以往，說話頭頭是道，條理清晰，還給他們扣上偷盜的重罪。這小丫頭爭執間全程直視著他們眼神絲毫不閃躲，反而看得他們心裡發毛。

「不，不是的，箬箬啊，我們今天本來是想來看你們姊弟仨的，想著你們三個孩子會不會缺衣少吃的……我們這不也是一片好心嗎……」瘸拐張的吊三角眼瞇起來，老臉上努力堆出笑容來。

「誤會，都是誤會！」瘸拐張努力解釋，手還忍不住繼續在胳膊上抓撓。「妳說我們好歹是遠房表親，我們怎麼會想偷妳家東西呢，我們給妳送吃喝還來不及呢……」

他太癢了，自從進了瀟家後他突然就莫名其妙的癢，越抓越癢，恨不得把自己的皮都給抓破的癢。

張家婆娘看自己男人已經認慫，她也識趣地不說話，暗暗扯扯一直不吭聲的兒子，想讓兒子也說點什麼好擺脫他們疑似偷盜的嫌疑。

張光宗此時臉已經紅透，還有點隱隱發黑。

他本就不同意來瀟家。

他知道自己爹娘的打算，他也的確是從小就喜歡美麗溫柔的瀟箬。可他心裡清楚，瀟箬爹娘在世的時候就反對把瀟箬嫁給自己，瀟箬對自己也無絲毫男女之情。

他跟著瀟家爹爹唸過幾年書，禮義廉恥不是不明白。奈何他爹娘一門心思要黏上瀟家，說瀟家能識字、會推算，家裡肯定不是普通農家，沒準兒家裡藏了什麼傳家寶貝。

他被爹娘推搡著逼迫著黏了瀟家這麼多年，他是真的沒辦法，心裡覺得愧對瀟家，更愧對瀟箬。

任憑他娘怎麼推他、怎麼向他使眼色，張光宗都悶不吭聲。

瀟箬看著這一家三口唱大戲覺得可笑至極，還有臉說要給他們三姊弟送吃喝。

她正打算把瘸拐張一戳就破的謊言擊碎時，院子外傳來了蒼老又威嚴的聲音。

「張鶴立，既然你是來看瀟家姊弟，那你帶了什麼吃喝來給他們？」

圍觀村民摩西分海般散開，一個鶴髮老者拄著枴杖，在劉鐵生的攙扶下走進瀟家院子。

來人正是井珠村的老村長，劉鐵生的爹。

第四章

原來是劉鐵生害怕三姊弟會被瘸拐張欺負，去找的自己村長老爹來給瀟家撐腰。

瀟家父母在世時與人為善，和村子裡大部分人都相處得很融洽。

瀟家爹爹又是個識字的，能幫大家抄寫書信，讀讀上頭派下來的文書，大夥兒都覺得瀟家肯定能出讀書人。

特別是么兒瀟昭聰明伶俐，小小年紀詩文背誦得滾瓜爛熟，沒準兒以後還能考上秀才呢！嘿，井珠村能出個秀才，到時候這十里八鄉的誰不羨慕到眼紅流口水，誇井珠村人傑地靈！

就衝著這，也不能讓這別村的人上門真欺負死瀟家姊弟。

老村長管理井珠村幾十年，將村子管理得井井有條，對村民一視同仁，辦事張弛有度，村民間有個什麼矛盾都會找村長調解，甚至附近村子的人，對老村長也是十分信服尊敬的。

張鶴立就是瘸拐張的本名，一聽是井珠村老村長拆穿自己的藉口，瘸拐張更慫了，他吭哧著囁嚅。「嗯……來的路上……摔了一跤給摔溝裡去了……東西，東西也給丟了……」

「啊對，對對！」瘸拐張婆娘立刻接上自家男人的話頭。「我們在路上摔了，這才沒帶東西到這兒的！老村長，你可千萬要明鑑啊，我們可沒想來偷東西！」

老村長看著狼狽不堪的瘸拐張一家，花白的眉頭擰成一股繩。

他何嘗不知道這家人的心思，只是瘸拐張家終究不是本村人，他不能真對其他村子的村民管教苛責，最多就是敲打敲打，讓他們不再像今日這樣。

只是委屈了瀟家這三個娃。

「既然你們是來看望瀟家的路上摔了，那這一身磕磕絆絆想必是當時摔傷所致，和瀟家無關。」老村長摸著花白的鬍子，點頭繼續說著。「你們來看瀟家娃娃心意是好的，自然也就不是盜竊了。」

這樣說既撇清了張家三口身上的傷和瀟家的關係，又給了瘸拐張一家臺階下，免去了他們的偷盜嫌疑。

張家三口哪裡還敢反駁，能洗去身上偷盜罪名就謝天謝地了。

瘸拐張和他婆娘堆著笑臉連聲應是，扯著脹紅臉跟個鋸嘴葫蘆一樣不吭聲的張光宗，就想回家去。

圍觀村民看著滿身雞糞狼狽不堪的瘸拐張都躲得遠遠的，更顯得三人落荒而逃。

眾人目送著抽氣忍著疼痛離去的張家三口，人都走遠了，還能聽到張家婆娘埋怨自家兒子剛才不幫他們說話的叫罵。

瀟箬也懂得不能痛打落水狗的道理，更何況這是老村長搭的臺階，她和瀟嫋、瀟昭還要在井珠村生活，更不能駁了老村長的面子。

劉鐵生對著還在探頭往裡看的村民喊：「散了吧，散了吧，各自都回去幹活了！」

眾人一看熱鬧沒了，老村長還在瀟家，估計瘸拐張也不會再殺個回頭槍找瀟家娃子們麻煩了，就三三兩兩散去，各自回家忙活自家農事了。

事情已了，老村長的心卻不能放下。

他看著嬌俏的瀟箬，這瀟家大丫頭從小就是美人胚子。肌膚勝雪，髮如堆鴉，一雙清澈明亮的眸子隨著笑容微微瞇起，像盛滿星光的銀河。雖然從小並無綾羅綢緞、金銀花鈿裝飾打扮，瀟家阿母手巧勤快，常給她做些新樣式的素色布裙小襖，倒是襯得瀟箬更像是春水邊的嫩柳，又似那出水的芙蓉，清麗得讓人惦記。

自瀟箬七、八歲開始，就常有想找她結親的人家上門，都被瀟家爹爹回絕了。被回絕的人家即使覺得可惜也不會多加糾纏，這兒女訂親必然是要雙親同意才好定下媒妁之言。

只有這鄰村的張瘸子，死纏爛打好些年，瀟家爹娘突發疾病去世後更是變本加厲糾纏不休。

瀟箬看老村長的視線在瀟嫋、瀟昭和自己之間來回游移，知道這位老人是在替他們憂愁往後生活，她看著老人慈祥的眉眼，依稀想起前世她的爺爺。爺爺是個操心的性格，總是這樣帶著擔憂的看著瀟箬，擔心她沒吃飽、沒穿暖，擔心她在學校被人欺負。

回憶至此，瀟箬心中發軟，對老村長也越加親近。

「村長爺爺，謝謝您幫我們解圍。」

「妳這丫頭，說的哪裡話。一個村的，我又是村長，還能看著外人欺負你們不成。」

劉鐵生也來攙扶著自家老爹，搭腔說：「瀟家大丫頭，瘸拐張以後再來，妳就讓人去喊我們，我們肯定會來幫妳的。妳就是太內向了，我聽說他們家欺負你們不是一天、兩天了，妳也不來和我們說，之前想幫，都不知道從哪兒搭手。」

原身瀟箬確實良善可欺，被欺負了，頂多是關起門來抱著弟弟、妹妹默默哭泣，向村長告狀求助這類事情是萬萬做不出來的。

現在的瀟箬可不是任人搓揉的麵團，瘸拐張今天在她手裡就吃了個大憋屈。

瀟箬看向劉鐵生，脆生生地答道：「以後再有人欺負我們，我一定找村長和劉大伯給我們主持公道。」

這落落大方的回答，活潑飛揚的神采，和之前劉鐵生印象中總是低頭頷首羞答答笑的瀟家大丫頭完全不同，讓他猝不及防一愣，隨即又有點欣慰起來。

瀟家總算有個能扛事的了，好歹這個家不會就這樣被人吞吃乾淨。

將老村長和劉鐵生恭敬地送出院子，瀟箬這才鬆了一口氣。

她收拾乾淨院子，擦去門把上殘留的山藥黏液和飛濺的雞糞，又仔細把踢碎的陶罐碎片都掃到一處，防止瀟嫋、瀟昭不小心受傷。

做完這一切，瀟箬晃晃胳膊、伸伸腿，居然感覺剛才下山的痠痛感全部消失無蹤，甚至體內有一股熱源在漂移。

瀟箬難以置信的抬手揮動了兩下，這個熟悉的感覺讓她狂喜，這不就是末世初現，她異能覺醒時的感覺嗎！

四肢百骸的神經彷彿被泡在溫泉裡滋養，熱源從最初的一小團開始，在她體內沿著血脈翻滾，越滾越快，越滾越大，外表雖然毫無體現，體內卻已經開始醞釀著一座小火山。

瀟箬興奮地抬手，看著自己蔥白的指尖，暗暗一用力。

只聽到細微的「噗」一聲，一縷青白煙霧繞著她的指尖飄散而去。

這股煙無味，且極其淡薄，淡得一陣輕微的風就吹散，除了緊緊盯著自己指尖的瀟箬，誰也沒有察覺。

瀟嫋、瀟昭看著長姊這奇怪的動作感到困惑，阿姊這是在幹什麼呀？

看到瀟箬興奮到發紅的臉龐，臉上綻開的大大笑容和亮閃閃的眼神，雖然不知道阿姊在做什麼，但是阿姊高興他們就高興！

「太好了！太好了！」瀟箬從來沒想過重生以後還能擁有前世的異能，她都做好了一輩子只能做普通人的打算了，能重新覺醒異能簡直無異於天降驚喜。

她一把將身旁兩個抬頭看著自己，咧嘴跟著自己一起傻樂的雙胞胎抱起來，快活地轉了兩圈再緊緊擁住。

兩個小傢伙雖然還是不懂，也還是跟著阿姊嘿嘿嘿笑。

他們好久沒看阿姊這麼高興過了，爹娘去世後，阿姊大部分時間都在哭，前陣子還摔下山受了傷，不過阿姊受傷醒來後就有一點不一樣了，哪裡不一樣他們也說不上，只是覺得好像是一束光照在了阿姊身上，阿姊再也不哭了，整個人都鮮活明亮起來。

不管阿姊什麼樣，對他倆都一樣的好，都是他們的好阿姊。

瀟箬最初興奮的勁頭過去，雖然還是很高興、很激動，腦子裡則開始琢磨異能覺醒的原因，萬事抓住源頭才能一根線捋下來是她的行事習慣。

異能覺醒前她在做什麼呢？和瘸拐張家針鋒相對？不對，吵架要是能覺醒異能也太扯了吧？

那在爭執之前呢？她就去了一趟西山，山上也沒發現什麼可以覺醒異能的天材地寶啊，還累個半死……

對了，累個半死！她從山裡下來的時候手腳痠軟，眼前都發黑了，體能被完全耗盡。

難道說異能是在她消耗完原身的所有能量以後迸發出來的？

還是說每一次耗盡身體力量後，異能就會再充沛一點？

想到這裡，瀟箬就再也坐不住了。

她看看天色尚早，將瀟嫋、瀟昭放下，笑著對他們說：「嫋嫋，昭昭，阿姊再去山裡給你們摘點紅莓莓，沒準兒還能給你們逮隻兔子吃，你們倆乖乖在家等阿姊回來好不好呀？」

一聽阿姊要帶兔子回來，瀟嫋立刻頭點得像個小波浪鼓。「好呀好呀，阿姊妳快點回來，嫋嫋想要小兔子！」

瀟昭也雙眼發光，相比雙胞胎姊姊他相對沈穩一點，只是對瀟嫋像個小大人一樣說道：「阿姊妳要小心哦，山上黑得早，妳要早早回來呀。」

雙胞胎的小奶音萌化了瀟箬，她在兩人小臉蛋上一人親了一大口，轉身提起院子裡的鋤頭揮揮手，示意兩人回去屋裡玩後，就鎖好院門，朝西山進發。

異能覺醒後，體力也跟著好了不只一星半點兒，瀟箬再次進西山一點都不覺得吃力。她疾步穿過竹林，只覺自己身體輕盈得恍若一隻燕子，輕輕一拍雙翼就能借風滑行。不一會兒工夫，瀟箬就來到了早上探索的終點附近。

她這次有備而來，帶了鋤頭，想必能更快挖好陷阱，捉個三、五隻野兔，一隻給嫋嫋玩，一隻拿來紅燒，剩下的統統做成肉乾儲備著。

美滋滋的在心裡安排好獵物的處理方式，瀟箬張望著尋找早上挖的那個不算深的坑，打算在原有基礎上再動工加深。好歹早上費了那麼大勁挖了二、三十公分了，可不能白忙活。

可一看嚇了她一跳，只見她早上挖的坑旁邊趴著一個人。

難道自己挖的坑害死了人？

可是這裡已經是西山深處，人跡罕至，連路都沒有，估計這裡三、五年都不一定會有人來，瀟箬當時才沒有想著立個警示什麼的提醒他人防止落坑。

更何況這坑撐死也就三十公分深，連隻老母雞掉進去都能輕易撲騰上來，又怎麼會害死人呢？

這麼一想瀟箬就鎮定下來，不管如何，先看看這人到底是怎麼回事吧。

她小心繞了半圈，從側面接近那個臉朝地趴著的人。

走近後才發現，這個趴著的人身量不高，估計還比瀟箬矮半個頭。

他身上穿著粗布短打衣衫，已經有些地方破損，像是被樹枝山石刮擦導致，頭髮散亂並未束髮，一隻腳踩在瀟箬挖的坑裡，另一隻腳蜷縮著的姿勢並不自然。臉朝下看不清長相，但是額頭附近有擦傷及血跡，頭部不遠處突出的石塊上也有一絲血痕。

看起來還真是因為踩到自己挖的坑摔的啊？

瀟箬戳了戳那人的胳膊，小聲詢問。「喂，還活著嗎？喂？」

地上的人輕微抽搐了一下並沒有發出聲音，瀟箬心中一鬆，確定此人還活著，自己至少沒有剛重生就過失殺人。

不過這人確實因為自己的過失而受傷，瀟箬不是一個會逃避的人，自然會負起責任。

瀟箬將人翻身過來，想檢查他是否還有其他傷處，等看清臉發覺這人還是個小少年。

少年約莫十一、二歲，仰面朝上後顯得他額頭的傷口越發可怖，皮肉被石塊劃開了好幾道口子，傷口處還摻雜有泥沙。

額頭可怖的傷口和臉上的髒污也沒掩蓋住少年的俊朗，他的五官輪廓分明，鼻若懸膽眉似劍，雙頰略顯消瘦，唇色有些發白，緊閉的雙眼是一道淺淺的下弧線，蟄伏在濃黑整齊的眉下，眼尾上挑，緩和了整張臉的鋒利度。
瀟箬完全能想像到這雙眼睛睜開後會多麼攝人心魄。
這是誰家的小子淘氣跑到這深山裡玩耍嗎？這麼英俊的小臉蛋被我害成這樣，他家大人還不把我撕了啊。
瀟箬腦補了一下，縮了縮脖子。
還是救人要緊，希望他家大人看在自己亡羊補牢，猶未晚矣的分上，不要太過於生氣，至少不要向她索賠太多，她現在可沒錢賠人家。
將少年兩隻胳膊抬起，在自己脖子上虛虛環繞著，瀟箬一個使勁就把少年揹起來，許是碰到少年身上的傷處，他又無意識地抽搐一下，可依舊沒有聲響，也沒有醒來。
還好異能覺醒了，揹著只比自己矮一點的人下山，瀟箬不僅不覺得累，體內的小火山隱隱有增強的趨勢，一路上她甚至還能噼哩啪啦時不時召喚些小火花玩。
為了不生事端，瀟箬專挑人煙稀少的小道回村，進院子時還先躲在草垛後面觀察半天，確定沒人看見她之後才快速進屋。
進屋後將仍舊昏迷不醒的少年安置在床上，又囑咐圍上來好奇觀察的瀟嫋、瀟昭去打盆水來替少年擦洗身上髒污。
待她把少年髒破的衣衫換下時，才發現少年並不只有額頭一處傷口，身上數十道青紫的長條狀瘢痕縱橫交錯，像一張網一般將少年牢牢束縛，這種傷痕看起來是近期被密集鞭打留下的。

少年的右腿之前踩在坑裡，腳踝處應是扭傷，現下已經肉眼可見的紅腫起來。而他的左腳一直以不自然的姿勢向外側扭著，瀟箬沿著他左腳小腿骨摸去，推斷他的左腿腿骨十有八九是斷裂了。

難道這個少年並不是淘氣才跑到少有人煙的深山，而是受了家裡的虐待，不堪暴打才逃進山林躲避？

瀟箬柳葉般秀美的眉毛擰成了結。

在她看來，這十一、二歲的少年還是個孩子而已，居然被人如此虐待，也不知道這個時代有沒有保護孩童的律法。

如果將這個孩子交給官府，只怕在這個主張孝悌為上的時代，官府也只會找尋到這孩子的原生父母將他交還。

那會不會是將他推回火坑呢？

瀟箬不無擔憂的想著，手上沒有停頓，絞乾帕子替少年擦拭去身上的髒污。這一幕如果被村裡其他人看到，一定會驚詫萬分。

在他人看來，瀟箬年至十六，已過及笄，是能婚嫁的年紀，應該對男子避嫌，這麼替陌生男性擦洗簡直是傷風敗俗，有違常理。

瀟箬對此毫無感覺，她重生之前已經是二十六歲，看這十幾歲的少年跟看五、六歲的弟弟瀟昭並無區別，都是個沒長大的崽而已。

待將少年全身擦洗好，換上乾淨衣服，天色已經擦黑。

瀟家沒有合適少年身形的男性服飾，替少年換上的是瀟家爹爹生前的衣衫，衣衫對於少年來說偏大了，瀟箬不得不將袖口和褲腿挽了幾摺。瀟家三姊弟思念父母，並沒有將父母的物品全部燒掉，這會兒反而正好用上。

「阿姊，嫋嫋做好餅了，阿姊來吃飯吧！」瀟嫋從門外探進頭來喊瀟箬。

瀟箬覺得瀟嫋、瀟昭這兩個娃簡直乖得沒邊，答應他們的兔子沒有帶回來，兩人不只沒有鬧脾氣，還幫著她打熱水找相對合適的衣服，看自己在忙碌還自覺地準備了晚飯，這讓前世見多了熊孩子的瀟箬眼眶發熱。

雖然瀟嫋只會烙餅，還是沒蔥花、硬得硌牙的那種。

「嫋嫋、昭昭，你們先過來。」瀟箬對門口探頭的兩人招手。瀟嫋、瀟昭像兩隻不離人的小奶狗一樣，馬上跑到長姊身邊貼貼。

「這個小哥哥是阿姊在山上遇到的，你們仔細看看他臉熟嗎？是不是我們村子的人，或者像不像附近村子的？」瀟箬這幾天雖見過了村子裡的大部分人，但怕自己會有所疏漏，還是讓從小在村子裡玩耍的兩人辨認比較靠譜。

「嗯，這個哥哥我們從來沒見過。」瀟嫋、瀟昭同時搖頭，瀟嫋還接了一句。「他應該也不是我們附近村子的，要是有這麼好看的小哥哥，每年花神節的武花神一定會是他，嫋嫋不會記錯的。」

這個小丫頭，小小年紀還挺花癡。瀟箬又好氣、又好笑的揉了兩下瀟嫋肉嘟嘟的臉蛋。

「行吧，我們嫋嫋對武花神記得最清楚了！」

想了想，她又叮囑兩人。「小哥哥受了傷，可能是遇到了危險，我們先讓他待在我們家養傷，等他醒過來再問問情況。在他醒過來之前，嫋嫋、昭昭要保密知道嗎？」

「誰都不能說嗎？張大娘也不能說？」對於經常來看望他們，會給他們帶糖飴的張大娘，雙胞胎都覺得她是除了爹娘和長姊以外，最最和善好心的人了。

「是的哦，對張大娘也不能說，劉大爺也不行，所有所有所有人都不行。」瀟箬著重強調了保密的範圍，看兩個娃娃同頻率地齊齊點頭後，她才一手一個牽著瀟嫋、瀟昭去吃飯。

嫋嫋烙的餅，果然還是硌牙。

翌日晨光微熹，瀟箬就被隔壁房間東西落地的聲音吵醒。

姊弟三人依舊睡在瀟家父母原來的屋子，隔壁是原來瀟嫋、瀟昭睡覺的地方，昨日少年就被安置在那裡。

瀟箬將自己一左一右分別被緊緊抱住的雙臂從弟弟、妹妹懷裡輕輕抽出，又給兩人拉上薄被掖緊，防止涼風灌入凍著他們，這才放輕腳步走出屋子。

繞過通頂書架，她就看到少年蜷縮在牆角，雙眼戒備地盯著自己。他雙唇緊抿，手縮在胸前握成拳狀，一副準備隨時發起攻擊的姿態，只是微微發抖的手臂出賣了他在虛張聲勢。
瀟箬放軟聲音輕輕安撫。「我叫瀟箬，我昨天在山上看你受傷昏迷，就把你帶回來了，這兒是我家，你叫什麼名字呀？」
少女的聲音在刻意放軟的時候更像水面上的一道漣漪，柔柔蕩開，浸潤著少年高度緊繃的神經。
「啊……嗯……」太久沒說話，少年嗓子嘶啞到甚至不能發出完整的回答，只能斷斷續續吐露著無意義的音節。
見此瀟箬趕緊倒了一杯水遞過去，讓少年潤潤喉嚨。
看他喝完水仍舊劍眉緊蹙，張口幾次依舊是嘶啞的啊哦之聲，瀟箬就讓他不要再說話，只用點頭搖頭來回答她的問題。
「你是這附近的人嗎？」
少年搖頭。
「你記得你家在哪裡嗎？」
少年皺眉思考良久，又搖頭。
「那你記得自己叫什麼嗎？」
少年依舊搖頭。
「你身上的傷是怎麼來的？是不是遇上了壞人？」

少年先是點頭，繼而又搖頭。

「你的意思是你記不清了？」

少年點頭。

一番簡單的詢問，瀟箬大致確定這個少年很可能是頭部受傷，導致記憶混亂，甚至失去記憶。一想到可能是因為自己挖的那個坑導致少年摔到腦袋，瀟箬就一陣心虛。

「那麼如果我將你送至官府，讓官府替你找尋家人，你可願意？」

少年瘋狂搖頭。他雖然失去記憶，卻本能地知道危險。

瀟箬見少年突然激動起來，如此抗拒的姿態，只能給出另一個建議。「要不你就先在我家住下來，將身上的傷養好，等你恢復記憶再決定去留吧。」

少年眼睛一亮，原來眸中的戒備和緊張已經蕩然無存。

不知為何，面前的少女雖外表俏麗柔弱，卻給他一股強烈的安全感，讓他全然的信任，想去靠近、去依偎。

「啊，啊嗯！」他重重點頭，胸口的拳也鬆開來，轉而放在左腿小腿上，少年顫巍巍的嗚咽哼唧幾聲，表示疼痛。

瀟箬站著，少年蜷縮坐著，她本就略比少年要高一點，此時被一雙濕漉漉的眸子盯著，少年圓睜著眼睛，由下往上望的小狗狗眼攻擊，瞬間擊中瀟箬的心。

真的好像一隻委屈的小狗，哼哼唧唧的等著主人去摸摸牠的頭，誇一句好狗狗。

手隨心動，瀟箬回過神來時自己已經揉著少年的頭了，感受著手心裡蓬鬆的毛髮觸感，她有點尷尬又有點高興。

這娃的頭髮摸起來也跟狗子毛髮一樣，柔軟且蓬鬆，仔細看還有點天然鬈，讓毛茸茸愛好者瀟箬完全停不下來。

「你腿應該是骨頭斷了或者裂了，等會兒天大亮了，我帶你去找大夫看看，再配點舒筋活血的藥來。」瀟箬手口皆不停，邊摸毛邊安排著。「你不想去官府的話，我們要給你編個合理的身分，才能不惹人懷疑。」

少年被不停摸頭也不抗拒，甚至瞇起雙眼一副享受的表情，更像一隻大型狗。

瀟箬看得想笑，索性說：「你想不起原來的名字，那我就給你起個名字吧，既然是暫住我家，你就單名一個苟字，意為暫且。對外就說你是我家三代之外的表親，來尋我爹娘的，在路上遇上盜匪才受傷至此。」

少年對瀟箬的安排全盤接受，全然信任地點頭表示同意。

瀟箬接著狡黠一笑。「既是親戚，你就跟著我家姓吧，那就叫瀟苟，瀟苟，噗，小狗，小狗哈哈哈哈哈……」話沒說完，瀟箬被自己的惡趣味逗得哈哈大笑起來。

少年沒有因瀟箬話中的調侃逗弄產生一絲惱怒，他看著瀟箬笑彎了腰，只覺得好像一束明媚的光照亮了自己，溫暖而燦爛。

瀟箬的大笑聲吵醒了隔壁房間的瀟嫋、瀟昭，兩個娃娃揉著迷濛的雙眼循聲出屋，就看到自家長姊笑得彎腰捂肚，昨天昏迷的小哥哥也已經甦醒。

「阿姊……怎麼了……」剛睡醒的小奶音軟呼呼的。

瀟箬見自家弟弟、妹妹醒了，這才止住大笑，把少年從冰涼的地面半扶半抱到床上坐著，又將兩個穿足了衣的娃娃也抱上床，省得清晨地涼凍著腳。

「瀟嫋、昭昭，這位小哥哥以後要和我們一起住了。」瀟箬摟著軟乎乎的兩個小傢伙，小小的身子軟軟暖暖的，手感超棒。「小哥哥呢，是我們七舅姥爺的表兄家的二兒子的嬸娘的孫子，叫瀟……噗，叫林荀，你們以後要叫他林荀哥哥。」

瀟苟這名字只是她逗弄少年的玩笑話，每日要使用的名字還是要正經些，雖然鄉下人有叫二狗、鐵蛋這樣賤名好養活的習慣，瀟箬看著少年英氣不凡的臉龐，還是不能想像別人對著這樣的臉喚他小狗的場景。

最後取了和苟字筆劃差異不大的荀字，姓氏則取自她撿到少年的山林的林字。

少年對於瀟箬臨時給自己又改了名字並無異議，瀟苟、林荀對他來說並沒有什麼差別。

他看著賴在瀟箬懷裡的瀟嫋和瀟昭，心裡有一絲絲說不清的酸楚，好像是有點羨慕，又有點嫉妒。

被長姊一串親戚關係繞暈的瀟嫋、瀟昭沒有想明白，昨天還說是阿姊在西山上撿到的，怎麼今天就成了自己的哥哥？不過阿姊這麼說，那肯定不會有錯，興許是阿姊也是才認出來這是他們的親戚吧。

姊控的兩人心中，自家姊姊可下五洋捉鱉，也可上九天攬月，姊姊說的話就是真理。於是兩人齊齊開口，脆生生地喊：「林荀哥哥好。」

林荀也點頭表示答應，他也對自己多出兩個弟弟、妹妹沒有意見，瀟箬的弟弟、妹妹自然也該是自己的弟弟、妹妹。

四人又擠在床上說了一會兒話。大部分時間是瀟箬在說，安排著林荀來歷的細節，梳理著邏輯，好讓村裡人更快接受瀟家突然冒出新面孔，力爭讓所有人都相信林荀，就是他們瀟家人。另外三人邊聽邊點頭，努力吸收瀟箬編出的故事情節。

等瀟箬故事編完，天也大亮了。新組合的瀟家四人吃過早飯後，由瀟箬出門去打聽怎麼去縣城的藥館，瀟嫋、瀟昭做力所能及的灑掃工作。

林荀也想幫忙，但被瀟箬強行要求臥床休養，畢竟今天的早飯就是林荀做的。

早飯本來瀟箬又想先用麵粉糊糊對付一下，昨晚瀟嫋烙的餅也還有兩張，全撕了丟到麵粉糊糊裡煮軟，端上來就是四碗白中透灰，黏黏糊糊的粥狀物。

林荀沈默地看著眼前不知道叫粥還是叫麵糊的東西，抬手攔住準備開吃的姊弟三人，他實在做不到看瀟箬只吃這個果腹。

他一瘸一拐地從小菜地裡拔了幾根手指粗細的胡蘿蔔，把瀟箬分給弟妹和他的三個水煮蛋敲開切片，加上一點豬油炒香，和泡發的米再一起蒸煮，待冒出香氣後再撒上一把嫩綠蔥花，翻拌均勻就是一鍋色香味俱全的燜飯。

幾人自爹娘去世後，就再沒吃過這麼熱騰騰、香噴噴的飯食。三姊弟都不善廚藝，做出來的東西只能算是吃飽，偶爾張大娘心疼他們送來飯菜打牙祭，也因為路途原因。送到瀟家已經沒有這麼熱呼呼，味道自然比不上剛起鍋的勾人饞蟲。

想不到自己撿到的狗子還有這麼一手，瀟箬和弟妹吃著熱騰鮮香的燜飯感嘆著。就是這狗子可真能吃的。

燜飯量不多，只夠瀟箬和雙胞胎一人一碗，而林荀則是包攬了四碗麵粉糊糊，眉頭都沒皺一下，唏哩呼嚕吃了個精光，一點都沒浪費。

第五章

吃完飯後瀟箬在村中打聽了一圈，知道村裡人都是去鎮裡面的藥館瞧病，鎮子離井珠村約十五里左右。

村中沒有馬，趕車多是用的騾子，自井珠村到鎮上要兩、三個時辰。也正是因為去一趟要小半天，村裡人平日只是頭疼腦熱的就會忍一忍，挨不過去了才會去鎮上瞧病。

劉鐵生正好今日要去鎮上採買東西，聽到瀟箬打聽怎麼去鎮上藥館，他爽朗地說：「瀟家丫頭，叔我正要去鎮上，可以捎上妳，不過妳今天怎麼要去藥館？嫋嫋還是昭昭病了？」

「劉大伯，不是嫋嫋、昭昭病了，是我一個遠房的親戚來找我爹娘，在路上遇到了山匪強盜，被搶了財物不說，還受了傷，我想帶他去鎮上讓大夫瞧一瞧。」

「親戚？昨天我怎麼沒看見呢……」劉鐵生一愣，昨天瀟家出事的時候他也沒見有生面孔出現，怎麼一夜過去，冒出來個遠房親戚？別又是另一個瘸拐張吧？

「是昨日天擦黑了才到的，所以大夥兒可能都沒注意到。」瀟箬拿出早就想好的理由糊弄過去。「我們四個人，會不會太占您車子的地方？要不您幫我們看看還有沒有別的人要去鎮上，我們可以出錢租一輛車子……」

「哎，我這是要去鎮子裡採買，去的時候就是空車，捎上你們四個人有啥占地方的。」

劉鐵生一擺手打斷瀟箬的話。「再說了，妳家兩個娃那麼點大，妳又那麼瘦，能占多少地方，就算妳那個親戚是頭牛我也一樣能帶上。」

聽到劉鐵生說林荀像頭牛，瀟箬差點笑出來。農家人樸素率真，對人真誠熱情，說的話雖然不好聽，卻是真心為你著想。

向劉鐵生道過謝，約好一刻鐘後村口見，瀟箬就回家準備了。

鎮子路途不短，加上要看傷買藥，當天定是回不來，得在鎮子上住上一晚。也不知道這個時代在外住宿要多少錢，看病買藥又是多少銀兩花銷。

瀟箬在家裡床板下翻出小布包裹清點，這是瀟家所有的積蓄，總共幾小塊的碎銀約莫是一兩左右，銅錢兩串共計兩百文。

思來想去瀟箬決定都帶上，一是不清楚現在的物價幾何，二是家裡沒有人在，藏著銀錢也不安心。

每人收拾了一套換洗衣物，又把固定林荀腿傷用的木板用布條捆緊些，託隔壁劉大爺、王奶奶幫忙照看幾日家裡的雞後，瀟箬仔細鎖上了院門，將鑰匙交給了王奶奶，四人就往村口走去與劉鐵生會合。

劉鐵生看到林荀時吃驚不小，他以為瀟家的遠房親戚會是老人或者壯年，怎麼也沒想到是一個十來歲的少年。

四人坐上騾車，劉鐵生坐在前轅趕著騾子前行，一路上和他們有一搭、沒一搭的聊著。

瀟箬告訴劉鐵生，林荀是她母親那邊三代以外的親屬，本來是一家人來尋瀟母，看望她家的，誰知路上遇到了山匪，一家人遭遇死劫，只有林荀年少身形矯健，勉強從山匪手中逃脫。

他依著之前母親留下的一點消息摸索奔逃，直到昨晚才到了她家，和她相認。雖然保住性命，卻也受了不少傷，一瘸一拐不說，這咽喉也受了損發不了聲音。

劉鐵生聽到瀟箬說得淒慘，看林荀的眼神中都帶著同情和憐憫。這麼好的兒郎，竟然在山匪手中喪失了父母，自個兒也落成這番模樣，這山匪著實可恨。

「這都什麼世道！這幾年我也是聽說這山匪越來越猖狂了，官府年年剿匪也沒個成效，只知道要我們年年增加上交的糧食數量！」劉鐵生一路罵著狗官、狗山匪。

瀟箬笑著時不時應和一句，還偷偷在林荀耳邊小聲說：「狗官、狗山匪都不是好狗，我們瀟荀才是好小狗，是不是呀？」

惹得林荀耳朵紅得像煮熟的蝦米，手緊握著車沿，兩隻眼睛看天看地，看啃著糖飴的瀟嫋、瀟昭，看趕車的劉鐵生，就是不敢看嘻嘻笑著的瀟箬。

到達上溪鎮已過午時，劉鐵生在靠近藥館的道路旁停下騾車，指著不遠處懸掛著慈濟堂牌匾的房子說：「那就是鎮子上唯一有坐診大夫的藥堂了。」

等瀟箬點頭應是後，他又問：「午後你們預計幾時回去？到時候我來接你們吧，也省了你們回去還另找車子，這鎮子上的馬車可貴著咧！」

瀟箬扶著行動不便的林荀，讓他半靠在自己肩上。瀟嫋、瀟昭從沒來過鎮上，看著人來人往的道路有點發怵，都緊緊貼著長姊站，像兩隻不安的小鵪鶉。

「劉大伯，阿荀這腿傷得不輕，只怕我們今晚要在鎮上過夜了。」瀟箬謝過熱心的劉鐵生。「您去忙您的吧。」

看瀟箬鎮定的模樣應是心中自有盤算，劉鐵生也不再多說什麼，只叮囑瀟嫋、瀟昭要聽姊姊的話，鎮上人多可千萬不能亂跑，要緊跟著姊姊。看雙胞胎乖乖點頭，他也就轉身忙自己的事情去了。

和劉鐵生分開後，瀟箬一行四人朝慈濟堂走去。

林荀的腿早上硬拖著做飯，又在騾車木板上縮了三個時辰，氣血不通，他只覺得每一次落地前行都像有千萬根針從腳底扎入，又像有人拿木棍擊打他的腿骨，疼得他腦門沁出一層冷汗。

他死死咬著嘴唇裡面的肉，不發出一點疼痛的抽氣聲。

小狗要勇敢，小狗不想讓瀟箬擔心。

到慈濟堂門口才發現，藥館的門口被人牆層層圍住，人群交頭接耳地在討論著什麼。透過人群縫隙向藥館內看去，只見一個穿著綢緞的中年人坐在中央，身後是四個身形高大的家丁。

中年人眉頭緊鎖，一臉怒容，正朝藥櫃旁的白鬍子老頭發難呵斥。

「岑老頭，我是相信你的醫術才沒去縣府給我兒請大夫診治，你前幾日說我兒只是惡瘡腫毒，開幾副藥就能痊癒。」中年人怒氣沖沖，身後的四個家丁也黑著臉向白鬍子老頭逼近一步，威脅意味甚是濃烈。

「我兒確實服用你開的三帖藥後有所見好，怎麼今天喝完最後一帖藥了反而突然叫喊著疼痛，渾身發熱，現下直接昏迷不醒了！」越說越氣，中年人用戴著玉扳指的手指著老者怒喝。「說，是不是你覺得我兒好後你就不能再賺取診金，給我兒下毒，謀害我兒！」

隨著中年人憤怒的質問聲，家丁們捋起袖子，竟然有對老者動手的意思。

人群中議論聲更甚。

一個說岑大夫在上溪鎮行醫這麼多年從來沒有人在他手上出過事，岑大夫醫者仁心、救死扶傷，怎麼可能會去害別人家兒子呢。

另一個人就接著道萬一是岑大夫這次失手呢？或是人年紀大了心就貪了，想多賺點銀錢給自己養老也說不定，這才對張家兒子的最後一帖藥下手，圖的就是多賺診金。

原來，這個穿著華麗、滿身金銀的中年人是上溪鎮最大的富戶張豐靈，膝下只有一個兒子叫張丁戈。張丁戈前幾日得了怪病，口舌生瘡不能進食，兩隻膝蓋腫得像發麵饅頭一般，人日漸消瘦，四肢卻越發腫脹。

張豐靈並不是像他自己所言沒有去縣府找大夫救治，而是找了十幾個縣府裡的大夫，都查不出病因，悻悻離去，百般無奈下想起自己鎮上慈濟堂坐診的岑老頭。

雖然鎮上的人都尊稱岑老頭為岑大夫，他自己卻一直堅稱自己只是個藥師，遠當不得大夫二字。

病人上門求藥，又給足了診金，岑老頭自沒有將人拒之門外的道理。他在看過張丁戈的症狀後告訴張豐靈這是一種惡瘡腫毒，只是比較罕見而已。他開出的藥方裡也是幾味普通的藥材。

張豐靈起先半信半疑，沒在慈濟堂抓藥，派人另行按方抓藥煎煮後讓張丁戈服下。果然才一帖藥下去，張丁戈就悠悠轉醒。張豐靈喜出望外，又按照岑老頭的醫囑連續三天按時煎藥送服。

本來張丁戈都已經能下床走動，腫脹的膝蓋也消腫不少，眼瞅著自己兒子就要恢復如初了，結果今天一大早伺候兒子的丫鬟就慌張跑來稟告，說少爺早上最後一帖藥喝完後就喊疼，說身上好似火燒一般，哀號翻滾沒多久就昏迷不醒了。

張豐靈一聽自己唯一的寶貝兒子昏迷不醒，立刻帶人前去察看。

到張丁戈床前一看，只見他雙眼緊閉，人直挺挺的躺著，臉龐發紅且腫脹成兩倍大。床邊地上是一灘黃褐黏稠的嘔吐物，依稀還能分辨出是早上的吃食，以及剛喝下不久的藥汁。

張夫人看到寶貝兒子如此情形，倒抽一口氣直接暈厥倒地，眾人又是一陣手忙腳亂，掐人中的，端參湯茶水的，丫鬟給撫著胸口順氣的，一時之間好不熱鬧。

好不容易才讓張夫人緩過氣來，她剛睜眼就開始號啕大哭，一邊哭、一邊罵張豐靈摳摳索索，不捨得給兒子請更好的大夫，找的什麼庸醫開的什麼便宜藥方。哭了一陣子張夫人又拍著胸口喘不上氣，嚇得張豐靈連聲賠罪，信誓旦旦地必然給兒子請更好的大夫，也不會讓兒子白白受這樣的苦楚。

在家中受了夫人責罵，還提心弔膽害怕兒子真的出事，又急又氣的張豐靈帶上家中最魁梧的四個家丁就去找岑老頭要個說法。

岑老頭面對四個面露凶相的大漢沒有絲毫驚慌，手上活計不停，將一小撮曬乾的芒萁在藥碾子裡仔細研磨，頭也不抬地對張豐靈說：「我這藥是寫方子給你，你自行抓藥煎煮的。」

「就是你開的藥方子，我兒服用你的藥出了問題，我不找你找誰！」張豐靈氣急敗壞，這岑老頭居然一副與他無關的架勢，是想推卸責任不成？

「這位大夫的意思是，問題不在藥方上。」少女清亮甜美的聲音，透過人群傳進慈濟堂裡。

眾人聞聲都轉頭看向身後，才發現說話的是一個十五、六歲的女子，她肩上倚靠著個額頭帶傷的少年，身後緊跟著兩個幼小的孩童，四人形成了奇怪的組合。

「這是誰家閨女？」

「這家大人呢？小小女娃娃怎麼還管起這種閒事了？」

「看著眼生，不像是我們鎮上的。」

「張官人家的事也敢管，小女娃娃是真大膽啊……」

一時間人群相互交頭接耳對著四人議論起來。

慈濟堂內的老者和張豐靈也都聽到瀟箬說的這句話，往外看去，卻尋不著是哪家妮子插嘴說的。

張豐靈轉身看向藥館門外的眾人，略帶怒氣地問：「誰說藥方沒問題？」

人群自覺地向左右散開，讓瀟家四人暴露在張豐靈的視野中。

他們可不想讓張大官人誤以為是自己說的，張家有權有勢，張夫人娘家哥哥就是知縣，上溪鎮和附近十里八鄉皆是他的管轄範圍，得罪了張家那就是自尋死路。

瀟箬見眾人讓開來，正好將林荀扶進慈濟堂。

在張豐靈和四個家丁的注視下，她讓林荀坐在患者的診凳上，瀟嫋、瀟昭就蹲坐在林荀旁邊的踏腳凳，三個人從高到矮排排坐，莫名的讓她覺得像俄羅斯方塊的倒置L型。

安置完自家三人，瀟箬才走到岑大夫身邊，對著張豐靈和四個家丁說道：「我說藥方沒問題。」

她開口時雙眸直視張豐靈的眼睛，絲毫沒有閃躲。

張豐靈第一次這樣和人四目交接，心中倏然升起一絲慌亂，他提高聲音掩飾著。「妳這丫頭哪裡來的，妳說藥方沒問題就沒問題嗎？我兒子吃他的藥吃出問題是事實，現下還在家裡躺著奄奄一息！這不是他的問題難道還是我兒的問題嗎！」

瀟箬冷哼一聲，現在又不是比聲音大，誰聲音大誰就有理，她不慌不忙地撫了撫衣袖，撫平剛才因林荀倚靠產生的褶皺。

「你剛才說你兒子服用三帖藥後有所見好，今天喝完最後一帖藥才昏迷不醒的，是也不是？」

「正是如此。」

「那就對了，如果是藥方的問題，你兒子前幾日怎麼會有所好轉？」

「這……」

「岑大夫也說了，他只給你開了藥方，抓藥、煎藥都是你們家自己操辦的，你怎麼說是岑大夫下毒謀害你兒子呢？」

一番話說得張豐靈瞠目結舌，他從來沒有被一個小丫頭這樣反駁過。

岑老頭也略感驚訝地停下碾藥，抬頭看向瀟箬，他沒料到這小丫頭年紀輕輕竟然如此通透，從寥寥幾句對話裡，能分析得條理清晰，有理有據。

張家家丁見老爺被一個小丫頭說得啞口無言，捋著袖子就要上來拉瀟箬，想教訓一下這個不知天高地厚的妮子，也好在老爺面前長長臉。

家丁身形剛動，瀟箬纖長的食指微微彎曲，小小的高溫火苗就在家丁裸露出來的手臂上狠狠舔舐而過，旋即又消失得無影無蹤。

整個過程非常快，快到除了瀟箬沒有人看到火苗的出現，只聽到四個家丁皆發出一聲慘叫，甩著胳膊連連後退。

大家還沒明白這是怎麼了，一個殘影突然砸向張家家丁，正擊中四人裡最高大的那個，就是他最先面露凶色向瀟箬發難的。

大高個被殘影狠狠砸中背部，慘叫聲又拔高了三度，刮得在場所有人耳膜生疼。

殘影落地，人們才看清這是慈濟堂的診凳。

診凳是由老榆樹的木樁整刻而成，足足有百來斤重，平日慈濟堂裡灑掃想挪動一二都十分困難，這會兒居然被用來砸人，眾人不由都看向診凳來處。

林荀此刻再也撐不住跌倒在地。他滿頭汗水，後背也被浸濕，這是生生疼出來的。

剛才看到張家四個家丁要對瀟箬動手，林荀又驚又怕，想衝上去將四人撞開，把瀟箬牢牢護在身後，可是自己的腿現在走路都需要人攙扶。

他腦中一片空白，感覺心臟在胸膛怦怦直跳，像是要衝出來一般。雙手不知道哪裡來的力氣，一把將原來自己坐著的診凳舉起砸向四人。

擲出後才覺脫力，不堪重負的雙腿顫抖著再也支撐不住，整個人軟倒下去。

即使跌倒在地，林荀也惡狠狠地盯著張豐靈和家丁們，雙眸布滿血絲，看起來像要滴血一般，喉嚨中發出嘶啞的「吼……啊……」之聲，像一隻隨時準備攻擊的惡狼。

此番景象讓眾人都嚇了一跳，本挨靠著林荀坐著看長姊的雙胞胎嚇得快哭出來。

瀟箬小跑幾步去攙扶起林荀，又彎腰將雙胞胎摟進懷裡輕輕拍了拍後背安撫，這才哄得瀟嫋、瀟昭憋回了眼淚，只是不安地越發靠近瀟箬、林荀。

瀟家四人緊緊靠在一起，頗有幾分無依無靠的姊弟們瑟縮成一團，被欺負的味道。

瀟箬長得嬌俏瘦弱，瀟嫋、瀟昭玉雪可愛，林荀身上帶傷，此刻力竭喘著粗氣。怎麼看這四人組合都是無害的。

而張家這邊，張豐靈滿身綾羅綢緞、金銀玉器，四個家丁高大健壯，即使現在家丁們慘兮兮地叫疼，人們也覺得是張家在欺負人。

人群裡開始有人小聲議論起來。

「這不是欺負人家小丫頭們嗎？」

「就是啊，這幾個小娃娃這麼瘦瘦小小的，也狠得下心下手，嘖嘖嘖，張家哦……」

「還不是仗著自己家有錢嗎，還有個當官的大舅子……」

「噓，小點聲，你不要命啦！」

岑老頭也皺起了花白的眉毛，語帶怒氣。「張豐靈，我念你愛子心切，不與你多計較，你有事情衝我老頭子來便罷了，欺負幾個小娃娃算什麼！」

張豐靈是百口莫辯，怎麼就成了自己欺負人家小娃娃了，他沒做什麼啊。

他年輕時也是個讀書人，一心想考取功名光宗耀祖，雖然後來娶了現任夫人後，放棄了科舉一途，但是「老吾老，以及人之老；幼吾幼，以及人之幼」的道理還是懂的，斷不會欺侮老者、幼子。

他平日雖說不上樂善好施，也從未因為大舅子是知縣就仗勢欺人，魚肉鄉里，遇上荒年還會減免自家佃戶的種子錢。

這次他帶著家丁來也並非真想動手，純粹就是給自己壯壯聲勢而已。

張豐靈臉上變顏變色，一時間耳邊眾人的議論聲，岑老頭的指責聲，家丁的哀號聲交織成一團，他只覺自己現在是被放在熱鍋上的螞蟻，團團轉著不知下步該去哪裡。

瀟箬看張豐靈這模樣，感覺這張大官人也不是什麼惡霸，不然早就發難了。她有心解開這困局，不然這麼糾纏下去，岑大夫怎麼有空給林荀看病療傷呢。

她一手摟著弟妹，一手搭在林荀頭上慢慢撫摸，像給狗子梳毛一般。心中略一思索，她對張豐靈說道：「既然抓藥煎煮是你自己家裡處理的，你不如把今日的藥渣取來，看看這藥渣是否和藥方一樣。」

聞言岑老頭也點了點頭，驗藥渣的確是最直接的方法。

「好，好，我這就去把藥渣取來！」張豐靈連連點頭，又對站在一旁齜牙咧嘴叫著疼的四個家丁咬牙切齒地壓低嗓門。「你們幾個在這兒等著，沒有我的命令不許隨便動手！」

家丁們喏喏稱是。

他們哪兒還敢動手啊，不說旁邊有一個像隻惡狼般盯著他們的林荀，光是衝著自己手臂上莫名其妙出現的劇烈灼痛感，他們也不敢再隨意接近瀟箬幾人。

張豐靈匆匆回去取藥渣的空檔，岑老頭走到林荀跟前觀察起這個少年的傷情。

林荀額頭的傷已結痂，嚴重的是他的腿。右腳踝腫脹得明顯比左腳大了一圈，左腿雖然沒有明顯的外傷，此時卻一直在細微的顫抖著。

岑老頭伸手要將他的褲腿捲得更高些，好觀察左腿顫抖的具體原因，手在快要接觸到林荀時，林荀的腿猛地往後一縮。

同時又是一聲痛苦的悶哼。

瀟箬有點心疼，狗子剛才扔診凳時完全沒有顧上腿的傷情，情緒正激動，現在大概還是處在過度敏感的狀態。

她有節奏的摸著林荀的頭，讓手指穿過他微微鬈曲的頭髮，附在他耳邊小聲說：「沒事了、沒事了，小狗很棒……」

果然林荀眼神中褪去了狠戾之色，他開始察覺出自己現在姿勢的狼狽，有點不好意思的微微向上用力頂了頂瀟箬的掌心，耳朵又悄悄紅成了煮熟的蝦米。

感受到林荀的回應，瀟箬笑著繼續哄小狗。「讓大夫給你看下腿，等會兒看完病給你買糖吃。」

瀟嫋耳尖聽到長姊對林荀的承諾，水汪汪的大眼睛盯著瀟箬撒嬌道：「嫋嫋和昭昭也想吃糖。」還不忘幫自己弟弟也要一份。

瀟昭像個小大人一樣，踮起腳用胖乎乎的小手拍著林荀的肩膀，一本正經地說：「阿荀哥哥不要怕，大夫看完病我們就不難受了。」

被瀟昭這樣鼓勵讓林荀更加害臊，臉上升騰起熱氣，連眼角都開始發紅。

瀟筠看他害羞成這樣，也不再打趣，只幫他把褲腿往上提方便岑大夫察看。

瀟家爹爹的衣服對少年來說著實大了些，褲腿也空盪盪的，很輕易就能拉到膝蓋之上。

林荀的小腿筆直均勻，少年體態尚未長出濃密體髮，久不見陽光的小腿皮膚白皙，肉眼能看到皮膚下的肌肉微微鼓脹，似是蘊含著旺盛的力量。

此刻若是有練家子就能看出來，這是一雙常年習武的腿。

岑老頭枯瘦的手沿著林荀小腿骨細細檢查，再察看了他右腿腳踝的腫脹程度，問了瀟筠腿是如何受傷之類的幾個問題後，當場就下了判斷。「左脛骨有斷裂，需要夾木板休養數月。腫脹只是表象，過些日子就消退了，無須用藥。」

「他還撞到了腦袋，很多事情記不清了，嗓子也說不了話。」瀟筠補充道。

「哦？頭部精妙，撞擊後記憶錯亂的事也常有，老頭子我光這麼看也不好下判定……」

岑老頭觀察了半天眼前少年頭部的傷口，一時也不能做出決斷。

「岑大夫，都說您醫術高超，還請您多多費心。」瀟筠給岑大夫戴起高帽，她看出老頭子是個吃軟不吃硬的人，放低姿態好言請求著。

上溪鎮慈濟堂是她目前能找到唯一的醫療資源，再往上就要去州府，不說耗費銀錢，這個時代交通不便，真的要到州府去尋醫，林荀很可能在路上就要死於併發炎症了。

「老頭子我可不是什麼神醫，我就是個藥師而已。」話雖然這麼說，看岑老頭花白鬍子都擋不住的上翹嘴角，就知道瀟箬這馬屁是拍對了。

「這樣吧，我給你們開個方子，主要是活血化瘀所用，這小子很可能是撞擊導致腦中有淤血……」

岑老頭話還沒說完，就被門外轎伕拖得長長的聲音打斷。「張大官人下轎——」

隨即張豐靈就氣喘吁吁地從門外跑進來，邊跑邊喊：「藥……藥渣我取來了！」

第六章

張豐靈手上抓著的布袋裡，正是今日給張丁戈煎藥後所剩的藥渣。

岑老頭將藥渣倒出攤開仔細查驗。一樣樣分辨出來歸攏，根據數量估算煎煮前的重量，判定該種藥材沒有錯漏就挑揀出放置在一旁。

麝香、去鬚黃連、白芨、五倍子……岑老頭的眉毛越皺越緊，這些藥材都沒有問題，也確實按他藥方中所寫的重量抓取，這問題出在哪裡呢？

在旁一直緊盯著岑老頭察看藥渣的瀟箬突然指著其中一味藥問道：「岑大夫，這可是蜈蚣？」

「確是蜈蚣。乾蜈蚣可以袪風定驚，攻毒散結，也是我方子中重要的一味藥材。」

「乾蜈蚣？」瀟箬火系異能強大，能輕易操縱火的大小及溫度，因此前世在基地沒少幫老中醫們處理烘製藥材。那幫老中醫還笑稱瀟箬是小煉丹爐，太上老君用的那種。

正因為處理多了藥材，她能輕易分辨出藥材的炮製是否達到用藥標準。

畢竟中醫裡有不少藥材是需要經過烘焙降低毒性，矯臭矯味，便於粉碎和儲存。只有烘焙達到標準後，藥材才能發揮該有的作用。

就比如這蜈蚣。

處理過後的乾蜈蚣可以息風鎮痙，通絡止痛，攻毒散結，是一味用處很大的藥材。而未經過處理的蜈蚣，卻含有毒素。

「我看這並不像是乾蜈蚣，倒挺像是活體直接入藥的。」

此言一出，眾人譁然。蜈蚣乃五毒之一，毒性非常，這是人人皆知的。

岑老頭捏起一段蜈蚣放到眼前仔細觀察，果然是活體蜈蚣的軀體！

雖然經過加水煎煮後的乾蜈蚣會有一定程度的復水，常人很難分辨出兩者的區別，但是岑老頭做藥師幾十年，仔細分辨還是可以確定，這藥渣裡的蜈蚣絕不是他藥方中要求的乾蜈蚣。

「哼！張大官人莫不是尋我老頭子開心，我藥方中寫明了乾蜈蚣五錢，你卻用活蜈蚣代替！」

岑老頭一把將蜈蚣殘體扔到張豐靈身上，啐了一口。

「這會兒吃出問題了，又來怪罪我！」

「活……活蜈蚣?!」張豐靈聽到這三個字魂都要嚇飛了。

藥方拿到後就交給張府大管家孫伯保管，抓藥是孫伯親自去，配好的藥材則是交給張丁戈房中小廝去煎製。

孫伯和小廝都在他家做工多年，從無生出什麼事端，怎麼這次會鬧出有毒的活蜈蚣代替乾蜈蚣入藥的紕漏？

慈濟堂裡的熱鬧，外面人群都伸長了脖子往裡不錯神地看，唯恐自己漏了精彩之處，日後和人閒話討論起此事沒了談資。

唯有一人向後退去，努力擠出人群。

瀟箬一眼就看出這個向後退的人有異常。

此人穿著長衫布褂，頭戴方巾窄沿帽，手上拎著一個黑色的小包裹，鼓鼓囊囊的。他的帽簷壓得很低，幾乎遮去了小半張臉，臉色素白，留著和他身形不相襯的山羊鬍。

「站住！」瀟箬朝他喝道。

那人非但沒有停下，反而大力推開人群向外跑去。

「快抓住他！他一定和這件事脫不了干係！」

被瀟箬這麼一喊，張豐靈也回過神，趕緊吩咐杵在旁邊的家丁去把那人攔下來。

四個家丁休息了一陣子，這會兒手上灼痛消退，正站在牆邊互相察看手臂情況，一聽老爺吩咐，立馬朝老爺指著的人飛撲而去。

四人當張家家丁之前是當伙夫的，腿腳靈便，身形壯碩，那倉皇逃竄的是個瘦長竹竿身材，沒幾步就被四人追上，齊齊撲倒壓在身下。

四人將他雙手反剪扭送到慈濟堂內，把他那頂方巾帽往後一挑，露出臉來。

張豐靈看到那張熟悉的臉驚呼出聲。「金神醫！你怎麼在這裡？」

被叫金神醫的瘦竹竿也不回答，只拚命扭動雙臂想掙脫。

「只怕這位金神醫最清楚蜈蚣的來龍去脈，這毒蜈蚣十有八九和他脫不了干係。」瀟笙朗聲說。

這跟凶手通常會返回案發現場欣賞自己傑作的心理是一樣的，他大費周章地用毒蜈蚣替換掉乾蜈蚣，讓張家公子中毒，就是要張豐靈誤以為是岑老頭的問題，去尋岑老頭的麻煩。

那這尋麻煩現場他又怎麼會錯過呢？

「妳信口雌黃，胡說八道！」瘦竹竿扭動得更加瘋狂，臉上露出憤恨之色。「妳有什麼證據是我換的蜈蚣！」

「我沒有說是你換蜈蚣，再說我們剛才只是在討論藥方中的乾蜈蚣被活蜈蚣代替，哪裡提及是有人故意偷梁換柱？」

瘦竹竿臉色越來越白，到最後已是面如金紙，渾身像篩糠一樣抖起來。

張豐靈也看出來這金神醫神色不對，全然沒有之前那種仙風道骨的脫塵感。

這金神醫正是張豐靈先前找的十幾個縣府裡的大夫中，最有名的那位。

他被邀請到張府後，對著張丁戈望聞問切了幾天，什麼十全大補丸、九天回魂丹都用上了，藥費金銀更是如流水般花銷出去。張丁戈卻絲毫沒有好轉，每日僅靠勉強灌入的百年參湯續命，等著神醫想出更好的藥方來。

金神醫等得，張豐靈和張夫人可等不得，眼看自己唯一的寶貝兒子臉頰凹陷，日日痛苦呻吟，他們更是心如刀絞。

孫伯偶然向張豐靈提起鎮上還有個岑大夫，他的慈濟堂開了幾十年，聽說從無人在他手上出過紕漏，反正現在連縣府神醫都沒辦法，要不就去找這個岑大夫試試。

張豐靈也沒有其他辦法，矮子裡面拔高個，死馬當活馬醫吧。這才將縣府請來的大夫們都遣散，來找岑老頭求醫問藥。

「我看他剛才手上提了個黑色小包袱，現在何處？」瀟箬問道。

「這，這兒呢！」其中一個家丁比較機靈，他看到被撲倒之前這個瘦竹竿把一個黑色物體甩進小巷，直覺告訴他這個東西肯定有用，便在同伴擒住金神醫後，去小巷裡把東西撿起一併帶回。

金神醫抖得更加厲害，雙腿無力支撐，要不是家丁架著他，都要癱在地上了。一股騷臭味從他胯下瀰漫開來，竟是嚇得尿了褲子。

張豐靈命家丁打開包裹，只見裡面除了大夫必備的銀針、診墊之外，還有六個大小不一的瓷瓶。

岑老頭拿起其中一個瓷瓶拔開木塞，湊到鼻子下聞了聞，眉頭立刻就皺起。

他又依次將剩下瓶子一一打開，或聞或倒出端詳。最後一個瓶子往外一倒，居然爬出兩條小指粗細，黑紅發亮的長蟲，正是蜈蚣！

金神醫已經徹底癱軟，胯下淅淅瀝瀝水聲不斷。

岑老頭惡狠狠地指著金神醫罵道：「生草烏、甘遂、洋金花、斑蝥、馬錢子，還有這火頭蜈蚣，這些都含有很強的毒性，你算什麼神醫，只帶毒、不帶藥！」

張豐靈也是火冒三丈，恨不得一腳踹死這害他兒子的惡人。

「我哪裡對不起你？馬車接你來我家給我兒看病，你沒治好我兒，我也沒怪罪你，照樣百兩白銀奉上，我張家上下誰不是對你客客氣氣、以禮相待？啊？你就這樣害我兒！」

光罵不解氣，又不好當著眾人的面真踹上一記心窩腳，私自動刑是犯法的。

張豐靈喘著粗氣，猛地脫下左腳靴子砸向被家丁架著的金神醫，正中他額頭。

「你算什麼神醫！你就是個騙子！惡棍！殺人凶手！」

慈濟堂裡面迴盪著張豐靈的罵聲，外面的人群突然被分開，只見四個差役裝扮的人左右清道，迎著後面穿官服的人進入慈濟堂。

來人正是張豐靈的大舅子，張家夫人的親胞兄，現任上溪鎮知縣趙乾坤。

「妹夫，我聽說這裡有惡人為非作歹，殘害百姓，特地過來看看。」

其實是張家夫人看張豐靈匆忙回家取藥渣，來不及問緣由又出門，怕橫生枝節，有所變故，就派家奴去請哥哥給丈夫撐腰。

「大人來得正好！」即使是自己大舅子，有官職在身還是要尊稱一聲大人。

張豐靈略一拱手彎腰算是行禮，指著金神醫就將剛才發生的情況說給趙乾坤聽。

「好一個假神醫，竟然敢毒害無辜百姓，意圖嫁禍他人！還不將事情緣由從實招來！」

趙乾坤坐在堂中高位，四個差役左右分別兩兩站位，慈濟堂恍若成了臨時的衙門。

無人架著的金神醫已跪都跪不直，半跪半坐在地上，被尿濡濕的褲子貼在枯瘦的腿上，隨著他大幅度的顫抖散發著騷臭味。

眾人無一不掩鼻搖頭，嫌惡地看著地上的人。

趙乾坤見自己的喝問沒有得到回答，就向站著的差役使了個眼色。

差役心領神會，將腰側懸掛的刀用食指推出一小截，身體微微轉向，好讓地上跪著的人看清寒光閃閃的刀刃，同時大聲呵斥。「大人問你話呢！還不快點把你的罪行說清楚！」

鋒利刀刃的寒光像鈎子一樣，勾回金神醫的神志，他突然磕頭如搗蒜，砰砰砰磕了幾個頭，伏在地上哆哆嗦嗦地敘述起自己的罪行。

原來他被張豐靈遣散後並沒有回州府，而是在上溪鎮尋了個客棧住了下來。

他本來是打算過幾日再去張府看看，屆時就說自己有了救治張家少爺的秘方，讓張家再多掏銀錢去買稀世藥材。這些稀世藥材他可以從中昧下大半，以後拿出去倒賣，可是一大筆錢。

剩下的就都給張家少爺灌下去，運氣好萬一能治好了，這診金何止百兩白銀，百兩黃金都可以開口！

喜孜孜打著如意算盤的他沒想到，第二天就聽說張老爺聽了管家孫伯的建議，去鎮上的藥館拿了個方子，這方子居然還真有效。

趙家少爺第一帖藥服下去就明顯見好，張老爺和夫人高興地當場就賞了孫伯錢。

金神醫緊盯著張家，知此消息，眼看計劃落空，本該屬於他的錢都長著翅膀離他遠去，他是氣得覺也睡不著，飯也吃不下，心中暗下決心，定要讓這個攪黃了自己發財計劃的藥鋪吃個大教訓。

於是他暗中觀察打聽，發現給張家少爺抓藥的正是管家孫伯。

原來是怕藥方無效，張家起先只備了三帖藥的藥材，這乾蜈蚣府中正巧沒有。孫伯年邁，怕第二天自己走得慢趕不及去藥鋪買藥，耽誤早上少爺喝藥，前一天傍晚時分便外出抓配好所需藥材，放在自己房中保管，第二天再交予小廝去煎煮。

他就尾隨孫伯，將藥包中的乾蜈蚣換成劇毒的火頭蜈蚣，在途中趁孫伯不注意時掉了包，這才使張家少爺服藥後出現中毒症狀。

「大人，小人並不想置人於死地，這蜈蚣分量小人是算好的，張少爺服藥後只會噁心嘔吐，並不會昏迷啊！」金神醫的頭不停砰砰撞地，生怕堂上大人因為自己害的是他甥兒，判自己個故意殺人。

「糊塗！」岑老頭在旁冷哼一聲。「枉你自稱神醫，難道不知病人體質狀態不同，對藥物的反應也會不同？張少爺本就被病折磨得身體虛弱，你放的蜈蚣量於正常人是噁心嘔吐，於他則是烈虎噬心，才會讓他至今昏迷不醒！」

「那可有解毒之法？」聽到兒子中的是火頭蜈蚣之毒，張豐靈趕緊追問。

「大人決斷，其他人勿要喧譁！」差役威嚴地維持秩序。

趙乾坤咳嗽一聲清清嗓子，正色問岑老頭。「你是否能醫治張家張丁戈？」

知縣發問，岑老頭不得不如實回答，雖然他並不情願再和張家扯上干係。

「回大人，老夫能治。」

「那本官就命你前去治好張丁戈，張家則應支付相應的診金酬謝。」

趙乾坤知道如果自己不下命令，這岑老頭真有可能袖手旁觀，不肯再救治自己甥兒，畢竟按剛才張豐靈所說，他們可是冤枉岑老頭在先。

為了自己甥兒的性命，他不得不借著官威當眾下令。

「至於你，身為醫者卻下毒害人，實在是罪不可恕！來人！拖回衙門關入大牢，擇日再行判決！」

趙乾坤語畢就起身往慈濟堂外走去，差役拖走徹底絕望的金神醫，跟隨在知縣大人身後打道回府。

知縣下令，也不給他回絕的機會就走了，岑老頭只得哼一聲，也無其他辦法。

張豐靈臉上堆著笑搓著手。「岑大夫，岑大夫您看……」

岑老頭瞟了他一眼，也不答話，轉頭就繼續察看起林荀頭上的傷。

張豐靈也不生氣，小步挪了挪，湊近岑老頭身邊道歉。「岑大夫，哎，岑大夫，之前是我太失禮了，是我糊塗……」

「走開，擋著我的光了。」岑老頭神色稍緩，依舊沒好氣。

「哎，哎，好！」張豐靈搓著手訕訕退後了點，這一後退差點踩到金神醫的遺留物——地上一灘黃黃的水漬。

「沒長眼睛嗎！還不趕緊把這兒弄乾淨！岑大夫的慈濟堂是治病救人的地方，怎麼可以讓髒東西玷污了這裡！」張豐靈衝著家丁吼道。

真是沒用的東西，沒點眼力！沒看到自己正絞盡腦汁讓岑老頭息怒嗎，還跟柱子一樣傻站著！

被老爺吼了的四個家丁趕緊手忙腳亂，找灑掃工具打掃廳堂，驅趕門口還企圖看熱鬧的圍觀群眾。

岑老頭也不管他們怎麼折騰，只專心察看著林荀。

用手摸額頭，有腫塊，應確是淤血。張口看其舌喉，喉頭腫脹，像是有一泡水鼓在咽喉處。

「你是否誤食過什麼東西過敏？」岑老頭問林荀。

林荀搖頭，瀟箬代他回答。「我們今日只吃了早飯，並無容易過敏的東西，至於之前他有沒有吃過敏之物，他想不起來了。」

岑老頭摸著自己的鬍子思索片刻，又問：「那你家附近有無一種佛焰苞綠色或綠白色的植物，有些邊緣青紫色，葉子大多二至五枚。」

聽岑大夫這麼一說，瀟箬想起來她見過這種植物，不是在家附近，而是在撿到林荀的西山上。

「是不是葉子尖尖的，花像兩個手掌攏起來半開合，裡面的花序和稻穗類似？」

「正是此物。這種植物叫半夏，現在正是它開花的時節。」岑老頭撫著鬍子頷首，又問林荀。「你有沒有覺得舌頭發麻，喉嚨刺痛？」

林荀點頭。他的舌頭一直麻麻的，喉嚨也像是一直有針扎一般疼痛。只是他現在一不能言，二也是不想讓瀟箬擔心，一直忍著沒有表現出舌喉的痛苦。

「這就對了，你這是誤食了半夏導致中毒。這半夏全株有毒，尤其是地下的塊莖部分，毒性尤甚。」

聽到中毒二字，張豐靈在一旁搓著手囁囁插嘴。「中毒，我兒也是中毒，岑大夫……」

岑老頭像是沒有看到張豐靈這個人，壓根兒不理旁邊著急上火的張大官人。

他現在知道失禮了？現在知道糊塗了？方才找自己興師問罪的時候怎麼沒想過呢！

岑老頭決定再晾晾張豐靈，之前聽他說張丁戈嘔吐過，十有八九吐出一部分蜈蚣毒了，加上那個所謂的金神醫說了他下的蜈蚣分量少，那張豐靈兒子暫時是不會有什麼事的。

雖然知縣大人有令，他不得不去救治張丁戈，可也沒說必須立刻去救不是。

瀟箬聽林荀中毒，一顆心也揪了起來。

「岑大夫，那這個半夏毒有沒有辦法解？請您務必幫幫我們，診金都不是問題。」

哪怕兜裡就那麼點碎銀子，還要供一家人吃喝，但是銀錢沒了可以賺，林荀的傷病現在是等不及的。

「你這孩子也是命大，若是服食大量半夏，會出現燒痛腫脹、不能發聲、流涎嘔吐、呼吸遲緩、全身痙攣，最後麻痺而死。你現在只是聲啞、口不能言，可見所食不多，只需益氣補血湯一日三次服用，將毒素排出就好。」

藥方簡單，可要用到的藥材卻不簡單。

岑老頭面露難色地看向一臉擔憂的瀟箬。「只是這益氣補血湯中需要用到當歸，最好是東當歸。我這兒當歸存量不多，東當歸更是半點也無。」

東當歸產於北方，上溪鎮地處江南，南北路途遙遠，就大大提高了南方藥鋪裡東當歸的價格，最近又聽說北方不太平，能運送到南方的東當歸就更是稀少，甚至到了一藥難求的地步。

瀟箬知道這不是岑大夫的託詞，她也聽聞過現在北方時有動盪。似是原來鎮守北部的大將軍年老辭官，游牧的部族們就屢屢騷擾邊境，北方商貿也因此經常受損。

「哎！哎我有！東當歸我家有！」張豐靈立刻找機會插嘴。

聽到張府有他需要的藥材，岑老頭才斜著睨了一眼張豐靈。「真有？」

「有的有的！前幾天那些大夫們說要準備的藥材裡就有東當歸！」

「哼，你們張府的東西，我們可買不起！」

「看您說的，我怎麼可能要您的錢呢！只要您願意隨我回去治好我兒，不僅東當歸隨便您取用，還有其他的藥材，您只要需要，愛拿多少隨您高興！」

張豐靈擠笑擠得老臉都僵硬了，再珍貴的藥材也比不上他寶貝兒子的性命重要。

岑老頭沒有立刻答應，而是看向瀟箬。

「丫頭，妳可願意隨我去一趟張家？」

瀟箬一時猶豫起來，倒不是不願意陪岑大夫走這一趟，只是林荀行動不便，瀟嫋、瀟昭尚且年幼，帶上他們一起自然不方便。可不帶上他們仨，又把他們安置在哪裡呢？

何況張家只有求於岑大夫，允諾東當歸也是給岑大夫，她一同前去又是何道理？就算她想掏錢向張家買這東當歸，她手頭也沒有這麼多銀子，只怕連根東當歸尾都買不起。

岑老頭看瀟箬沈默，大致也猜到她的顧慮。

「張大官人，剛才要不是這丫頭，我們的事也沒這麼容易掰扯清楚，那個假神醫更不會這麼快被捉拿歸案。」岑老頭手指叩著櫃檯面，發出答答答的聲響，看似敲桌面，實則是敲打張豐靈。

張豐靈一直窺著岑老頭的臉色，他何等機敏，立刻就明白了岑老頭的意思，趕忙對瀟箬抱拳施禮。「岑老說得對，這位小姐機智非凡，幫我擒住害我兒的惡人，於我張某，於我張家都是有大恩，也請這位小姐和岑大夫一同去我家，我張家要好好感謝才是。」

見張豐靈這樣說，瀟箬也不再猶豫，畢竟東當歸是林荀急需的，有這個機會能獲取，她自然不會放過。

「張老爺有禮了，我只是把猜測的說出來，並沒有出什麼力。岑大夫要我和他一同去您府上，我自然是樂意至極，只是我弟妹尚且年幼，腳程不快，我家阿荀又有傷在身，留他們三人孤零零在此，我實在是不放心……」

「這好辦！我這就吩咐人多備幾頂轎子，一同去我家就是！」張豐靈見事情有了轉機，樂得見牙不見眼，這會兒是真心笑了。

幾人做好決定，張家又不缺銀錢，一會兒工夫慈濟堂門口就抬來了四頂轎子。

最後轎伕是抬著三頂轎子走的，因為林荀怎麼都不願意和瀟箬分開，瀟嫋、瀟昭也抽抽噎噎要和阿姊、阿荀哥哥一起坐，最後四個人都擠在了一頂轎子裡。

還好張家闊綽，轎子也是準備得十分寬敞，瀟嫋、瀟昭又還是豆丁體型，窩在瀟箬懷裡也不占什麼地方，四人在轎子裡倒也不算擁擠。

林荀本來想讓雙胞胎坐自己這邊，他怕瀟箬要一直摟著弟弟、妹妹累著。

瀟箬笑著戳戳他的臉頰調侃道：「小狗先把自己的小狗腿養好了再來揹弟弟、妹妹吧。」

瀟嫋耳朵特別尖，聽到阿姊說小狗，好奇地問：「小狗在哪裡呀？」

「笨，阿姊說的小狗就是阿荀哥哥！」瀟昭肉乎乎的臉上努力擺出一副高深莫測的大人表情。「這叫愛稱，就像以前阿娘叫爹爹呆木頭一樣。」

「哦……那我們也可以叫阿荀哥哥小狗嗎，叫小狗哥哥也可以！」瀟嫋似懂非懂，只覺得好玩。

兩個娃娃的童言童語聽得瀟箬噗哧一聲笑出來，林荀則是連耳朵根都紅得明顯。

「不可以叫小狗哥哥哦，在別人面前也不能說阿荀哥哥是小狗。」

「為什麼呀？」瀟嫋圓滾滾的葡萄眼看看長姊，又看看旁邊臉紅成熟透蘋果一樣的阿荀哥哥。

「因為啊……」瀟箬看見林荀臉紅成這樣，越發起了逗弄的心思。「因為小狗是我撿來的，你們阿荀哥哥是阿姊的專屬小狗。」

「哦——」兩個小孩拖長了聲音回應長姊，旋即被轎子外街上熱鬧的聲音吸引，挑起轎簾朝外邊看，嘻嘻哈哈打鬧成一團。

瀟箬和他們一起看著街上的熱鬧，突然覺得一隻有力的手拉住自己，在自己手心寫著什麼。

回頭一看是林荀。他俊朗的臉上滿是紅暈，連眼尾都染上了一抹紅色。

他低垂著眼不敢看她，只用冰涼的手指顫抖地在她掌心寫著字。

瀟箬仔細感受了下，才認出林荀寫的是什麼。

他寫的是好字。

好的，我是妳的小狗，專屬小狗。

第七章

到了張府，眾人下轎。

孫伯早已在門口恭迎，家丁、丫鬟左右排開，盡顯豪門大戶的氣派。

早先就有腿腳快的家丁回家通報，老爺即將帶回府上的貴客人數及需求，好讓孫伯早做準備，不至於失了禮數。

除了在大廳備好茶水和四季瓜果點心外，還特地安排了幾個伶俐的丫鬟來攙扶行動不便的林荀。

林荀並不讓這些丫鬟靠近，他清晰的下頷收緊，劍眉微微皺著，雙眸冷冷地看著這些丫鬟們。

張府哪怕是丫鬟，也個個嬌嫩水靈，身上穿的都比瀟家姊弟的布衫料子好上許多。她們大多是張家的家養奴才，從父母輩就在張家做工，從小在張府裡伺候，反而比外面窮苦人家的孩子過得舒服，因此也多少有點看不起穿著樸素的瀟家人。

被林荀冷冷看著，其中一個高䠷偏瘦的丫鬟就不樂意了，小聲咕噥了一句。「誰樂意扶你一樣！我之前扶的都是夫人、少爺，我還不想碰鄉下小子呢！」

丫鬟說得小聲，除了林荀其他人都沒聽清，只覺得是這少年不喜他人親近。

瀟箬趕緊過來攙住林荀，笑著和丫鬟說：「不好意思啊，他害羞，還是我來吧。」高瘦丫鬟也沒回話，翻了個白眼，就帶著幾個姊妹退下。

瀟箬也沒往心裡去，她現在最關心的是張府的東當歸在何處，存量多少，夠不夠給林荀用到完全康復，至於其他，都暫且放一放。

瀟箬小心攙扶林荀到大廳中坐下，安置好瀟嫋、瀟昭在林荀身旁，叮囑兩個豆丁要和阿荀哥哥在一起，不可以亂跑亂鬧。

安置好一切後，她才跟著岑大夫一同往張丁戈住的小院走去。

本來林荀還想跟著她，被她摸摸頭並且承諾很快回來後，他才沒有繼續黏著瀟箬。

張丁戈住的院子在張府的左側，從大廳出去穿過一個景致錯落的花園，又繞過一片碧波蕩漾的荷花池，再從一個月牙狀的拱門左拐，才到張家少爺平日居住的院落。

只見小院中央是十公尺見方青石板鋪設的空地，旁邊設立著一個金絲楠木製武器架，高三丈有餘，上面成列掛靠著七、八樣兵器，斧鉞鉤戟無一不全。

空地四周種著一圈各色蘭草，只是養得都不成樣子，枯萎低垂毫無生機，周邊格格不入地栽種了一圈竹子，倒是鬱鬱蔥蔥，隨著風聲竹葉沙沙作響。

看這院子的陳設構造，張府少爺張丁戈只怕是個喜愛持刀弄棒之人，又想要附庸風雅，才將蘭草、山竹栽種在一處，反而弄得奇奇怪怪，讓人發笑。

瀟箬和岑老頭在張豐靈的陪同下進了張丁戈臥房，張夫人正在房中。

她從早上一直守到現在，手上的帕子被她捏著絞著都已經變了形狀，哭了好幾次的眼睛連眼角都紅了。

看自家老爺帶著岑老頭和一個嬌俏少女進門，她早就得了僕人報信，知道這個面容姣好的姑娘，就是幫她家破解下毒案的瀟箬。

張夫人起身迎上前去，向三人略一屈膝表示禮節，期期艾艾地問自家老爺。「老爺，咱們戈兒是不是有救了？」

張豐靈來不及回話，一揮手示意張夫人等會兒再說，躬身請岑老上前察看張丁戈的狀況。

只見張丁戈雙目緊閉，躺在金平脫寶相花床上，面色白中泛紅，身上蓋著蠶絲雲紋絞銀被，身上穿著蜀錦滾金邊的璀璨流華衣，露在被子外面的手被交叉放置在胸前，這安詳的姿勢配上奢華的床具，頗有幾分即將下葬的架勢。

瀟箬一陣無語，這張家人什麼審美品味，好好的一個病人給搞得這麼奢華又安詳，也不嫌晦氣。

岑老頭毫不客氣，一把掀開張丁戈身上的被子，又扯開貼身包裹的華服，邊扯邊罵道：「他中毒體熱，內虛發汗，你們還給他包得這麼嚴實，是怕他死得不夠快嗎！」

嚇得旁邊伺候的貼身丫鬟慘白著小臉解釋。「這是少爺要求的……他昏迷前就要我們給他穿上……」唯恐被扣上一頂弒主的罪名。

張夫人知道自己兒子什麼德行，平生最愛學那些文人雅士，一旦得知外面才子間流行什麼裝扮，隔天他立刻就要整一身一樣的，這身黑金相間的衣裳正是前些日子州府裡學子間新盛行的款式。

定是他自己要求丫鬟們給他穿戴的，哪怕病床上都要學一學文人的儒雅之姿。

她並不會因此怪罪下人們，只打發丫鬟們都去門外候著，別打擾岑大夫診治。

岑老頭扳開張丁戈的嘴和眼皮仔細觀察一番，再用二指搭在他的脈搏之處聽了下脈動。在張豐靈和張夫人期待的目光中，他慢騰騰地開口道：「並無大礙，你們弄點荔枝炭搗碎沖服給他服用，等再吐上兩回，毒素就都排出來了。」

「那我兒為何還昏迷不醒？」

「昏迷個屁，他就是睡太沈了！看他眼皮子底下那麼兩大泡烏青，昨兒個怕是一宿沒睡吧，身子虛加上蜈蚣毒發作，又是鬼哭狼嚎、又是吐的，折騰累了而已！」

這下張家夫婦兩人臉上都露出尷尬的神情，喊進來其中一個貼身丫鬟問了幾句。

貼身丫鬟果然答道，昨晚張丁戈是一宿沒睡。

他服了三帖藥後覺得大好，精神頭又回來了，昨晚就在院子裡又是持刀弄棒、又是吟詩作對，折騰到天亮，本來打算喝了藥再美美睡一覺，誰知道喝完就喊疼，又是吐、又是哭叫起來。

張豐靈聽完氣得直搖頭，這不省心的孽子，平日裡不著調也就算了，這回還鬧出這樣的烏龍。

終究是晚年得子，又是他張家唯一的男丁，打又捨不得，罵又罵不動，也只能是一口嘆息。

「待張公子吐完，你們可以弄點蛋清給他服用，生蛋清就行，可以保護胃黏膜，讓吐完的胃舒服一些。」

清脆的少女聲打破室內的尷尬氛圍。

聽瀟箬這麼說，岑老頭想起她先前分辨出煎煮後的乾蜈蚣和活體蜈蚣，不由驚訝起來。

「丫頭妳懂藥？胃黏膜又是什麼？」

「胃黏膜就是胃的內壁，有一層薄膜保護胃壁的。」瀟箬意識到在這個時代，胃黏膜這個概念可能還沒有出現。

「藥我只知道一些皮毛，懂字談不上，就在書上看到過而已。」

岑老頭重新掃視了兩遍這個小丫頭，能說出這些話，她必然比她表現出來得更懂藥理。但是岑老頭並沒有追問，他知道現下並不是往下問的好時機。

「張大官人，你兒子的病我看了，解毒的方法我也告訴你了，你是不是該兌現你的承諾了？」

岑老頭直白地向張豐靈伸手。

「哦！這診金必然少不得！來人！準備白銀五十兩！哦不，一百兩！」

「我不是說診金，我說東當歸，你不會出爾反爾吧？」岑老頭向張豐靈投去不信任的眼神。

「當然不會！你看我這腦子！我這就讓人去清點，有多少、算多少，全部奉上！」

張豐靈趕緊吩咐小廝去找孫伯，讓孫伯把府上的藥材清點起來，尤其是東當歸，全部裝盒讓岑老頭帶走。

他可算見識了岑老頭的能耐，這麼一個醫術高超的大夫，自然是能交好就交好的。人食五穀，孰能無疾？

以前是他眼高於頂，不相信上溪鎮這小地方會有醫術高超的神醫，差點就釀成大錯。現在若是能用銀錢藥材補救，和岑老頭多些交情，那也是一筆划算的買賣。

「嗯。」算張豐靈識相，岑老頭終於滿意。「東當歸我要，診金我也要。」

藥材歸藥材，銀錢歸銀錢，他岑老頭帳算得明白。

「這是自然，這是自然！」張豐靈點頭應是。

藥材和診金悉數奉上，張家又另給了瀟箬二兩白銀作為感謝。

不是張家小氣，這東當歸明面上給的是岑老頭，實際上就是給林荀用的，整整兩大盒的東當歸，折算成銀錢，也不比給岑老頭的診金少。

這現銀只給二兩，也就是表示個意思而已，怕的是瀟家一個丫頭，一個少年，再帶著兩個豆丁奶娃，現錢給多了招人惦記。

有道是匹夫無罪，懷璧其罪。

張家人又留岑老頭和瀟家四人吃過一頓豐富的飯食後，才差人將幾人用軟轎送回慈濟堂。

回到慈濟堂，岑老頭就忙碌開了。

東當歸要按照大小分類，挑選出同等規格的完整當歸，頭下鬚上，放在甕中浸潤。待藥材成彎折不斷的韌性狀態後，按比例將東當歸或頭上鬚下，或鬚上頭下，或橫放擺緊，再擺藥上刀。這是為了保證當歸的頭、尾、身能按照最佳比例混合，以便於發揮最大的藥效。

只見岑老頭正手握藥，用藥鍘將東當歸切成薄片。他邊切藥邊喊瀟箬上前幫忙，乘機也將在張府沒問完的話一併問個清楚。

「丫頭，妳學過岐黃藥理？」

「沒有完整的學過，以前家裡附近有幾個老郎中，我就跟著幫幫忙，時間久了就懂了一點皮毛。」瀟箬將在基地幫老中醫們處理藥材的事情稍稍改編，更貼合這個世界，不至於引人懷疑。

「那妳能分辨藥材，處理藥性嗎？」

「只能認出一些，藥性的處理我也不是很懂，只幫老郎中們烘製過幾次，主要還是他們處理，我看看火候而已。」

「妳會看火候?!」岑老頭大為吃驚。

藥材的炮製除了分辨藥材的藥性，將藥材配伍增效外，主要就是燒、煉、炮、炙這類處理，無一不需要用火。

要當一名好藥師，必須從小就要學會看火候，熟悉火的形態，不同階段的火溫度不同，要有十分豐富的經驗積累，才能讓藥材在炮製過程中不會因為火溫變化而毀之一旦。

而這個經驗積累的過程，少則十數年，多則數十年。有些藥僮熬成了老頭，也未必能保證自己每一次炮製都能發揮藥材最大的藥性，看火候這三個字的分量可想而知。

瀟箬不知道自己的話給岑大夫帶來多大的衝擊，她捧著接當歸片的竹筐，看岑大夫停下切藥的動作，有些疑惑。

「嗯，我對火比較敏感，所以大部分時間是我來看火的。」

「看火……好，好好好！」岑老頭突然哈哈大笑起來，連說了幾個好。「等會兒丫頭妳就幫我也看看火，我們一起把這東當歸炮製了，做成當歸炭和土炒當歸！這炮製過的東當歸對那小子的傷更好！」

能更快幫林荀排出毒素恢復健康，瀟箬自然樂意。

一老一少兩人都加快手上的動作，沒一會兒就把滿滿兩盒的東當歸切片完畢。

岑老頭帶瀟箬捧著藥片到慈濟堂後院。後院分為五個房間，左右各兩間房間較小，用來睡覺及堆放雜物等日常使用，正中最大的那間則是岑老頭儲存兼處理炮製藥材的地方。

「我來翻炒，妳來看火，咱們先炒當歸炭。」

岑老頭領著瀟箬來到土灶前，上面是一口黝黑發亮的大鐵鍋。

「當歸炭全程要用中火炒製，丫頭妳可要看好了，火大了徒增燥熱，火小了這藥性可就不足了。」

瀟箬點頭答應，將木柴塞到灶裡，朝火摺子吹氣引燃稻草，以便於加速柴火燃燒。

趁著岑大夫全神貫注翻炒東當歸，她五指微微收攏，往土灶裡一拂，灶中一角發紅的木柴就被一團火焰包裹。

中火大約是攝氏一百二十度，她控制著火苗的燃燒速度，使火均勻分布舔舐鐵鍋底。

隨著岑老頭的黃銅藥鏟的每一次翻炒，火都會跟著節奏變化。

鏟子撥散藥材，火就向四圈散，藥材歸攏鍋底，火溫就下降幾度，防止過於聚集而使鍋底最下方的藥過度碳化。

經過幾次蓋上蓋子燜製後，藥材中原本的水氣蒸騰掉大半，只見鐵鍋裡的當歸顏色微微發黑，片片都收縮緊實。

岑老頭將炮製好的當歸炭盛出，放在瓷碗裡鋪平散去熱氣。

這一碗當歸炭每一片都黑而不焦，色澤油亮，在潔白的瓷碗散發著當歸獨有的藥香。

竟無一片損耗！

岑老頭稱自己是藥師，自認炮製藥材的手藝非凡，也不敢說自己炮製的藥材一點損耗都沒有，這還是第一次如此完美的完成炮製。

「好！好！好啊！」他眼睛都瞇成兩條縫，撫掌大笑。「後生可畏，後生可畏啊！丫頭妳真是我見過最有天賦的藥師！」

岑老頭的誇獎瀟箬大方地笑著應下，不是她不謙虛，是她的火系異能在這個世界來說，的確是獨一份。

「妳家在何處？爹娘做何營生？妳這天賦不當藥師真是可惜了！」

「我家在井珠村，爹娘數月前病逝，現在家中就我和弟弟、妹妹們。」

「嗯……那你們姊妹兄弟以何為生？可有親族長輩可以依靠？」

「我爹娘是外遷來的，沒有其他親戚了，暫時還沒有打算好之後做什麼營生。」

岑老頭接連問瀟箬的問題，她都一一如實回答。

「那，妳留在我慈濟堂如何？」

「留在這裡？」

岑老頭這個建議還真讓她有幾分心動。

雖然瀟家在井珠村有房、有田地，但是她並不擅長耕種，靠著那畝被打理得歪七扭八的薄田拉拔大瀟嫋、瀟昭，簡直就是異想天開。

現在還多了個林荀，要養傷、要調理，他何時恢復記憶也沒個准信，多一張嘴吃飯就是多了開銷。

如果能留在慈濟堂，既能方便林荀休養，又能跟著岑大夫學醫辨藥，還能遠離井珠村。

瀟家在井珠村十幾年，村裡人是從小看著瀟箬長大，短時間裡沒看出來她內裡已經換了一個人，天長日久的，難保不會被人瞧出端倪。

「妳就在我這兒先做藥僮，雖然沒有女子做藥僮的先例，可是慈濟堂是我老頭子一人操辦的，我一人說了算，這先例就從妳這裡開始！」

為了打消瀟箬的顧慮，岑老頭加大籌碼。

「我也不讓妳白幹，妳家少年郎在我這兒看病治傷，我分文不收，而且你們四個人都可以在此吃住，我還每月給妳一百文的工錢，如何？」

他實在是想要瀟箬留下，這麼好的藥師苗子，要是就這麼錯過了，等他壽數到了躺在棺材裡都閉不上眼！

一百文的月錢，包吃包住，還包了林荀的藥錢診金，這在上溪鎮已經算得上是一份很好的工作了。

瀟箬略一思索就答應下來，畢竟她目前也沒有比這個更好的選擇。

得了好苗子覺得自己後繼有人，岑老頭樂得嘿嘿嘿直笑，做土炒當歸被灶心土嗆了都毫不在意。

處理完東當歸，熬了益氣補血湯讓林荀服下，瀟箬向三人說明了她的決定。

林荀自是毫無意見。

瀟嫋和瀟昭睜著滴溜溜的圓眼睛偷偷看著岑老頭，岑老頭咧嘴一笑，朝雙胞胎一人塞了一把甘草。兩個娃娃立刻被嘴巴裡甜滋滋的味道征服，覺得這老爺爺真是慈眉善目，是個好老爺爺！他們願意和好老爺爺一起住！

全票通過，當晚瀟家四口就在慈濟堂住下了，第二天由瀟箬和林荀回井珠村收拾家當。其實也沒什麼好收拾的，也就是家裡的書籍名冊需要整理，地和院子裡那窩老母雞可以直接拜託劉大爺一家照應，最主要的事情就是把瀟家父母的牌位請到慈濟堂供奉。

瀟箬是想一個人回井珠村收拾的，林荀卻死活不肯。

夾著木板固定的腿使不上勁，他拖著傷腿跟在她身後，悶不吭聲的走一步、跟一步。

瀟箬覺得自己身後跟著的不是十來歲的少年，而是一隻被主人拋棄的跛腳小狗，睜著濕漉漉的眼睛可憐兮兮地看著她。

小狗成功了，第二天瀟箬僱的回村騾車上，林荀坐在車板上，面無表情地朝慈濟堂門口蹲著的雙胞胎揮了揮手作為告別。

看著阿姊和阿荀哥哥的身影變小遠去，最後消失在視野盡頭。瀟嫋小胳膊托著自己肉乎乎的臉頰，有點疑惑地問弟弟。「我怎麼覺得阿荀哥哥看起來很高興的樣子？」

瀟昭把小胳膊背在身後，像模像樣、奶呼呼地嘆了口氣，大概這就是吾家有姊初長成的煩惱吧。

話分兩頭，在三個時辰的顛簸後，瀟箬、林荀終於回到了井珠村。

不知是岑大夫的藥好，還是林荀自己身體恢復能力強，只隔一夜他就能拄著枴杖自己走了，僅上下車需要瀟箬搭把手借力。

騾車將人載到村口放下，付了車錢，兩人並肩往瀟家走去。

為了照顧林荀的走路速度，瀟箬放緩了腳步。春風吹起她鬢角的一縷頭髮，像是一雙溫柔的手在撫摸她的臉頰，瀟箬心情放鬆而愉悅。

離開井珠村對她來說像是卸下心中一塊沈甸甸的石頭，她在這個世界即將開始新的生活。

輕鬆的情緒也感染著林荀，他冷峻的臉上也掛上了一抹笑容，驅散病氣，顯現出少年該有的英俊不凡。

「喲，好俊的少年郎！」

「這不是瀟箬嗎？昨天聽妳劉大伯說妳上鎮子裡去了，今天才回來啊？」

「瀟箬妳家嫋嫋和昭昭呢？怎麼沒跟著妳一起回來？」

沿途遇到不少村民，看到瀟箬和林荀都打著招呼。

瀟箬也微笑著一一點頭問好，她沒有停下腳步多做交談。她想快點到家打點收拾好，最好能在天黑前就僱車回慈濟堂，雙胞胎晚上不見自己怕是要掉金豆豆。

瀟家的院門是開著的，劉王氏正在幫瀟箬灑掃院子。

她男人和二兒子下地幹活去了，大兒子在外做木匠，家裡就她一個老婆子，自家灑掃完了閒來無事，她就想幫瀟家也打掃，左右瀟家大丫頭出門前將鑰匙放在她這兒，託她照料家來著。她正忙活著，就聽到熟悉的少女聲從門外傳來。

「王奶奶，我回來了。」

正是瀟箬的聲音。

劉王氏把手上的水漬往圍裙上擦了擦，滿臉慈愛地轉頭看向他們。

預料中的兩個小身影沒看到，倒在瀟箬身邊看到一個俊朗的少年郎，個頭比瀟家大丫頭矮一點點，拄著木枴杖，左腿上還夾著兩片木板，少年郎身上的衣服有點眼熟，劉王氏仔細瞅了瞅，這不是瀟家爹爹的衣服嗎！

劉王氏趕緊拉過瀟家大丫頭，背過身擋著林荀的視線，附在瀟箬耳邊小聲嘀咕起來。

「箬箬啊，我聽鐵生說妳家來了個投奔的親戚，就是這個少年郎？」

昨日劉王氏只知道瀟箬要去鎮上找大夫，託自己照看下她家，並沒有見過林荀。她還是從村長家的鐵生嘴裡才知道，瀟箬為什麼要去鎮上找大夫的。

「嗯，他叫林荀。」

「那嫋嫋和昭昭呢？你們回來怎麼沒帶他們啊？」

劉王氏心中憂慮，這突然冒出來一個親戚，少年郎再英俊也是個跛腳的，瀟家是和瘸子、跛子分不開了嗎，怎麼一個、兩個糾纏上的都是這樣的人。

去一趟鎮上回來的只有這個跛腳少年郎和瀟家大丫頭，瀟家的龍鳳雙胞胎呢？不會出了什麼意外吧？

第八章

劉王氏心中如此想著，看林荀的眼神也就越發戒備，好像他是個人牙子要將瀟家三姊弟給騙去賣了一般。

面對劉王氏的疑問，瀟箬笑著解釋。自己在鎮上的藥館找了個活計，雙胞胎先在藥館住著，以後也都住在那邊了，這次回來就是來收拾行囊的。

一聽瀟箬一家人搬去鎮上，劉王氏心中五味雜陳，又是不捨、又是疑惑。

不捨是因為從小看著長大的三個鄰家孩子要搬走，這跟她自己孩子要出遠門沒什麼區別。

疑惑是以前也沒聽說瀟家大丫頭還學過醫啊，怎麼就突然在藥館找了活計？

「箬箬啊，妳老實跟奶奶說，妳是不是被人騙了？妳說的藥館是上溪鎮的慈濟堂？可別是什麼江湖遊方郎中？我跟妳說，那些郎中都是不靠譜的，沒準兒就是人牙子，看你們姊弟仨長得標致，想騙你們去賣了！」

說到人牙子的時候，劉王氏還往林荀那兒瞟了幾眼。

瀟箬看著面前老太太警惕的表情，心裡一陣暖洋洋的，這老太太是打心眼裡疼愛瀟家姊弟仨，真心實意地為他們考慮。

「王奶奶您不用擔心，我就是在慈濟堂做活計，是岑大夫想聘我做藥僮。」
「岑大夫？那確實是有本事的，在他那兒做活倒是個好營生……」
聽到岑老頭的名號，劉王氏才略微放下心來不再追問打聽，看林荀的眼神也和善起來。
「王奶奶，我得去收拾一下東西了，嫋嫋、昭昭還在等著我回去呢。」
「哎……」劉王氏應著，又看林荀拄著枴杖明顯是指望不上，趕緊又拉著瀟箬要幫忙。
劉王氏節儉又念舊，只覺得瀟家姊弟要搬去鎮上了，看看這房子裡什麼東西都覺得應該帶上。
瀟家父母留下來的書籍整理了三大箱，帶上。
姊弟們睡慣了的床褥用粗布條捆著，帶上。
四季衣物少不了，帶上。
這塊硯臺是瀟父生前愛用之物，帶上。
這根紅布條是瀟箬一歲時抓周時捏手裡的，保平安，帶上。
這個布娃娃是瀟母給瀟嫋、瀟昭做的玩具，他們睡覺都要搶著摟的，帶上。
看劉王氏忙進忙出，外屋裡被打包起來的行李越來越多。
終於在劉王氏試圖將今日清晨家裡母雞下的幾個雞蛋也塞進包裹裡時，瀟箬哭笑不得地打斷了劉王氏的忙碌。
「王奶奶，這些真的不用都帶去的。」瀟箬將一些用不上的零碎物件拿出來。

「再說我們只是暫時搬去鎮子，年節都是要回來的。」

瀟家父母的墳塚還在井珠村，他們不可能一去不回，過年、清明都要回來祭拜。

「哎呀，這些都能用上的，到時候萬一要用又再添置多費錢啊。」劉王氏還想再塞點。

她的話還沒說完，就被院子外的喊話聲打斷。

「箬箬啊！箬箬！妳在家嗎，我們來看妳啦！」

人未到、聲先至，來人正是前天灰溜溜走的瘸拐張，身後跟著同樣一瘸一拐的張光宗。

瘸拐張那天在瀟家吃癟又受罪，一家三口回到家後，他又被自家婆娘指著鼻子罵沒用，連瀟家幾個娃娃都拿不下。

他思來想去還是不捨得瀟家這肥肉。

他婆娘說得對，瀟家就三個娃娃，沒有長輩可以撐腰，瀟家大丫頭年十六，誰家閨女十六了還不成親的？誰人不知他兒子和瀟家大丫頭有那麼點關係？雖然這點牽強聯繫是他家單方面宣揚出去的，那又如何呢？

人言可畏，眾口鑠金，大家信了就是真的了，她瀟箬就該是他張鶴立的兒媳婦，他兒張光宗的婆娘！

井珠村那幫老不死的現在護著瀟箬又怎麼樣？等瀟箬嫁到他家，還不是任由他家搓揉？還有她的兩個拖油瓶弟妹，長得這麼標致，賣給有錢人家做個小廝、丫鬟的，肯定能賣不少錢呢！

如意算盤打得噼啪作響，張家兩口子頭靠著頭籌劃到深夜，想著以後的好日子，瘸拐張腳不疼了，手也不癢了，美滋滋的和他婆娘討論起等瀟箬嫁過來後怎麼作踐她。

睡在隔壁屋的張光宗不知道自己爹娘的謀劃，只知道第二天一大早，他爹娘就滿面紅光地拉著他，和他說要提點東西去瀟家下聘。

張光宗還有點懵，昨天狼狽回家時他爹娘還對瀟家破口大罵，怎麼一覺醒來突然要去提親下聘了？

張家婆娘知道自己兒子對瀟箬存的心思，她假意勸慰道：「娘知道你一直喜歡瀟箬那丫頭，現在她爹娘都去了，無依無靠的，還要照顧弟妹，她一個人得吃多少苦啊。要是嫁到咱家，我們幫著拉拔，她不也輕鬆嗎！」

看張光宗臉上有了心動的神色，張婆子知道有戲，繼續說道：「這婚姻就是父母之命，媒妁之言，咱們上門去把親定下來，請個媒婆走個過場，於情於理不都合適嗎！以後啊，瀟箬就是你媳婦！」

這一番設想徹底打動了張光宗，他黝黑的臉上飄起兩片紅雲，答應了爹娘一起再去瀟家提親。

提親要帶禮，瘸拐張看看這個捨不得，看看那個覺得太貴重，最後挑了半天就帶了一兜子自家種的花生和白菜。

張光宗覺得太單薄，瘸拐張還辯解花生是好事發生，菜通財，這兩個都是好寓意，送禮最合適不過了。兒子說不過老子，最後只得跟著瘸拐張就這樣去了井珠村。

張家婆子沒跟著去，一是對在瀟家的遭遇心有餘悸，二是覺得哪有婆婆給兒媳婦先服軟的道理，她要等著瀟箬上門，好好挫一挫這妮子的銳氣，省得嫁進來後爬到她頭上。

瘸拐張帶著兒子到井珠村時才知道瀟家人都上鎮子裡去了。問村民瀟家去鎮上幹什麼，井珠村的人誰也沒搭理他。

昨天在瀟家院子裡的那場熱鬧戲，井珠村早傳開了，沒到現場的人也經過別人轉述，知道了瘸拐張一家幹的破事。

他只能灰溜溜地又領著兒子回自己家，等到隔天，又提著昨日那一兜子花生、白菜再繼續到井珠村提親。

看到來人是瘸拐張和張光宗，劉王氏臉就拉了下來。

這家人跟狗皮膏藥一樣，貼著瀟家甩都甩不掉。

「張瘸子，你來幹什麼！」她沒好氣地問。

「劉嫂子妳也在啊，正好來沾沾喜氣！」

「什麼喜氣，我看晦氣還差不多。」

「哎，妳這話說得可就不好聽了，這千里姻緣，珠聯璧合的好事怎麼就不是喜氣了。」

「什麼千里姻緣，誰跟你千里姻緣！」

看瘸拐張堆滿笑的褶子臉，劉王氏暗覺不妙。

「還有誰，不就是我兒子和箬箬的千里姻緣嗎！」

瘸拐張樂成一朵花似的，笑呵呵就把一直跟在自己身後的張光宗往前推。

張光宗憨厚地笑著，兩頰黑裡透著紅，咧開的嘴巴裡還能看到他並不整齊的牙。

他覺得今天的瀟箬比往日更美、更嬌豔了。不像以前總是低著頭，自己只能看到她潔白的額角和細軟的絨髮。

今日瀟箬身穿上白下綠的襦裙，端正挺直地站著，陽光灑在她粉白細嫩的臉龐上。她目光清亮，神情淡然，像一株挺拔的百合綻放在風裡。

看得張光宗忍不住拖著跛腳，往瀟箬這邊走了幾步，這個美麗的女子他朝思暮想了好多年，現在就要成為他的媳婦了，怎麼讓他能不激動。

張光宗離瀟箬還有幾步距離，突然一根木製枴杖橫在兩人之間。

木枴朝著張光宗的方向一使勁，戳在他右肩上，將他戳了個趔趄，差點仰面倒地。

「哎喲光宗！」瘸拐張一聲怪叫，扔下手裡提著的兜子就去扶兒子。

扶穩兒子他轉頭就想破口大罵，但當他剛看向那邊就被震住了。

一直悶不吭聲地站在瀟箬身後的林荀，此刻擋在瀟箬的身前，木枴還指著張光宗的方向，陰騺的雙眸緊緊盯著張家父子。

恍惚間，瘸拐張覺得被一頭狼盯著，目光似乎凝成實體，刮著自己脖子，這匹惡狼隨時會撲上來，扯斷他的頸動脈，用獠牙將他撕個粉碎。

他扶著兒子的手不自覺收緊，用力到張光宗都忍不住倒抽氣。

好一會兒瘸拐張才磕磕絆絆地問：「你、你是誰啊……」

擋在瀟箬面前的少年郎並沒有回答他的話。

這時，院外傳來蒼老熟悉的聲音。

「張鶴立，你怎麼又來瀟家惹事！」

是老村長和劉鐵生來了。

有村民看瘸拐張帶著兒子進村，知道這是又找瀟家去了，瀟家丫頭此刻正在家，村民怕瀟箬受欺負，趕緊去通知了老村長。

「你連續幾天來我井珠村，鬧得我們村子雞犬不寧的，你想幹什麼！」老村長厲聲呵斥。

瘸拐張看老村長來了，不知為何反而鬆了口氣，他努力忽視讓他脊背發涼的眼神，臉上堆上了討好的笑。「看您說的，我這次來可是好事。」

「哼，你能有什麼好事！」

「我這次來是給我兒子提親的！可不是好事嗎！」

聽到瘸拐張這麼一說，老村長更加不悅。

這一沒納采問名，二沒納吉納徵，沒帶媒婆、沒帶聘禮的，就說是上門來提親，這不就是欺負瀟家爹娘故去，想直接吃絕戶。

老村長還沒來得及說什麼，心直口快的劉鐵生先不幹了，怒氣衝衝地說：「提什麼親，你拿什麼提親，就那兜破爛白菜，啊？你也不臊得慌！」

這話能懟住張光宗，卻懟不住他那個臉皮比城牆還厚的爹。瘸拐張頗有點死皮賴臉的意思，斜睨著瀟筠說：「家裡窮就只能帶這麼些來提親了，再說了，我兒子和筠筠的事情，在我們村誰不知曉，我就不信你們井珠村都沒聽過！」

他不敢看瀟筠身前表情凶狠的少年，只能側著頭去看瀟筠，擠眉弄眼地語帶得意。「筠筠啊，咱們兩家可是遠房表親，妳和光宗從小一塊兒玩到大的，我和妳爹娘早就說好了，等你們長大就成親，這可是早訂下的娃娃親啊！」

林荀聞此言心中暴怒，恨不得手上拿的不是木枴，而是鋒利的寶劍，他好一劍割破這個跛腳老頭的喉嚨。

瀟筠感受到擋在自己身前的少年整個人散發出怒氣，握著木枴的手用力到青筋暴起，寬大的布衫下面的肌肉也定是緊繃到極點。

她抬手輕輕拍了拍少年的背，示意他讓開。

林荀好似鼓脹的氣球，被瀟筠輕輕拍背的動作拔去了氣芯，體內的怒氣一點一點平息下來。他知道的瀟筠做事有計劃、有分寸，好似再難的事情到了她這裡都能迎刃而解。

他只需要聽她安排就好。

林荀順從地往右撤一步，被他牢牢護在身後的瀟筠也隨之顯現在人們視野中。

瀟箬臉上掛著淡淡的笑容，這抹淡笑讓她整個人散發著自信的神采。她平靜地問了瘸拐張。「你說我和你兒子訂了娃娃親，可有憑證？」

瘸拐張被問得一愣，他沒想到瀟箬會問這個。

啞了一會兒後他支支吾吾地說：「憑證器物是沒有的……但是，但是我們和妳爹娘說好了的，妳爹娘允諾了妳要嫁到我家的！」

「我爹娘已故去，他們在世時你們不來要求兌現，現在無人對證了，你卻來說和我家有口頭婚約？」

「我、我們也是因為妳爹娘去得突然，我們來不及……我們悲傷過度了，沒來得及想到這些……」

瘸拐張見瀟箬沒這麼好糊弄，乾脆心一橫耍起賴。「反正妳爹娘就是答應了！我們村的人都知道的，他們可以作證！」

看跛腳老頭耍無賴想伸手扯瀟箬的袖子，林荀立刻上前，一楞敲在瘸拐張伸向瀟箬的手上，立刻就浮現一道紅腫印子。

「哎喲！」瘸拐張一聲痛呼，劇痛的手壯了他的膽，他憤怒地罵道：「你是哪兒來的野小子，這是我家和瀟家的事情，你沒事插什麼手！」

「哼，他是誰？他是我男人，你說他插什麼手？」

瀟箬此話一出，眾人皆驚。

瘸拐張磕磕絆絆地被堵得一時說不出話來，劉王氏捂著嘴，驚訝得在瀟箬和林荀兩人之間來回打量，劉鐵生和老村長也是一臉愕然。

林荀的臉慢慢泛上了紅，雖然這是他們早就商量好的說辭，但此刻瀟箬在眾人面前宣布出來，還是讓他內心一陣激動。

林荀皮膚偏白皙，臉紅起來就特別明顯。

他努力想表現得更成熟、更鎮定，握著木枴的手已經悄悄出賣了他，他都用力到指尖泛白了。

瀟箬看小狗飄忽不定的眼神就知道小狗又害羞了，還怪可愛的。

可現在沒時間去逗弄小狗，她從隨身攜帶的荷包裡掏出一張薄紙遞給老村長。

「這是我爹娘以前留下的書信，寫給我娘的遠房表親的，裡面提及我與這房表親的兒子林荀訂有婚約。」

這書信是前天晚上他們商量好林荀身世後準備的，就是為了讓他的出現更自然，不惹人懷疑。

老村長識字，接過薄紙細細閱讀，果然紙上所寫和瀟箬說得分毫不差。

這封信是以瀟家父母的口吻，邀請瀟母遠房表親來瀟家做客，信中說瀟箬已及笄，早年與表親之子林荀的婚約應該履行，請林荀擇日上門來提親。

「只可惜我爹娘突然去世，阿荀全家來這兒的路上又遇上山匪，全家除了他無一倖免，他也是好不容易才找到我家，帶著這封書信和我們相認。為了找到我家，他受了不少傷、吃了不少罪……」

說著瀟箬面露悲傷，提起袖子假裝擦拭眼角並不存在的淚珠。

劉王氏心中酸楚，可憐的瀟家丫頭，怎麼這麼命苦。

劉鐵生點著頭應和佐證了瀟箬的說詞。「是啊，這少年郎昨天傷得連路都走不了，還是我送他們去鎮上看大夫的。」

這一番變故讓瘸拐張傻了眼，怎麼到嘴的鴨子突然就成了別人家的。

他還想再說些什麼，老村長卻不給他機會了。

「妳和林荀有婚約在先，又有書信為證，自然是不會和張家有其他瓜葛。」

老村長直接下了判定，徹底將瘸拐張家與瀟家的糊塗官司給截了。

「張鶴立，瀟箬和林荀的婚約是有憑證的，你說的口頭婚約無憑無據，你就算要鬧到天上去，也是你沒理。你還不快點離開，以後再也不許來瀟家糾纏！」

瘸拐張再也沒有理由繼續待著，他只能扯著已經完全呆住的張光宗，一瘸一拐地離開瀟家，臨走前還沒忘把地上那一兜子花生、白菜帶走。

兒媳婦沒了，自然就不存在什麼禮不禮物的，他可不想賠了夫人又折兵，這兜子白菜洗洗還能吃上好幾天呢。

張光宗被老爹拉著走。他一天之內經歷了即將娶到心上人的狂喜，又被告知心上人早就另許他人的大悲，這麼大喜大悲的衝擊下，他腦子已經呆呆木木，做不出什麼反應，像個提線木偶一樣被瘸拐張提回家去。

張家父子的離開，終於還給瀟家一個清淨。

劉王氏忍不住開口問瀟箬。「箬箬，這少年郎，哦不，林……林荀是吧，他之後就和你們一起生活嗎？」

「王奶奶，我們暫時是這麼打算的。阿荀的傷還需要繼續醫治，我們接下來都暫住在慈濟堂。」

「那你們打算什麼時候完婚？雖有婚約，可沒拜過天地就住在一起，總歸是有人要說閒話的……」

劉王氏這也是出於好意提醒，瀟箬一個黃花大閨女沒有成親就和男子同居，知道的曉得他倆有婚約在身，不知道的背後還不知道怎麼編排，唾沫星子淹死人，傳來傳去總不是好事。

林荀的身世和這婚約都是他們瞎編的，瀟箬並不打算弄假成真，她早就想到了這一層的應對說詞。

「我也知道這於禮不合，只是我爹娘新喪，阿荀父母也被山匪……為人子女自應守孝三年，我們打算等三年孝期滿後再做打算。」

這番回答讓老村長連連點頭，孝為天下先，有道是三年之喪，達乎天子，父母之喪，無貴賤」。瀟箬能先行孝道再顧慮自身，確實是知書達禮。

「好，妳爹娘確實將妳教養得很好。」老村長很是欣慰。「還是那句話，以後有什麼難事，你們儘管來找我。」

老村長又囑咐劉鐵生留下幫他們收拾行李，便顫巍巍地回自家去了。

多一個人手幫忙，收拾打包的速度快了許多，半個時辰不到就收拾好了該帶去慈濟堂的行囊。

屋子鑰匙依舊託付給劉王氏，央她轉告她老伴劉大爺，瀟家那塊地也一併給她家耕種。

劉王氏本說地可以幫忙打理，地裡的收成還是給瀟家。

瀟箬知道劉王氏心地淳厚，不會白白占他人便宜，幾個雞蛋她都給瀟箬留得好好的，更何況一畝良田的收成。

好說歹說，才以需要劉王氏經常幫忙打掃照顧院子，幫瀟家父母清理墳頭雜草等理由，將瀟家地裡的收成劃分成三七。

劉大爺和劉王氏負責田地耕種，苗錢、藥錢、賦稅都由劉家出，占收成的七成。剩下的三成還是瀟家的，若瀟家人沒有回來，就先暫存在劉家代為保管。

一切安排妥帖，已將近黃昏，瀟箬謝絕了劉王氏吃飯的挽留，將瀟家父母的牌位仔細包好貼身抱著，決定立馬啟程回上溪鎮。

劉鐵生幫著找了輛能去鎮上的騾車，多加了五文錢，車伕才答應連夜趕路將瀟箬和林荀送至上溪鎮。

待兩人到了鎮上，夜已深沈。空中明月皎皎，照在沈睡的大地之上，平整的石板路彷彿蒙上一層輕薄的紗。

近幾年朝廷不再實行宵禁，鎮門並未關嚴，有人要夜半通行，只需在鎮門旁的孔洞中輕叩幾下，門內值守的士兵就會出來驗證來人身分，查驗無誤就可入鎮。

通過驗證，騾車駛入鎮內，沿著街道主幹道前往慈濟堂。

遠遠地看到慈濟堂並未插板關門，柔和的桔色燭火光輝從門內映出，照得慈濟堂門口地上留下一塊斜方亮處。

慈濟堂門檻上有兩個小黑影，是瀟嫋和瀟昭蹲坐在那裡。

眼尖的瀟嫋先看到騾車的影子，蹦跳起來。

「阿姊！是阿姊回來了！」

雀躍又奶呼呼的聲音把岑老頭也喊了出來。娃娃們執意不肯去睡覺，他就也沒睡，陪著兩個小的等他們姊姊回來。

瀟箬下車先抱著撲到懷裡的雙胞胎一人親一口，揉揉他們軟乎乎的臉蛋過過手癮，然後才跟著車伕一起把行李包裹都卸下車，搬到慈濟堂後院。

一老，兩小，一位半殘廢人士都想幫忙，全被瀟箬打發去乖乖坐著休息。

她自從異能重新覺醒後，體能異常充沛，一整天忙下來不只不覺得疲憊，反而渾身充滿了力量。要不是怕嚇到他們，瀟箬覺得自己一個人把所有行李都卸下來都是小事一樁。

多添了十文錢給車伕作為幫忙搬行李的謝禮，慈濟堂這才上板打烊，幾人也依次回屋休息。

當晚瀟箬躺在床上，看著陌生的房間心裡卻是無比安定。

她現在已經完全適應了這個世界，明天開始，她就要開啟全新的生活。

這裡雖然和她前世生存的世界完全不同，但她覺得和原來孤身一人，每天睜開眼睛就要進入戒備狀態的日子相比，她更喜歡這裡的生活。

她喜歡這裡人們的鮮活和淳樸，喜歡未曾謀面的瀟家父母從各方面體現出的慈愛，喜歡瀟嫋、瀟昭對她全然的依賴……

還喜歡小狗，容易害羞又乖得不行的樣子。

瀟箬帶著微笑沈沈睡去，只有黑甜鄉，再無夢境。

第九章

上溪鎮醫館收了個女娃娃做藥僮的事情很快就傳開了。

人們議論紛紛。有說哪有讓丫頭出來拋頭露面的；有的懷疑這新藥僮識字嗎，不會抓錯藥吧；還有人說這該不是岑老頭年輕時的風流債。

不管人們怎麼說，瀟箬都當作聽不見，她白天在前堂幫著分揀草藥及按方抓藥，將藥材按照藥櫃上標注的名字分門別類存放歸置，晚上在後院和岑大夫一起炮製藥材。

她聰穎過人，記憶力非凡，短短一個月的工夫，已經記住了數百種藥材的炮製方法。有時候岑老頭故意考驗她，從清理晾曬到炮製配伍都讓她一人打點，瀟箬做得是分毫不差，讓老頭子連連誇讚自己沒看走眼。

這一個月來，她在前堂按方抓藥也是從無錯落，再複雜的藥方子只需要看上一眼，就能快速在藥櫃幾十個格子裡找到對應的藥材，有時候甚至一些常見的病症，她無須藥方都能配出對應的藥來。

加上她對病人輕聲細語，嬌俏的臉蛋上總是掛著甜美的笑容，鎮上的人們議論聲逐漸消失，人人都知道慈濟堂有個機靈又能幹的藥僮，岑大夫這是後繼有人了。

林荀的傷情在經過一個月的精心調理已是大好。少年身體強健，恢復能力快，加上張府給的東當歸品質上乘，炮製後藥效大大增強，連續服藥幾天，林荀就能開口說話了。
瀟箬還記得林荀喉嚨恢復的情景。
那是一個月明星稀的夜晚，她和岑大夫將自藥農收購的鮮黃連去除粗根，放入槽籠正要進一步去除細根鬚時，林荀突然跑進製藥房。
吸進肺裡的空氣沾著初夏夜晚的涼意，剛去除木板的腿因快速跑步傳來陣陣刺痛，這些都不能阻止他此刻雀躍的心情，他迫切地想去見瀟箬。
看著喘著粗氣突然闖入的少年，瀟箬有點驚訝，這個時辰平日裡林荀都在幫瀟嫋、瀟昭做睡前的準備。
少年雙眸燦若星辰，鋒利的劍眉微微上挑，滿臉抑制不住的激動。
他在瀟箬面前深呼吸幾下，然後拉住她的手放在自己的喉頸處，慢慢開口。「箬……瀟箬……箬箬……」
瀟箬能感覺到指尖隨著林荀的發聲傳來的細微震顫，還有少年並不凸顯的喉結吞嚥時的上下滑動。
「你能說話了？」瀟箬也是驚喜非常。
「能……一點……」
「看來毒素消退得差不多了，等再過幾天全部排出，他就能順暢地說話了。」岑老頭眯起眼睛，捋著花白的鬍子笑。

果然和岑老頭說的一樣，那夜過後林荀說話越來越流利，誰都想不到幾天前他還只能靠單音節表示情緒。

能流暢說話的林荀不再整天窩在後院，除了必要的復健，鍛鍊下肢力量外，他都待在醫館前堂，幫岑老頭登高取物或搬運藥材。

大部分時間無事可幹，他就拿三個小板凳，帶著兩個娃娃坐在慈濟堂門口曬太陽，有時也弄些葦草給兩個小的編個蛐蛐、小鳥逗樂。

慈濟堂出了個俊俏小郎君的事情傳遍了上溪鎮，小鎮上的人家不像高門大戶有這麼多規矩，姑娘家們也不像大家閨秀大門不出、二門不邁，鎮上未許人家的荳蔻少女們經常找藉口來慈濟堂，都想看一看這俊俏的少年郎。

「別人是家裡閨女如花似玉，門檻被媒婆踏平的，我看我慈濟堂的門檻是被來看妳家阿荀的懷春少女踏平的。」岑老頭這麼調侃瀟箬。

為了省事，林荀和她有婚約一事，瀟箬早早和岑大夫說過，也說明了為何他們一起生活卻沒有拜過天地。

瀟箬並不覺得有什麼，愛美之心人皆有之，那些小姑娘來看林荀又如何呢，換成是她路上看到帥哥也會多看兩眼。

再說了，來的小姑娘多，美白祛斑的白芷和珍珠粉銷量奇佳呢！

林荀也覺得無所謂，他根本不關心哪些人是衝著他來的，除了面對瀟箬和雙胞胎的時候他會面帶笑容，對其他人一律都是面無表情。
眾生平等，瀟家除外。
月末瀟箬領到了岑大夫答應的月錢，整整一百二十文。一百文是原先就說好的，另外二十文算是另外的獎勵。畢竟自從瀟家四人來了以後，慈濟堂的收入大大增加，月底一盤帳，竟然比平時收入多了三分之一。
岑老頭大方地多給了瀟箬月錢不說，還給了瀟嫋和瀟昭每人十文錢作為零花。
這對孩子冰雪可愛，嘴巴又甜，一口一個岑爺爺喊著，晚上還會說爺爺和姊姊辛苦了，要給他們捏捏手、捶捶腿，逗得岑老頭每天心情舒暢。
他一生未成家無兒無女，心裡早就把瀟家的娃娃們都當成了自己的孩子。
對於林荀他也沒落下，給了四十文錢作為平時幫忙的酬謝，另外還送給林荀一柄短劍。
這把短劍是岑老頭請鎮上的鐵匠打的，劍身長二尺八寸，寬一寸二分，配在少年腰間正正好，襯得林荀更是身形挺拔，渾然一股少俠之氣。
這把劍雖然不是什麼名貴的兵器，卻也做工精細，看來也是費了岑老頭不少銀錢。
領了月錢自然是要花的，正逢上溪鎮集市，岑老頭給瀟箬放了一天的假，讓她帶著弟弟、妹妹還有林荀一起去鎮上好好逛逛。
雖然放了假，瀟箬還是早早起來和岑大夫一起卸板開張。幫他裁好今日寫方子所需的紙張，研好墨汁備用，又整理了藥櫃裡的藥材，快用完的添加進去，受潮的倒出來拿到後院鋪開晾曬。

待忙完日常的工作以後，瀟家四人才準備一起去鎮上的集市逛街採買。

「岑爺爺，娲娲回來會給您帶好吃的！」瀟娲一隻手牽著長姊，另一隻手努力舉高向岑老頭揮動。

「哎，好，那爺爺就等著娲娲啦。」岑老頭一臉慈愛地看著瀟娲，恨不得再給她塞點零花錢。

「老爺子您一個人要注意別太辛苦，要是有藥農送藥材過來，您放著別動，等我們回來讓阿荀搬。」瀟箬臨出發前叮囑岑大夫。

這個小老頭要強得很，性子又倔，完全不管自己年紀大了，有什麼事情都想自己搞定，也不看看那些送來的藥材筐有多重。相處的這段時間以來她可太清楚了。

「好好好，妳這丫頭怎麼越來越囉嗦了。」岑老頭假裝不耐煩地回答，又催他們快些出發。「你們快點走吧，再不去，這集市都要散了！」

把四人送出慈濟堂，他才咧著嘴笑著回去等病人上門買藥。

每逢三與九尾數的日子皆為上溪鎮的集市，集市當天，不管是附近村落的村民還是買賣商人、行貨郎，都會趕至上溪鎮。

將帶來的物品或用擔子裝著，或用方巾攤開在地上，就算是一個攤位，開始叫賣。集市上瓜果蔬菜、粗細布疋、活魚牲畜、香囊胭脂無一不全，也有不少賣糖葫蘆、糖畫、捏小麵人這類逗小孩玩樂的。

攤主商販們吆喝著招攬顧客，人們圍著各色攤位挑選自己心儀的貨物。叫賣聲、還價聲、笑談聲、杯盞碰撞聲、車轂轆碾壓石板路的咯吱聲……各種聲音交織在一起，連成一片，置身其中不覺吵鬧，只覺日久太平，人間煙火。

瀟箬一手牽著一個娃，防止人潮湧動衝散走失，林荀手握短劍走在靠街道這邊，護著三人不被街道中間行駛的車馬碰到。

「阿姊，妳看有糖畫！」瀟嫋搖晃著被牽住的小手，小腦袋努力看向斜前方。

一個老頭坐在街道角落，前面支了一張小木桌，木桌中空下凹，內嵌圓形光滑的石板。老人正從木桌旁邊舀起一小勺融化的糖漿，高高舉起手來讓糖漿從小勺的側面流到石板上，隨著糖漿流動，他的手飛快地移動畫著圖形，不一會兒一隻小兔子就躍然在石板上。

「阿姊，嫋嫋想要糖畫。」

大大的眼睛裡滿是渴求，看得瀟箬心裡軟軟的。

慈濟堂不像在井珠村的瀟家，雙胞胎沒有什麼可以玩樂的地方，更別提玩伴了。除了瀟箬會在空閒時候給他們讀讀從瀟家帶來的書、講講故事，或者林荀給他們編個草螞蚱之外，兩人幾乎沒有其他的娛樂活動，可是瀟嫋、瀟昭都很乖，從來不會鬧著要什麼東西，還會幫著做端碗疊被這種力所能及的事情。
現在難得瀟嫋說想要個糖畫，她又怎麼忍心拒絕，本來今天來逛集市就是想帶弟弟、妹妹們來買好吃的、好玩的。再說發了工資，不就應該給他們花的嗎！
糖畫攤位圍了一圈小孩，基本是圍著看老人家畫的，很少有人掏錢買。
糖畫桌子旁是一個轉盤，上面畫著各類圖畫，有桃子、兔子、鳥之類線條簡單的，也有龍鳳之類複雜的，兩文錢能轉一次。
在小孩們羨慕的注視下，瀟嫋和瀟昭分別轉了一次轉盤。
瀟嫋轉到自己名字的諧音，一隻俏麗的小鳥，老人家先給瀟嫋畫了隻仰脖啼叫的雀鳥，拿竹籤往畫好的雀鳥上一壓，糖鳥就站在了竹籤上。
瀟昭轉到了花籃。老人家看到轉的是花籃，笑著誇獎瀟昭運氣好，將來定有出息。
原來這花籃才是整個轉盤中最複雜的，是個立體的樣式。
只見老人先在石板上倒出一個實心的圓形，在實心圓形外圈再畫一更大的空心圓，用糖漿連接起來後外圈加上花邊裝飾。另起一邊澆畫出拱形的把手，再拿熱糖漿重新澆在實心圓的邊沿使其軟化，後用巧勁抵住實心圓心，將連接的外圈向上提，半融化的實心圓邊沿便被拉升成剔透的花籃主體。
以加熱的糖液作為黏著劑，老人把拱形糖把手和花籃主體黏連在一起，引一根黏在花籃底部的棉線捆在小木棍上方便瀟昭提著，又用花生乾果做成蓮花形狀裝飾，一刻鐘的工夫，一個精巧別致的立體糖花籃就完成了。

小小的花籃通體黃中帶紅，凝固後的糖絲晶瑩剔透，折射著陽光，讓糖花籃更像是琉璃製作，而不僅僅是糖飴。

瀟嫋看弟弟提著的糖花籃很是眼饞，也想轉一個，可是想想自己只有十文錢零花，剛才那次是阿姊付的錢，想再轉可就要自己掏錢了，她還答應要給岑爺爺帶好吃的回去呢，這十文錢可要精打細算地花。

這麼想著，她就拍拍自己貼身藏在衣服裡的小荷包，決定還是省著點。

小丫頭肉乎乎的小臉蛋藏不住心事，腦子裡那點彎彎繞繞全表現在臉上了。瀟箬好笑地看她一會兒面露羨慕，一會兒又小眉頭緊鎖，好不容易下定決心了還拍拍自己小肚子，一臉嚴肅地點著頭肯定自己，真是太可愛了。

買完糖畫，四人沿著道路又繼續逛，陸續買了糯米糍粑、糖葫蘆、食餅筒之類的小吃，撐得兩個小傢伙肚子越發滾圓了。

瀟嫋雖然剛才還想著要省著點花，可看看這個好像很好吃，看看那個又覺得好玩，什麼都想要，不知不覺她小荷包就癟下去，沒一會兒工夫十文錢就全換成了手上提著的糯米芝麻小餅和小猴子麵人。

瀟昭倒是一路都算著花銷，糖畫是阿姊付的錢，他後面也只買了個小麵人玩，花了四文錢，現下手上還有六文。

他看著瀟箬被太陽曬得紅通通的臉，又看看幾步之外的糖水攤。瀟昭拉拉長姊的手，讓他們在這裡等一會兒，他跑到糖水攤前面，仰頭問老闆。「老闆，糖水是兩文錢一碗嗎？」

「是呀。」

「我們有四個人，可是我只有六文錢了，你能賣給我們四碗糖水，算我六文錢嗎？」

糖水小販沒想到面前這個不及自己胸膛高的小孩不只會算錢，還會講價，覺得很新鮮。

「我這糖水利潤微薄，四碗賣你六文錢我就虧本啦！」

「那我幫你招攬兩個客人來的話，能抵兩文錢嗎？」

「你還會招攬客人？」小販驚詫，小小年紀的奶娃居然能想到用這個方式來抵糖水錢，他還是第一次遇到。

「我會的，老闆你同意嗎？」

「成啊，你要是真的幫我招攬到兩位客人的話，我再少收你一文錢，四碗糖水算你五文錢！」

談好了價格，瀟昭真站在糖水攤前開始招攬客人。

他沒有跟其他攤位一樣吆喝，只是靜靜觀察著街上來來去去的人們，沒一會兒就見他朝兩個妙齡女子走去。

「姊姊妳好，我叫瀟昭。」他走到兩位女子跟前自我介紹起來。

「呀，小弟弟，你是在叫我們嗎？」女子驚訝地看著攔住她們去路的小孩，她們從未見過這個小孩，突然被攔住，難不成是認錯了人？

「是呀姊姊，我看妳們皮膚白白的，長得跟仙女一樣，就想要和仙女姊姊說說話。」哪有女子被叫仙女姊姊心裡不樂成花呢，更何況還是這麼一個看起來就聰穎可愛的孩子叫的，她們還沒樂多久，面前的小男孩又開口了。

「今天太陽這麼大，仙女姊姊是不是走累了呀，要不要來這裡的糖水攤喝兩碗糖水，解解渴呀，喝了糖水的仙女姊姊肯定會水潤潤的更好看！」

這小傢伙的嘴巴就是用蜜做的吧，說的話怎麼讓人聽著比喝了糖水還甜呢！

兩人被瀟昭的話逗得花枝亂顫，正好逛了挺久也有點累，就如小傢伙所說，在這個糖水攤喝兩碗糖水也不錯。

見小孩果真替他招攬到兩位客人，糖水小販說到做到，自然也兌現承諾，四碗糖水只收瀟昭五文錢。

瀟箬全程看在眼裡，她很欣慰自家弟弟小小年紀不只會心疼家人，還無師自通，學會砍價了，不愧是她瀟箬的弟弟！

四人圍坐在臨時支起的木桌旁喝著甜滋滋的桃漿薄荷水，糖水攤擺在香樟樹下，巨大的樹冠擋住有些刺目的日光，只有細碎的陽光穿透樹葉間隙灑在攤子上。

六月正暑，正午的太陽已經初露炎熱的端倪，趕集的人們都能感覺自己身上有了細密的汗珠。

「今年熱得有點晚，往年這時候可都能看到不少賣糖水、涼茶的了。」小販用一片荷葉當作扇子搧著風感嘆。

「熱得晚不好嗎？而且茶水攤子少，老闆你不是生意會更好嗎？」瀟箬巴不得晚點熱，這世界也沒個空調、電扇，她自帶火系異能本就體熱，一想到炎夏她都有點怕了。

「姑娘妳一看就知沒怎麼幹過農活的。」小販回答起瀟箬的問題。「有道是四季有序，萬物有時，這是老天爺都安排好的。夏天熱得晚，所以今年夏天就可能熱得特別厲害，連冬天也可能會特別寒冷。

「而且特別熱的話，我這糖水攤反而開不下去了。天熱得厲害，苦夏的人就多，哪裡還有心思吃我這糖水呀，有錢的寧願用高價買冰，沒錢的萬一老天爺不開恩，能吃飽飯就不錯嘍……」

瀟箬確實沒有這方面的經驗，聽小販這麼說不禁陷入了思考。

按照小販的說法，這個世界的夏天肯定是比較難熬的，雖然不像前世因為城市熱島效應導致的高溫，但是這兒也沒有高科技帶來的涼爽，那還有什麼辦法可以降暑呢……

她想得太投入，聽到林荀叫她也沒分神，依稀好像是說他要去買個什麼東西，她擺擺手讓他自己去。

林荀除了記憶沒有恢復，身體已經完全康復，加上他還會些拳腳功夫，她也不怕有人會欺負他，終究是少年心性，讓他單獨去逛一會兒也不妨事。

「老闆，我們才搬來鎮上，往年夏天你們都怎麼降暑呢？」

「還能怎麼著，小孩光個屁股去河裡游那麼幾遭，痛快得很。不過妳們丫頭肯定不會去的，我也沒女兒，不曉得妳們丫頭怎麼個方法，大概也是用蒲扇之類？

「除了這些，再就是吃點井裡鎮著的瓜果了，熬點茶湯、酸梅湯之類的。」

聽小販說到酸梅湯，瀟箬頓時口舌生津，酷熱時來一碗冰鎮的酸梅湯的確是人生一大美事。

「酸梅生津止渴，冰鎮的酸梅湯口味更絕，可惜哦，冰價太高了，我們小老百姓只能用井水來鎮一鎮，回溫得快。」小販也想到酸梅湯的滋味，咂著嘴嘆息。

糖水攤上其他喝糖水休息的人也贊同地點著頭，閒聊起來。

「往年冰都是從北方運過來的，要用棉被、稻草層層包著，就這樣二十車冰到南方也只剩半車不到，真是比黃金還貴重咧。」

「今年聽說運冰的都停了，只怕是今年有錢也買不到冰！」

「還有人說挖地窖能藏住冬日的冰，那張家不就信了嗎！去年挖了那麼大一個地窖，結果今年三月不到，這藏的冰化得一乾二淨，白白浪費了好多銀錢！」

「要我說啊，想吃冰就要去北方，還是頂頂北的那邊！就算是皇城，夏天都還是從更北邊運冰來呢……」

「不過聽說北邊現在可不太平，好多原來在北邊做生意、討活計的人都逃到南邊來了……」

瀟嫋坐在木凳上晃著小腳丫，她嘴饞喝得快，一碗桃漿早早見底了，見弟弟還端著碗小口小口喝著，有點兒羨慕。

瀟箬看著小饞貓盯著瀟昭手裡碗的專注樣，曉得這小傢伙是還沒喝夠，卻不能再叫一碗糖水給她了，倒不是覺得兩文錢的糖水貴，而是喝多了怕她晚上吃不下飯。

於是她將自己還有半碗的桃漿推到小饞貓面前，捏捏妹妹肉嘟嘟的小臉蛋。「阿姊這碗給妳喝吧，別喝急了，小心等會兒肚肚痛。」

瀟嫋嘿嘿笑了兩聲，想著阿姊真好，捧著碗小口小口喝起來。

聽著眾人的議論，瀟箬並沒有插話，傾聽永遠是最好的收集資訊方式。

「哎，可不是。」小販嘆了口氣，用手指指糖水攤子最裡面的一堆石塊。「這堆石頭就是我一個鄰居抵給我的，他原先在西北討營生，欠我十兩銀子，說是在那邊賺了錢就還我。結果今年年初回來，說是那邊生意做不下去了，虧了不少錢，沒現銀給我，拿這堆破石頭給我抵債。」

順著糖水小販手指的方向看去，果然在攤位最角落堆放著數十塊大小不一的石頭，粉紅色偏白，還摻雜著幾塊褐色的斑塊。

「他說這個石頭價值不菲，我不要，他又一副癩子嘴臉說就是沒有現錢。我能怎麼辦，只好趁著趕集一併帶來賣賣看了，唉……」小販搖頭嘆氣，要不是這個鄰居的娘小時候救過落水的自己，對他有救命之恩，他都想直接扭送這個無賴去見官了！

小販愁眉不展，眾人聽著故事也一併嘆息，只有瀟箬在看到這堆石塊的時候眼睛一亮。她走過去用手指在石塊粉白處摩擦幾下，放在鼻子底下嗅聞，又將手指在舌尖微微舔了一下，瞇起眼睛咂咂嘴，果然是它！

小販見這個嬌俏的姑娘居然拿摸過石頭的手往嘴巴裡塞，一時不知做何反應。這姑娘長得這麼漂亮，剛才跟他討價還價的小孩還叫她姊姊，弟弟這麼聰明，這姊姊不會是個傻的吧？

「老闆，剛才聽你說這石頭你是打算賣的對嗎？」

「啊？對對對，姑娘妳是想買嗎？」

「是的，老闆打算賣多少呢？」

小販沒想到這堆破石頭還真有人要，他完全就是看這石頭顏色比較少見，想著碰碰運氣的。

「那……我鄰居是用它抵債，他欠我十兩銀子，妳要是想要就十兩銀子拿走。」

他也不貪心，不想發橫財，只圖保個本就行。

十兩銀子！這報價著實讓旁觀的人倒抽口氣，這小販莫不是傻了？這堆破石頭除了顏色特別點還有什麼呀，有人想要不隨便開點價格出手，叫價十兩不是明擺著不想成交嗎！

瀟箬心裡盤算了一下這堆石頭大概有近百斤，按它能帶來的經濟價值而言，十兩銀子簡直太便宜了。

她有心買，只是自己的荷包不支持啊。

瀟家父母留下的銀錢加上自己後來攢的，算來算去一共也就三兩又三百文，距離十兩可差得不是一星半點兒。

她想了一下決定再爭取爭取，畢竟這堆石塊對她來說實在太有用了。

「老闆，不瞞你說，我沒有那麼多錢，我最多能出五兩銀子，若你願意，我們今天就能銀貨兩訖。」

瀟箬承認自己有賭的成分，賭這裡沒有人能認出這堆石頭是什麼，賭小販的心理底價。糖水小販看看角落平平無奇的石頭，最終狠狠心咬牙答應了，賣出去好歹有五兩銀子，賣不出去就是一堆破爛石頭，還占地方。

「成！五兩就五兩！不過妳可說了今天就付清的，我這兒不接受賒帳。」

見小販答應了價格，瀟箬舒了一口氣，從荷包中掏出一小塊碎銀付給他。

「這一兩銀子是訂金，煩勞你將這堆石頭送到鎮上慈濟堂，屆時我定然將剩下的四兩銀子全數奉上。」

與小販商定好地點，恰巧林荀也不知從何處買好東西回來，瀟箬就讓林荀和小販一起將石頭運送回慈濟堂，她則帶著兩個娃娃先行一步，她要趕緊回去通知岑大夫這個好消息。

第十章

瀟箬趕回慈濟堂時岑大夫正在拍砂仁。

今日集市人們都去趕集了，上門買藥求治的病人不多，岑老頭就挑揀些上好的砂仁出來拍碎，打算今晚讓林荀做砂仁蒸排骨。這方子散寒祛濕，開胃消食，經過烹飪後藥性溫和，最適合給孩子們食用。

他剛拍了一個砂仁，就聽到瀟嫋稚嫩的童音歡快地喊他。

「岑爺爺，岑爺爺！嫋嫋回來啦！」

他趕緊迎出去，把小炮彈一樣往裡衝的瀟嫋抱了個滿懷。

「怎麼這麼早就回來了？集市還沒散吧，也不多帶他們玩一會兒。」岑老頭假裝埋怨瀟箬。

瀟箬沒空回答這些，她趕緊拉著岑大夫往後院走。

「老爺子，我想預支點月錢。」

看她神色匆匆，又說要預支月錢，岑老頭困惑起來。

瀟家大丫頭向來行事穩重，並不是一個大手大腳、喜愛揮霍的人，怎麼去了一趟集市回來就缺了銀錢？但他也沒多問，他還是相信瀟箬是有分寸的，可能真是遇上了不得不用銀子的地方。

「預支多少？」

「三兩銀子。」

「多少？」這下岑老頭真是吃驚了，三兩銀子在一般農家都夠全家兩、三年的用度了。

「我買了點東西要五兩銀子，現在付了一兩作為訂金，還需要四兩。我自己的積蓄有三兩多，但是我想留一點作為應急使用，所以才向您預支三兩銀子。」

瀟箬也不瞞著岑大夫，把事情的來龍去脈詳細講與他。

正講著，林荀和糖水小販也到了慈濟堂。小販向旁邊攤位的老闆借了板車，把石頭用板車送過來。

「姑娘，妳要的東西我給妳送來了，剩下的銀子妳可準備好了？」

「你在此等會兒吧。」

岑老頭背著手開口，到後院從自己房中取出三兩銀子，瀟箬又另外拿了一兩銀子交給小販，這才算把五兩銀子的貨款結清。

在他們結算貨款的時候，林荀已經把石頭卸下，用秤分別秤了重量，最後一算足足有一百六十多斤。

「謝謝姑娘惠顧，我得回攤子上去了，剛才拜託隔壁大哥幫我照看著我才有工夫給妳送來。」小販清點好銀錢就要告辭。

「等等！」瀟箬喊住小販，端著笑臉和他道：「實不相瞞，這石頭我們藥館有用處，老闆回家後可否再問問你的鄰居，如果他還有這樣的石頭，我們都收了，價錢就按照今天的折算。」

小販肚子裡一算，這合三十多文一斤呢！能買四兩大肥肉了！這可是個划算買賣，他得趕緊回去告訴鄰居去。

小販連聲應好，推著空板車這才離去。

岑老頭仔細端詳著這堆粉白的石頭，他還沒看出來這堆石頭值錢在哪裡，瀟家丫頭居然肯花這麼大的價錢買下來，還允諾如果還有，她照單全收。

他左看看、右看看，拿起一塊較小的石頭對著太陽照著端詳，半天都沒看出名頭。

瀟箬神秘一笑，果然不出她所料，這石頭在南方極其罕見，連見多識廣的岑大夫都一時沒辨認出來。

「老爺子，您知道硝石嗎？」

「自然知道，硝石又叫地霜，性寒，味苦、微鹹，歸胃和大腸經，可治腹瀉之用。」

「硝石得在秋高氣爽時節析出，覆蓋在地面、牆角，特別是在豬圈、馬廄、廁所附近的牆角尤多，收集起來費時費力，很難能一次性大量獲取。對不對？」

「正是如此。」

「這石頭就是硝石礦，炮製後能一次性獲得大量硝石。」

聽到瀟箬這樣說，岑老頭不由詫異，這個從未見過的石頭居然就是硝石礦。

硝石礦主要產於西北地方，南方很少能見到原礦石。

只是原礦雖然難見，硝石卻並不稀缺。因為硝石有毒性，不能大量服用，藥方中用到硝石也只需一點就夠，人力收集地面牆角的地霜已完全夠用。

因此他還是不明白瀟箬為何要購入大量硝石原礦。

岑老頭將自己的疑惑問出，瀟箬卻說等有足夠的硝石後他就知道了。

「老爺子您可知怎樣炮製硝石嗎？」

她雖知道硝石的用法，卻並不熟悉如何炮製硝石，岑大夫對天下藥材的炮製則是了然於胸。

「古書記載，有炒製和蘿蔔製兩種，炒製有爆炸的危險性，大部分都是採取蘿蔔製的方式。」

「好，那咱們就用蘿蔔製。」

左右今天沒有病人，乾脆早早打烊，幾人一起圍著一堆硝石原礦忙碌起來。

林荀負責將原石敲成細小的碎塊，再放到石碾中儘量碾成細末。

岑老頭和瀟箬負責準備在炮製硝石中作為媒介的蘿蔔汁。

這個蘿蔔汁並不是簡單的榨取蘿蔔汁水，而是需要將蘿蔔切片後加水熬煮一個時辰，然後濾過蘿蔔殘渣，濾液靜置後取上層清液，才能得到可以炮製硝石的蘿蔔汁。

雙胞胎也不願意閒著，圍著三人這邊看看、那邊湊湊，捋著小袖子也想幫忙，最後得了將臨時從集市購買的大量白蘿蔔清洗乾淨的任務。

能幫上阿姊和岑爺爺他們的忙，雙胞胎十分高興，洗蘿蔔也洗得十分賣力。

等準備工作全部做完，天空中已是殘月皎皎。

慈濟堂後院依舊燭火不息。

每五份硝石礦末配一份蘿蔔汁，瀟箬掌火熬煮。

硝石的炮製有一定的危險性，雖蘿蔔製比炒製的危險係數要小，為了安全起見，瀟箬還是將其他人趕出製藥房，讓他們離得遠遠的，防止因意外波及。

岑老頭領命帶著瀟嫋、瀟昭在距離製藥房最遠的房間裡待著，遠遠地看著製藥房窗戶中透出的橘色火光。

而林荀不管瀟箬怎麼說，都不願意離開製藥房，最後還是瀟箬板起臉來他才肯磨蹭到門口。緊握著短劍，背靠在緊閉的門上，好像這樣他就能多保護她一些似的。

跳躍的火在瀟箬的掌控下均勻加熱著溶解在蘿蔔汁裡的硝石，鍋中冒著一個個小氣泡，氣泡翻滾到水面以後發出一聲小小的「啪」，炸開消失。

一鍋鍋小心煮沸的硝石溶液被過濾後倒入木桶，製藥房中十個木桶整齊排列，木桶中的濾液冷卻後重新結晶，正是炮製好的硝石。

炮製好的硝石還要取出晾乾，製藥房中只有瀟箬一人，她不想再等第二天靠太陽晾曬，這樣陣仗太大，怕是會引起他人的注意。

硝石的燃點是攝氏三百三十度左右，只要控制在燃點之下，硝石就不會被引爆。於是她直接將手覆在潔白的硝石結晶上，調動體內緩慢流淌的火種，看不見的火焰便瞬間使結晶附近的溫度精準上升到攝氏二百度，快速蒸發掉硝石結晶多餘的水分。

充分乾燥的硝石結晶只需要輕輕一撚，便成了粉末，在她精準的溫度掌控下，今日購入的一百六十斤硝石礦沒有一點損耗，除去石渣外，一夜過去，她足足獲得了三十斤純度極高的硝石。

面對潔白的三十斤硝石，岑老頭捏起一小撮搓開，指尖傳來細膩的摩擦感，不由心中感慨瀟箬絕佳的製藥天賦。

「這硝石精度純良，品質上佳，只是這三十斤的量，怕是能用上好幾年了。」他還是沒想明白瀟家丫頭要這麼多硝石做什麼。

瀟箬一夜未眠，也不覺睏倦，只感覺五臟廟像是在敲大鼓似地咚咚咚抗議她只消耗、不進貢。她現下也顧不上細說，拉著從製藥房出來後就一直亦步亦趨緊跟著她的林荀的袖角晃了晃。

林荀也是一夜未眠，製藥房裡忙碌了多久，他就靠在門口守了多久。

這一夜他想了很多。

想著如果不是瀟箬撿到他的話，自己會不會就毫無聲息地死在深山裡，可能會被野獸撕扯開皮肉吃掉，等數年後被人發現只有一具不知名的白骨。

又想到瀟箬在眾人面前說自己是她男人的時候，風拂過她的鬢角，那一縷髮絲就在她臉龐輕輕搖晃，好像在溫柔地撫摸著她。

還忍不住想如果今晚真的煉製硝石失敗，發生爆炸之類的意外，自己一定會第一時間衝進去，就算不能護住她，死也要和她死在一起。到時候岑老把兩人埋在一處，墓碑上名字也要緊挨著，等清明時嫋嫋、昭昭就來給他們上墳……

這麼胡思亂想了一通宵，直到金雞破曉天光大亮，製藥房的門被從裡推開，瀟箬神采飛揚地從裡面走出來，他才從紛亂的思緒裡回神。

一夜沒變換過姿勢的身體僵硬得像久未上油的戶樞，動一下恍惚間都能聽到骨頭與骨頭摩擦的咯吱咯吱聲，他也顧不上伸個懶腰舒展，瀟箬去哪兒他就跟到哪兒。

從她去敲岑老和瀟嫋、瀟昭昨晚就寢房間的房門，到她把炮製好的硝石搬出來放在石桌上攤開，他始終保持半步的距離跟著，他像是瀟箬身後的那條尾巴。

或許漫漫長夜想的東西太多了，跟著瀟箬來來去去的這段時間他腦子裡是一片空白，空盪盪的什麼都沒想，四肢也不用大腦發號施令，只需要遵循著本能。

袖子被蔥白的手指扯著晃了晃，腦子裡的東西也像是一同被拉扯回來，他視線循著白皙纖長的手指移到俏麗的臉上，只見瀟箬睜著杏眼直直地看著他。

少年如春筍，一天一拔節。經過一個月的調養治療，他身高竄了一大截，現在已經超過了瀟箬，看她時已經不用仰頭了。

瀟箬只需眼神不用說話，他就知道她餓了。

林荀後退一步，短劍從右手換到左手，右手張開又握緊，重複幾次感覺恢復靈活後，他朝瀟箬和岑老點頭示意，轉身去了廚房。

昨晚的砂仁排骨還有剩餘，重新加水和鹽煲成砂仁排骨湯。蒸個米飯，清炒個時蔬，再給瀟嫋、瀟昭一人蒸一碗雞蛋羹，簡單又有營養的一餐就準備好了。

自林荀醒來後做了那鍋燜飯開始，瀟家的飯菜都是他來包辦的，到了慈濟堂也是如此。他做的飯菜好像有魔力一般，簡單的材料經過他手的烹飪後也能變得鮮香撲鼻，讓人胃口大開。岑老頭吃過一次就徹底讓出了廚房的使用權限，每天只管吃飯，不再操心過問飯食問題。

吃飽喝足，瀟箬讓幾人都聚集在院子中間，她要給他們變個戲法。

她先是拿了一個陶甕倒上清水，又拎出比陶甕要大上一圈的木桶也蓄上清水，將陶甕放在木桶中間，形成同心圓。

在幾人好奇的目光中，瀟箬取出和陶甕中清水等量的硝石，倒入木桶中的水裡。雪白的粉末在水中溶解，隨著硝石的溶化，陶甕裡的水也發生了變化。

只見甕中的水發出細微的咯吱聲，竟然慢慢結冰了。

六月正午，太陽雖然不像盛夏猛烈，曬在人身上久了也會有熱感，瀟箬居然在陽光下製造出一甕的冰塊。

「哇！」雙胞胎感覺自己真的看了一齣精彩的戲法，瞪著大大的眼睛感嘆著。

阿姊果然是天下第一厲害的姊姊！

岑老頭從沒見過這樣的景象，他枯瘦的手顫巍巍地貼在陶甕上，冰涼的觸感確實是冰，這不是他的幻覺。

「這、這真的是冰？」

「是冰。」瀟箬肯定地回答。「硝石溶解在水裡能吸收大量的熱量，能使等比例的水因為失熱凝結成冰。」

她要大量硝石的原因就是這個。

昨日聽人們談論冰價昂貴，又恰巧看到那堆硝石礦的時候，她就想到了可以用硝石來製冰，這正是一個極好的賺錢機會。

「我只知硝石入藥，竟然不知它還有這樣的用處，丫頭妳小小年紀，從哪位高人處學得這些的？」岑老頭搖頭嘆息，果然生有涯，知無涯。

瀟箬不想岑大夫細究，只道是在爹爹留下的書裡曾經看到過硝石製冰的方法，又說這硝石製冰比例是一比一，溶解於水的硝石可以蒸發掉水分後重新提取出來重複使用，雖然過程中會有損耗，但和能製作的冰相比，這點損耗幾乎可以無視。

她和岑大夫商量，直接賣冰雖然可以快速獲利，但過於引人注意，慈濟堂裡老的老、小的小，過於引人注目並不是好事。倒不如由岑大夫配一副藥性溫和，清熱去火，又順口順喉的良方，加冰塊做成冰茶飲販售，既能去暑又可退熱。

岑老頭也贊同瀟箬的建議，並且堅持這藥茶飲他只分藥材等用料的錢，剩下所有的利潤都歸瀟箬所有。

「我一個老頭子，平日診金藥錢就足夠花銷，還有上次那個張家給的百兩酬謝都還沒花，在那兒攢著，我要那麼多銀子做什麼！」岑老頭挑起一邊的花白眉毛，顯得生動逗趣，惹得雙胞胎格格直笑。

「再說了，嫋嫋和昭昭還小，以後要花錢的地方多著呢，妳和妳家阿荀以後過日子、置辦家業，哪樣不要用銀錢？」

聽岑大夫這樣說，瀟箬便不再爭辯。

左右這個小老頭無兒無女，又這麼疼愛他們，她將來肯定是要給他養老送終，現下再爭這利潤的來去倒是生分了。

「行，那就按照您說的來。」

岑老頭去擬方子，今日慈濟堂再休息一天。

瀟箬從瀟家爹爹留下的藏書裡揀了本《山海志異》給雙胞胎唸其中的故事，唸著唸著就變了調，天馬行空起來。

什麼山裡的小花妖化作人形去參加富家公子的晚宴，到了亥時就必須回自己的山洞，不然就會變回原形，小花妖離開時遺落了一只繡花鞋，富家公子根據繡花鞋找到了小花妖。

什麼東海裡的鮫人救了落海的王爺，王爺眼瞎錯以為白蓮花丫頭是救命恩人，害得鮫人在天亮時化作海上的一堆泡沫。

她把各種西方童話掐頭去尾和聊齋拼湊起來，聽得兩個娃娃一愣一愣的，覺得自家長姊真是博學多聞，講的故事都是他們聞所未聞的。

兩人聽得根本停不下來，纏著瀟箬問東問西。

「鮫人為什麼不用法力把壞丫頭打跑呀？」

「小花妖的乾娘能每晚都變出更好看的裙子嗎？」

直到林荀過來一手一個拎著他們去午睡，瀟箬才解脫出來。

瀟昭小大人樣地抖開小被子，他比同齡孩子要早熟穩重，大部分力所能及的事情他都可以自己完成。

不只自己的小被子抖得平整，還幫他二姊把小被子也抖開，拍拍床鋪邊緣喊二姊過來午睡。

「嫋嫋來睡覺。」瀟嫋只比他早出生不到一盞茶工夫，名義上是姊姊，可絕大多數是他在照顧這個雙胞胎姊姊，平日裡也是互叫小名，不曾喊她二姊。

「阿荀哥哥你去忙你的吧，我們能自己照顧自己的。」瀟昭先把瀟嫋帶到她自己的小床上，給她蓋上小被子，還掖了掖被角，才回頭對林荀說道：「阿姊昨晚沒有睡覺，阿荀哥哥勸勸阿姊該去休息了。」

林荀點頭，確定雙胞胎都上床閉眼了，才退出房間關上門。

沒有了兩個小傢伙的嘰喳聲，岑老頭在前堂琢磨方子，院子裡很靜。瀟箬坐在籐椅上斜靠著石桌，《山海志異》反扣在膝蓋上，她正伸手去拿桌子上的桑葚吃。

桑葚正當時節，個個飽滿鮮甜，瀟箬慢條斯理地吃著，白嫩的指尖被桑葚汁染上了紫黑色。

她一抬頭才發現林荀已經走到石桌旁邊，手上拿著沾濕的帕子。

「睡了？」問的是瀟嫋、瀟昭兩個。

「嗯，乖得很，都睡著了。」

「他們一直都讓人省心。」

「比妳省心。」林荀握住她還要繼續拿桑葚的手，另一隻手用濕帕子仔細擦她染色的指尖。

「哈，臭小狗。」瀟箬笑著罵他，要抽手不給他擦。「我怎麼不省心了，我看你膽子越來越大了，都要管教我了。」

想想這狗子一個月前還會用濕漉漉的雙眼盯著她看，什麼都聽她的，又委屈、又膽怯，還容易害羞，動不動耳朵就通紅。現在膽子跟個子成正比長，看自己都能微微垂眼了，逗弄他也沒那麼容易臉紅了，現下還會埋怨自己不省心。

「別動，這個染上不快點擦了就不好洗。」林荀握著她手腕不讓她亂動。「妳昨晚都不讓我進屋子。」

「哦，不讓你進藥房就是不省心了？」

「妳該讓我進去幫忙的。」林荀低著頭，他擦得很細緻，濕潤的帕子裹住手指搓揉，好像在連擦帶玩一樣，反覆地揉來捏去。

瀟箬能感覺到他的力道透過帕子傳到指尖，反正也不疼，濕濕的布巾擦著還挺舒服，她有心再逗一逗小狗，笑咪咪說道：「誰說不是呢，小狗想幫忙進不來，就差撓門啦！」

「不會炮藥，我幫妳搬搬東西也可以。」

「是是是，下次就讓小狗幫我叼著藥鏟子。」

「岑老都說炮製硝石有危險了，妳還關門一個人做。」

「真不該，真不該，以後我開著門讓小狗看著。」

林荀還是板著臉，面無表情地裝作嚴肅，耳朵倒是很誠實的紅了。

手指上揉搓的力道停了，手腕上傳來冰涼的摩擦感。

瀟箬一低頭，發現林荀給她手腕上套了個手環。

手環是用紅黃布條編成的，黃色布條鮮亮，紅色布條沈穩，交織在一起形成穗狀，穿過一個柳葉形狀的琉璃墜子，那冰涼的摩擦感就是琉璃墜子擦過手腕的感覺。

「昨天看到有人在賣手環，可以現編的，我覺得好看，就給妳也買了一個。」手環編製的樣式是可以伸縮的，林荀一手捏著黃色布條的一端，另一手拉著紅色布條輕輕拉著，將手環調整到適合瀟箬手腕的大小。

琉璃是外來品，價格肯定不便宜，瀟箬端詳手腕上的手環想著。

「怎麼突然給我買這個了？」她左右轉動手腕，看陽光折射在透綠的柳葉墜子上顯出七彩的光斑。

小狗想送她東西，她就大方收下，推來推去地怕是要傷小狗的心。

「那天王奶奶說的，這個保妳平安。」林荀指了指手環的紅色布條。

瀟箬抬起手腕湊近仔細看，這個紅色布條就是劉王氏企圖塞進包裹讓她帶走的那根。

她不是那天拿出來放在桌子上了嗎，原來是小狗給偷偷收起來了。

「妳抓周抓的這個，能保妳平安，妳要戴著的。直接戴不方便，編成手環就能隨身攜帶了。」林荀嘆息似的，聲音很輕，瀟箬卻每個字都聽得分明。

她有點感動，林荀是真心關心她，希望她一直平平安安，無病無災。

不論這種關心是因為她撿到他產生的銘印效應，抑或是別的，現在自己也說不清的其他情感，此刻她都能感受到這種真實的惦念。

「這手環貴嗎？」她低頭去摸柳葉墜子，掩飾微微發紅的眼角。

「有點貴，那個老闆要價八十文，我說我自己編，還出一半的材料。」他指指紅布條。

「最後砍價到四十文成交的。」

四十文是他全部的身家，他還特地挑了這個柳葉的形狀，老闆說柳同留，是寓意永伴左右的意思，不過這點他沒有和瀟箬說。

不知為何，他一直沒有想起自己究竟是誰，來自何方，發生了什麼才會被瀟箬撿到。林荀覺得如果一直想不起來也沒關係，他願意生活一直這樣過下去。

「對半砍啊。」瀟箬抬起戴著柳葉手環的手，和以前一樣摸摸小狗頭。「小狗砍價比昭昭還厲害！」

林荀個子長高了後瀟箬摸他頭已經有點費力，他低頭往她身邊湊了湊，這個高度就很適合被摸頭了。

兩人坐在石桌旁說著閒話，瀟箬繼續拈桑葚吃，林荀就隔一會兒給她擦手。

惠風和暢，暖意融融，沒一會兒瀟箬就哈欠連天。一晚上的忙碌後，此刻她確實很睏，拍拍林荀的肩讓他也去睡一會兒，小狗守夜也很辛苦。

第十一章

兩人分別回房睡覺，這一覺就睡到了傍晚。

瀟箬再睜眼外面已經是斜陽鋪地，漫天晚霞。她睡得迷迷糊糊，一時分不清自己身在何處，半睜著眼睛醒了會兒神才想起來，身子骨兒軟軟地躺著，不願意動彈。

林荀喊她起來吃飯，她才懶洋洋地從床上爬起來。

晚飯是油炸河蝦，菠菜香菇湯，炒茄子和涼拌黃瓜，每人還有一碗奶豆腐羹。

岑老頭擬好了兩個涼茶飲方子給瀟箬看，兩人對著兩張紙討論著，面前的飯都是一口沒動。

林荀剝了一碟蝦肉，給瀟嫋和瀟昭每人撥了一些讓他們就飯吃，然後把盛著蝦肉的碟子往討論得熱火朝天的兩人推去，手指叩了叩木桌，發出咚咚咚的提醒聲。

岑老頭和瀟箬頓時住嘴，各自拿起筷子開始吃飯。

林荀板著臉的樣子還是挺有威懾力的。

吃完飯雙胞胎幫著阿荀哥哥收拾碗筷，岑老頭和瀟箬繼續討論藥方。

涼茶飲擬的兩個藥方分別是清熱瀉火茶和美容養顏茶。

清熱瀉火茶採用竹葉、生地、蘆根、通草等，可以除煩解渴，對於熱盛津傷或氣陰兩傷引起的體熱多汗、口舌生瘡、咽喉腫痛等都有一定療效。

美容養顏茶的主意是瀟箬提出來的，女性天生愛美，從銷量甚好的白芷粉、珍珠粉就能看出來，只要是能夠美容養顏，女子們是相當捨得花錢的。岑老頭覺得她說的有道理，便擬了個以白芨、白芍、白蘞、白附子、白術、白殭蠶為主的六白茶方。

如瀟箬所料，這兩種涼茶飲在慈濟堂一推出就大受歡迎。

特別是六白茶，為了改善口感，茶中加入了甘草熬煮調味，入口冰爽、回味甘甜，還能有美白煥膚的功效，一杯二十文的價格也阻止不了上溪鎮的女子們爭相購買的熱情。

三十斤冰塊敲成碎冰沙，也只夠做一百杯涼茶飲，通常沒到中午就銷售一空。一百杯就是兩千文，除去藥材、人力等其他成本，也有一千五百文左右的利潤。而且硝石是可以再提取重置，重複利用的。別人烘乾晾曬硝石溶液可能需要三、五天，對於瀟箬來說卻是一個時辰都不用。

瀟箬和岑老頭商議，每天推出一百五十杯的限量。其中一百杯仍是用碎冰沙，每杯二十文，開放販售，先到先得，能不能買到就各憑本事。

另外每天下午再推出五十杯，用的是小冰塊，更加清涼持久，售價定為五十文一杯。這五十杯可以提前預定，未時準時開售，如果一次訂五杯以上，鎮子範圍內還可以送上門。

冰塊昂貴，今年尤甚。

張府作為上溪鎮乃至十里八鄉裡的第一富戶，家中宅深院大，良田百畝，手裡的銀子數都數不過來，換算成銀票也比書香世家的藏書厚。

可再有錢今年也買不到冰塊。

張夫人苦夏得厲害，每年六月初就開始吃不下飯，完全靠冰塊鎮著參湯、米粥才能勉強用一些，一個夏天過完能瘦好幾圈。

去年聽說北方商路常有蠻族騷擾，可能影響來年的冰塊運輸，張家為此早早地做準備，造了數十丈深的地窖想儲存冰塊，可是上溪鎮位於南方，天氣一回暖，儲存的冰塊全化成了水，連一絲冰塊影子都無。

這才剛入夏，張夫人已經瘦了好幾斤，每天只能懨懨地抿些梅子，希望能開開胃口。

張夫人的奶娘在一旁給她打扇子，送去一些涼風。奶娘看自家小姐消瘦自是十分心疼，可苦夏不算病，沒有良方可以醫治，她也只能乾著急。

她著急上火地心中煩躁，外面丫鬟也不省心，只聽呀的一聲，接著就傳來瓷器碎裂的聲音。

開門一看原來是兩個丫鬟行走匆匆，沒有注意到拐角有人，撞了個滿懷，手上端著的茶碗也摔落在地，碎了個乾淨。

「怎麼這麼粗手粗腳的！夫人的參茶都敢摔了，我看妳這小蹄子是欠教訓了！」奶娘皺起眉毛怒氣沖沖地呵斥。

相撞的兩個丫鬟立刻跪在地上，額頭緊貼地面，身體微微發抖起來。

「奶娘，讓她們進來回話吧。」張夫人扶著額頭吩咐道，她正頭痛呢，聽不了太大的聲音。

丫鬟們不敢站起來，跪著膝行進了張夫人的房間。

張夫人是富家小姐，自小嬌生慣養，未出閣的時候爹娘疼愛，還有個當官的哥哥寵著，養得她多少有點驕縱的性子，平日裡對下人說不上嚴厲，卻不是能任由犯錯不罰的。

犯錯的兩個丫鬟一個叫如意，一個叫綠珠，都是家生奴才。

如意跪著匍匐在張夫人面前顫抖著，正是她捧的參茶盞摔了個粉碎。

「夫人，奴婢……奴婢不小心……」她本就膽小，被夫人的奶娘一呵斥，嚇得話都說不索利了，心中惶惶不知該怎麼辦。

瘦高個的是綠珠，她膽子大、生性也外向，還是夫人奶娘的表姪女，平日在張府丫鬟裡算是中心人物，對其他丫鬟都姊妹相稱。

看如意妹妹嚇成這樣，她開口幫腔。「夫人，如意向來謹慎小心，剛才也是擔憂夫人心切，想讓夫人快些進參茶，這才匆匆而來。」

「死丫頭，要妳多嘴！」奶娘拿扇子佯裝敲了下綠珠的額頭，她是怕自己表姪女的話惹小姐不高興，到時候兩人一起受罰。

張夫人現下頭痛，一點胃口也沒有，參茶送不送到也不在乎，她抬手無力揮了揮，示意算了，不再追究。

綠珠輕輕哎喲一聲，捂住額頭，看了看給她使眼色讓她快退下去的表姑姑，又看了看臉色蒼白消瘦的張夫人，斗膽朝夫人磕了個頭道：「夫人畏熱日漸消瘦，綠珠心疼得緊。綠珠今日聽聞鎮上有人在販售涼茶飲，聽說茶飲中有碎冰，非常消暑。」

「胡鬧！街頭小販的東西也敢和夫人說！誰知道那些茶啊水啊的用什麼做的，到時候吃壞了夫人身子妳承擔得起？」奶娘抬手又要拿扇子去敲綠珠。

「不是街頭小販，是慈濟堂在販售！」綠珠趕緊捂住額頭，剛才那一下是佯裝敲她不怎麼疼，這一下可是實打實的，敲中不破皮也要紅腫幾天。

「慈濟堂？」張夫人聽到這三個字來了點興趣。「妳說的是鎮上岑大夫的慈濟堂？」

「正是。慈濟堂推出了兩款涼茶飲，一款生津消暑，一款美容養顏，都有碎冰沙，喝起來是冰涼爽口，特別是那款美容的六白茶，聽說能去黃去斑，久喝可以讓皮膚白皙水嫩！」

「哦？當真如此？」張夫人這會兒徹底提起精神，她還記得一個多月前，正是慈濟堂的人治好了她兒子的病，對於岑大夫的神醫妙手她可是印象深刻。

「奶娘，妳快去打聽一下是否和綠珠說的一樣，真有加冰的涼茶飲？」

張夫人的奶娘聽小姐這麼說，她不得不領命去看看是否當真有冰飲販售。

她帶著綠珠、如意一同出門，算是給兩人將功贖罪的機會。

「死丫頭我告訴妳，要是妳瞎說欺騙夫人，看我不撕爛妳的嘴！」張家奶娘戳著綠珠的頭，戳得她東倒西歪，差點連路都走不穩。

「表姑姑，我騙夫人幹麼，又不是嫌命長，我是聽孫長柏說的。」孫長柏是管家孫伯的兒子，負責張府的採辦，經常要上街採買，對鎮上的消息那叫一個靈通。

「長柏說的？那十有八九是真的，我們快去看看。」三人匆匆往慈濟堂趕，還沒到就看見門口排著十幾公尺長的隊伍，排隊的人每個手上拿著一張紙，翹首看著隊伍前端。

「這位兄弟，我打聽一下，你們這是在幹什麼呀？」張家奶娘拉著隊伍末端一個大漢詢問。

「還能幹什麼，排隊等著買冰茶飲呀。」他晃了晃手上的紙條。「我今天趕早才領到六十七號。」

「怎麼還要領號呀？」如意小小聲嘀咕，她第一次聽說買東西還要排隊領號，不是直接給錢就可以嗎？

「妳們第一次來吧？這冰茶飲每天限量一百杯，為了防止人太多妨礙街道通行，店家就想出這個辦法。」他滿臉得意，好像這辦法是他想出來的一樣。「取號排隊，一次隊伍就排二十人，這樣既不會妨礙通行，又能公平公正，保證先到先得。」

張家奶娘嗤笑一聲，作為張夫人的奶娘，她去買小姐指定的東西可從來沒聽說過還需要排隊的，哪個店家見到她來了不是趕忙出來迎接，巴不得把她迎到庫房去隨她挑選。

她壓根兒沒理這個興奮得唾沫橫飛的男人，領著綠珠、如意就往隊伍前面走，她得趕緊買到冰茶飲回去給小姐開開胃。

還沒走幾步她就被人攔下，攔她的人是個手握短劍的少年郎，容貌俊美、英武不凡，就是面無表情，看起來冷冰冰的。

「今日號數已經發放完了，明日請早。」少年的聲音和他表情一樣平靜無波。

「是你？」綠珠看到少年時一愣。

這人正是林荀。

綠珠對他印象深刻，之前她被吩咐去招待老爺帶回來的貴客，就是面前這個少年郎。當時他好像腿腳受傷，夾著木板固定。看他行動不便，綠珠就想去攙扶，沒想到少年郎壓根兒不領情，害她在眾姊妹面前丟了顏面。

林荀對面前瘦高的丫鬟已毫無印象，不重要的人他向來不費心力去記。他在這裡是來維持秩序的。

涼茶飲供不應求，來買的人太多就會產生矛盾。有人想插隊，有人想乘機倒賣，剛開始販售的時候還有人為了誰先跨進慈濟堂而打起來。

後來瀟箬想出先到先領號，按號購買後就解決了很多麻煩，就算有人私下買賣號碼也是你情我願，不會滋生事端。

他只需要維持隊伍形狀，防止隊伍太長，以免影響街道通行。

「你們認識？」奶娘看看綠珠又看看少年。「認識正好，你是慈濟堂的吧？快領我們去見岑大夫，我們要買那個涼茶飲。」

「不認識。今日取號結束了，想買二十文一杯的請明天早點來取號。」林荀依舊面無表情。

張家奶娘一聽急了，沒買到涼茶飲可怎麼回去跟小姐交代。她眉頭一皺擺出不耐煩的表情道：「你知道我是誰嗎，我是張夫人的奶娘！我可是替張夫人來買東西的！」

聽她這麼說，旁邊排隊的人就插嘴了。「張夫人的奶娘還來和我們搶二十文一杯的啊？妳們怎麼不訂五十文的呀？」

五十文？二十文一杯茶就夠貴了，還有五十文一杯的？慈濟堂這哪是藥館，這是土匪窩吧？

綠珠聽到旁人這麼說，心裡大受震驚，她只聽孫長柏說慈濟堂賣的涼茶飲二十文一杯，當時還嘀咕這麼貴的茶誰會喝啊，現在居然還有五十文一杯的呢！

五十文在張家奶娘心裡卻不算什麼，她給小姐買的東西用銀錠計價的多了去了，五十文而已，和小姐的身體比起來，壓根兒不算事。

她頷首對林荀說：「小哥，五十文就五十文，只要今天能買到，五百文都不是問題。」

「呵，不愧是張府的人，五百文都不算事呢……」附近的人聽到張家奶娘的話，紛紛感概起來。

林荀點頭示意張府三人跟他走，之前瀟箬交代過了，如果有人要預定五十文的涼茶飲，他就直接帶人去前堂左側登記。

登記冊上已經有四個名字，張家奶娘乘機瞟了幾眼，上頭的兩個名字是鎮上的李家和阮家，後面兩個她沒見過。李家和阮家雖然比不上張家，但也算是鎮上有名的富戶，這兩家名字後面分別寫著數字八和九。

「這是什麼意思？」她指指那兩個數字問道。

「這是他們預定的杯數。」回答她的是語中帶笑的女聲，正是剛製完今天第二批冰的瀟箬。

「我們除了每日憑號購買的一百杯以外，還有五十杯是可以預定的，預定的這批每日未時開始按照登記冊銷售。」她詳細地為張家三人講解。「我們還推出外送服務，只要是上溪鎮的範圍內，預定超過五杯的，就可以送貨上門。」

「那二十文和五十文除了可以預定以外還有什麼區別嗎？」張家奶娘可不是這麼好糊弄的，價格差了一倍不止，她總要問清楚是不是一樣的東西。

「藥材配方都是一樣的，只是二十文加了碎冰沙，五十文是小冰塊。」瀟箬把冰塊兩字咬得特別清晰。帶冰塊的茶飲只售五十文，懂行情的人都知道這有多划算。

「當真是冰塊？」張家三人有點不可相信，她們家老爺求爺爺、告奶奶地多方打聽也買不到的冰塊，這慈濟堂居然有？還製成茶飲販售，一杯只要五十文？

這下綠珠也不覺得五十文一杯的茶貴了，要真有冰塊，能讓夫人覺得涼快開胃，心情愉悅，那她們下人今年夏天也會好過很多，不用提心弔膽被老爺、少爺遷怒了。

看瀟箬一臉肯定地點頭保證，張家奶娘也放下心來，讓瀟箬給她也登記上冊，她要訂五杯清熱茶、五杯六白茶，不用送上門，她就在這兒等著自取，左右現在也將近未時，她要親眼看到帶有冰塊的冰茶飲。

張家三人在慈濟堂等了好一會兒，看著排隊的人一個個憑藉手上的紙條，興高采烈地買走屬於他們的茶飲。

甚至有人買到的當場就大口喝起來，喝一口滿足地嘆一口氣，好似乾涸的植物久旱逢甘霖那樣暢快。

如意忍不住嚥了下口水，拉著綠珠小聲說：「綠珠姊姊，妳說這涼茶飲，真的這麼好喝嗎？」

「我也沒喝過呀，要不等領了月錢，我們也來奢侈一回？」綠珠感覺自己口腔發酸，忍不住跟著那些人飲茶的節奏一起吞嚥分泌出來的口水。

如意右手捏著自己左手的食指，掋著嘴盤算了一會兒，決定還是不嘴饞了，她還想攢著錢當嫁妝呢，等她攢夠了錢就去求夫人給自己找個合適的人成婚，然後一家人繼續在張府過平凡又安穩的日子。

等到慈濟堂門口人都散了，開放販售的一百杯二十文的涼茶飲已經銷售一空，太陽當空懸掛釋放著正午的熱量，張家三人才看到她們預定的茶飲。

瀟嫋和瀟昭推著小板車把客人預定的茶飲送到前堂。

小板車是特製的，半公尺見方的木板下面安裝著四個木輪子，木輪子被有彈性的豬皮緊緊裹住，有效減少小板車前進途中產生的震顫。車把手安裝在板車的後端，只到雙胞胎腰部高度，方便他們抓握推行。

兩人默契配合，將板車推到分裝茶飲的指定櫃子旁，瀟嫋負責拉著把手固定板車不再移動，瀟昭負責把竹杯一字排開，方便瀟箬等會兒分裝茶飲。

杯子也是特別訂製的，竹杯的側面都燙印著慈濟堂三個字。最初瀟箬想要用陶杯，但陶杯造價昂貴，製作工期又長，她就想到在附近隨處可見的竹林。

竹杯製作方便，只需要將竹子按竹節分割，打磨竹節邊緣，經過晾曬和烘乾就能使用，使用竹杯還能給涼茶飲帶來獨特的竹香。

最最關鍵是造價便宜，分割打磨都是林荀在後院完成，她再控制溫度烘乾水分，整個過程需要耗費銀錢的地方也只有購買竹子而已。

瀟箬按照登記冊分杯裝好客人預定的茶飲，需要外帶的就把竹杯裝在編織好的草繩袋子裡，需要送貨上門的就叫來腳夫，交代送達位址及數量，支付腳夫工錢後就可以讓其送走。

「五杯清熱茶，五杯六白茶，您要的茶飲好了，拿好慢走。」瀟箬把打包好的十杯涼茶飲遞給張家奶娘。

草繩編織的袋子貼合著竹杯，只需拎著袋子提手就能輕鬆拿起，竹杯口用通草紙覆蓋，邊緣用棉線捆紮緊，這樣提著袋子也不用擔心茶飲倒出。

張家奶娘透過輕薄可視的通草紙往杯子裡瞧，能依稀看到幾塊透明的冰塊漂浮在茶上，輕輕晃動杯子，還能聽到冰塊相互碰撞的聲響。

「好好好！這是茶錢。」她從腰兜裡掏出半兩碎銀，十杯五百文正好半兩。

付完錢張家奶娘帶著綠珠、如意匆匆趕回張府，得趁著冰塊沒有融化前送到夫人手上才好，折返得如此匆忙，甚至沒聽到瀟箬在後面喊的「謝謝惠顧，下次再來」。

竹杯加蓋通草紙的保冷效果還算相當不錯，張夫人拿到六白茶的時候冰塊沒有融化多少。

她保養得宜的雙手握著杯壁，掌心能感覺到杯子裡沁出的涼意。端起杯子喝了口，清涼微甜的感覺順著舌喉向下蔓延，撫慰被躁熱鞭打的五臟六腑，整個人像是被輕柔放進水波蕩漾的小溪，從頭到腳被涼意沖刷。

張夫人幾口喝完一杯六白茶，舒服地吐出一口氣，胸中鬱結多日的苦悶一掃而空，竹杯中茶水飲盡，冰塊還沒融化完。她用長尾小銀勺舀了一塊碎冰到嘴裡，慢慢咀嚼著，冰塊在貝齒間咯吱咯吱作響，像糖塊被嚼碎了一樣。

她鬱氣紓解，頭腦也清明起來，朝回來後一直站在一旁等著伺候的綠珠說：「妳去給少爺、老爺各送三杯。」突然一頓，又改口道：「清熱茶和六白茶各給少爺院子裡送兩杯去，老爺那邊就讓如意去，看看老爺在不在府裡，在的話讓他來我這兒一趟。」

丫鬟們各領命去了。張夫人讓其他伺候的人都退下，只留下奶娘在側。

「奶娘，妳說說買這茶飲的過程。」

張家奶娘就把從向排隊的人詢問開始，到最後付錢回府的過程詳詳細細說給小姐聽，連預定登記冊上李家和阮家訂的杯數都沒漏下。

「妳是說這排隊取號，預定外送的主意，都是那個叫瀟箬的丫頭想出來的？」

「按那些買茶的人所說，確實如此。」

「那這丫頭還真是聰穎機靈，之前我就覺得她不是一般人……」

張夫人低頭又舀了一粒冰塊咀嚼，想了一會兒又問：「那妳有沒有看到涼茶的製作過程？或者有沒有看到慈濟堂怎麼弄出這些冰塊的？」

「他們都是在後院裡弄好了茶桶和分裝的冰，讓兩個小娃娃用推車推出來，我伸脖子看了許久也沒看出來這冰塊是哪兒來的。」奶娘瞧見小姐手裡竹杯冰塊都吃完了，又拆了一杯新的六白茶遞過去。

「小姐，您說這冰塊會不會是他們買的？」

「不可能，老爺今年為了弄冰塊，幾家大商行早就都打過招呼了，有冰塊賣肯定是先緊著我們家，一個小藥館怎麼可能越過我們張家去。」

這邊兩人討論著慈濟堂冰塊的來處，門口出現匆匆邁進、穿著講究的中年人，正是張家老爺張豐靈。

張豐靈聽丫鬟說夫人請他過去，還以為夫人又是苦夏難受，找自己發難。他一刻也不敢耽擱，急忙起身就往夫人所在院落趕去。

剛進門就看到自家夫人神色平靜，端著一個竹杯邊喝茶、邊和奶娘說話，往日總是蹙著的眉頭也舒展開來，他甚是詫異。

「夫人，不知叫我來何事？」

張夫人也不急著回話，招招手示意張豐靈落坐，又將桌上沒開蓋的竹杯向他推了推。

張豐靈的手觸及竹杯時感受到一陣冰涼，竹杯外已經開始凝聚細小的水珠。他趕緊打開杯蓋，涼意更甚，裡頭竟然是冰塊。

「這冰塊是哪兒來的？」他端起竹杯湊到眼前仔細看，就看到竹杯側面燙的慈濟堂三個字。

「慈濟堂？」

張夫人笑咪咪地看自家老爺也是一臉吃驚的模樣，平日張豐靈多半時間是在盤看家中商鋪的帳冊，與商行銀莊打交道，不盤帳的時間就在書房裡看往日他求學時候留下的書籍，甚少外出閒逛，不知道慈濟堂有冰這事也不奇怪。

「回老爺，這是小姐差奴婢去買的冰茶飲，二十文一杯的裡面是碎冰沙，五十文一杯的裡面就是冰塊了。」奶娘回話。

張豐靈覺得很不可思議，他把桌上剩下四杯未開封的竹杯全部打開，果然每一杯裡面都漂著冰塊。

「這慈濟堂居然有冰塊？夫人，我是真的和每個有北商線的商行都打過招呼的，絕對不可能有遺漏！」張豐靈趕緊向夫人保證，就差舉手立誓了。

他原先家境普通，家裡支撐他讀書的費用就已經很吃力了，後來在第三次鄉試的路上偶遇待字閨中的張家小姐，兩人一見鍾情，互許終身。

成婚後他也清楚自己沒有能高中登廟堂的才能，乾脆就靠張夫人的娘家扶持著做起了生意。沒想到他唸書沒天賦，做生意倒是很得財神爺眷顧，沒幾年就賺得盆滿缽滿，成了遠近聞名的第一富戶。

雖然有錢了他也沒忘記自己是怎麼發家的，對張夫人是一心一意，舉案齊眉，哪怕張夫人身子柔弱只育有一子，他也不曾動過納妾開枝散葉的念頭。

張夫人苦夏，他年年都為此憂愁，不惜耗費重金買冰塊替她消暑。

張夫人當然相信自家老爺，他這麼多年對自己如何她心裡跟明鏡似的。

「慈濟堂的冰肯定不是從商行買的，且不說商行不會越過我們賣冰給別家，就這買冰的錢他們也出不起呀。」張夫人柔柔地說道：「老爺，我們和岑大夫也算是有點淵源，我尋思著我們是不是……」

張豐靈也和夫人想到一塊兒去了，慈濟堂的冰既然不可能是買的，那他必然是有其他冰塊的來處，是有保存冬日冰塊的秘方？還是有高人指點了仙法，比如點水成冰之類的？

他之前請岑老頭來家裡醫治兒子，奉上豐厚的酬金和珍貴藥材，雖說不上有多親厚的關係，也好歹算是相識了。如果慈濟堂真有能弄出冰塊的秘方，自己為了夫人，也不是不可以拉下老臉去套套近乎。

「夫人，妳放心，我這就讓人準備準備，我再去慈濟堂拜訪岑大夫。」如果想讓夫人舒心度夏，每天只靠買冰茶飲是不夠的，他需要更多的冰塊。

張夫人細嫩的雙手覆上張豐靈的手臂，拍了拍他，讓他少安勿躁。「老爺，我看岑大夫是個吃軟不吃硬的人，醫者父母心，我們如果去慈濟堂問冰的事情，就應該拿出我們的誠意。」

「夫人的意思是……」

「我們好好準備些禮物，等天色稍微暗一些，我同你一起去慈濟堂拜訪。」

如果慈濟堂的冰真有秘方，那他們一定希望保密，還在天色昏暗人群散盡後再去，也是表現出張府對他們的看重。

張豐靈連連點頭稱是，直誇張夫人心思縝密，思慮周全。同時他立馬喚來孫伯，讓孫伯按照夫人的意思準備禮物，就等太陽下山後兩人一同去慈濟堂拜訪。

第十二章

夕陽的餘暉攪動流雲，天空像一塊濃稠的調色板，藍紫紅色被混合在一起，逐漸向深沈的黑色靠去。

林荀握著竹製的大掃帚清掃著慈濟堂前的空地，袖子挽了幾摺推到手肘後，勻稱的手臂上能看到因用力浮現出來的青筋，隱藏在衣服下的上臂肌肉鼓鼓囊囊，昭示著身體的主人強健有力的體魄。

他每日都要練幾個時辰的短劍，刺、挑、後勾、揮刃劈空。他沒看過有關的劍訣，但是那些招式就像是刻在他腦子裡，印在他身上有了肌肉記憶。只要手上握著劍，他就能完整的練完一整套劍訣，行雲流水毫不遲滯。

充足的營養和辛勤的練習，現在的林荀身上已經能看出成年男子的影子。

瀟箬清點完一天下來的入帳銀錢，抬頭就看到還在掃地的林荀，他現在已經比她高半個頭了，天色昏暗融化了他身體的邊緣線，肉眼放大了他的體型，更顯強壯，她不由感慨青春期的孩子長得可真是快啊。

張豐靈和張夫人就是在這時候登門拜訪的。

兩頂小轎悄悄落在慈濟堂門口旁邊的樹下，張豐靈和夫人下轎後吩咐轎伕原地等著，他們沒有多帶僕從，僅帶著孫伯和孫長柏來拎禮物。林荀停下掃地動作，握著掃帚柄注視著四人進了慈濟堂，略一思索，他也提著掃帚跟著進屋。

這個點已經接近關門，少有人會此刻前來。

瀟箬一眼就認出張豐靈和張夫人，她心裡猜出七、八分這兩人登門的目的。

「阿荀，你幫我收一下東西。」她喚林荀來整理櫃面，又轉向張家夫婦道：「張老爺，張夫人，裡面請。」

孫伯和孫長柏很有眼色地留在前堂，把帶來的珍貴藥材和兩疋綢緞放在櫃檯，安靜等候著老爺、夫人。

瀟箬將張家夫婦帶到後院，請兩人在石桌旁入座。

瀟昭端來茶水，有禮貌地向客人問好後，安靜地在一旁就著燈火看起《笠翁對韻》。瀟家爹爹在世時經常教他們識字和句讀，他已經可以自己翻看一些基礎的書籍。

張豐靈環視一圈不大的小院，慈濟堂後院不大但是很整潔，有幾個空的笸籮在木架上，想來應該是晾曬藥材用的。

「怎麼沒看到岑大夫？」他從進來就沒看到岑老頭，忍不住開口詢問。

「岑老前幾天扭了腰，這陣子都在臥床休息呢。」瀟箬替兩人沏了茶，她今天替張家奶娘登記預定時就猜到張家夫婦必定會登門，只是沒想到兩人這麼沈不住氣，當天就來了。

「張老爺和夫人今天來不是為了看望岑老吧？」她微微一笑，笑容裡有一絲狡黠。

在決定開始賣冰茶飲的那一刻開始，她就知道會有這麼一天。冰在南方太過珍貴，僅靠她是不能守住這個秘密的，她需要一個強而有力的後盾。而這片地區的首富張家既有雄厚的財力支持，又有當知縣的親族依靠，正是她的首選合作對象。

「張老爺可知道西邊的李家和阮家前幾天都已經來找過我了？」

瀟箬此話一出，張豐靈和張夫人不由對視一眼，心中一驚，難不成自己晚了一步？

「瀟姑娘，之前我一見妳就知道妳是個聰明人。」張豐靈強迫自己冷靜下來，他這麼多年生意不是白做的，如果慈濟堂已經和李家或阮家達成了什麼協議，今天就不會這麼平靜地接待他們。

「我們明人不說暗話，今日我家僕人買到慈濟堂的茶飲，裡面的冰塊不知你們從何處購入？」

做生意最重要的是坦誠，扭扭捏捏的試探反而可能招人反感。

「冰塊我們可買不起。」張豐靈態度坦誠，瀟箬也不再繞彎。「是我們自己做的。」

張夫人聽瀟箬這麼說又是激動、又是難以置信，她面上不顯，依舊端莊大方，一派富家主母的氣派，放在桌面下的手卻忍不住緊緊攥住自己老爺的手臂。

自己做的！這意味著什麼？意味著不再需要漫長的運輸時間，意味著不再擔心商路上出現意外，意味著巨大的利潤空間！

張豐靈能理解自家夫人的激動，他也在極力抑制自己不要露出狂喜之色。他儘量穩住因激動而微微顫抖的肌肉，開口的聲音略帶磕絆。「那、那不知瀟姑娘可有意出售製作冰塊的秘方？」

他怕瀟箬一口回絕，立刻補充。「價格好商量，百兩，不，千兩都可！」

一千兩，可能尋常人家一輩子都賺不到一千兩，要說瀟箬一點都不心動那是假的，可是這個秘方沒辦法賣啊，她要怎麼解釋自己短時間內能炮製出大量硝石？又怎麼解釋自己能快速重製硝石結晶？說她能控制火？那恐怕第二天她就要被當成妖怪抓走了。

她輕咳幾聲控制蠢蠢欲動的心，忍痛委婉拒絕了張豐靈開的價格。「張老爺，這秘方是我家代代相傳，先父有囑託，萬萬不能變賣。」

看張豐靈和張夫人臉上抑制不住的失望，她又開口道：「雖然秘方不能賣，這個冰塊卻不是不能賣。」

「此話當真？」

「當然是真的，只不過我家秘方製冰耗時耗力，每日產出的冰數量是有限的，除了製作冰茶飲之外，我最多每日只能賣給你三十斤冰。」

「三十斤……」張豐靈想了一下，三十斤冰雖然不多，但是足以應付夫人的苦夏。「可以，三十斤就三十斤，那這價格？」

「每日三十斤冰，我從明天開始供應到九月暑退，每月收您紋銀二十兩。」

這個價格比張豐靈預計得要低，整個夏天滿打滿算也不會超過一百兩銀子，要知道之前在商行買冰，半車冰也就一百斤，卻要四百兩。他連連點頭答應瀟箬的報價。

瀟箬的話卻不止於此，她繼續道：「除了白銀，我還有個條件，就是需要你們對外宣布，我慈濟堂的冰塊都出自你們張府。」

這話讓張家二人有點摸不著頭腦，怎麼他們買冰，反而要對外宣稱慈濟堂的冰是他家出去的呢？

張夫人玲瓏心思，沒一會兒就想明白了瀟箬這個條件的本意。

慈濟堂是岑老頭一手創立，背後無依無靠，現在很多人都知道慈濟堂有冰，難保不會有人眼紅，心生歹念。

若說這冰是張府提供給慈濟堂的，那可就不一樣了。

一是張府的財力支撐，冰塊的來源就被合理化，沒有人會去猜測為何小小藥館會有昂貴的冰。

二也是告訴他人，慈濟堂背後就是張家，想來慈濟堂鬧事就要掂量掂量自己得罪得起張家嗎？

她頷首對瀟箬允諾。「這個條件我們可以答應。」

雖然晚了一步，張豐靈這會兒腦子也轉過來了，想明白了瀟箬提這個要求的用意。他也點頭表示同意張夫人的說法。

這筆交易算是正式成交，從此慈濟堂和張府是合作夥伴了。

事情談妥，張豐靈才鬆了一口氣，輕鬆隨意揀著話題閒聊起來。他深諳合作達成後不能立刻告辭，要聊一些無關痛癢的話來加深雙方的日常交集，也緩衝談合作時緊張的氛圍。

他看到瀟昭還在一旁趴著看書，燈火搖曳，小孩的影子投射在地上，一晃一晃的很有些童趣。

「妳弟弟真好學，我家戈兒要是有他半分上進就好了。」他有點羨慕，這小傢伙這麼小的年紀就能靜下心來自己讀書，屬實非常不易。

瀟箬想到張老爺那個特別愛學人，附庸風雅的兒子，確實是個不省心的，也難為張老爺想管教兒子，卻有勁使不出。

說他不好學嗎，他也經常拿著書卷搖頭晃腦地唸，說他上進吧，他唸的都是風流才子寫的文稿詩集，沒有一篇上得了檯面的。

要是張丁戈是她弟弟，她這暴脾氣肯定忍不住天天揍他，相比之下，瀟昭可太乖了。

心裡驕傲嘴巴上還是要謙虛的，她笑著說：「昭昭還小呢，才六歲，哪有什麼上進不上進的。」

「六歲啦，已經啟蒙了吧，不知師從哪位先生？」

這話把瀟箬問得一愣，她只知道古人想從仕要考科舉，對於這個世界的教育體系卻沒有具體的認知。她原先的打算是等瀟嫋、瀟昭到了可以上私塾的年紀，就送他們去唸書，為此她還特意打聽過私塾八歲可以入學，但她沒想到原來還有啟蒙從師這一階段。

「莫不是瀟姑娘還沒物色到合適的啟蒙先生？」張豐靈看瀟箬面露猶豫，就猜到可能瀟家沒有長輩照拂，她也無法事事周全，耽誤了弟弟的教育問題。

瀟昭如此聰穎，張豐靈有了惜才之心，若是自己給瀟箬舉薦一位好的開蒙名師，既能給這小孩漫漫求學路開個好頭，又能拉近兩家的關係，豈不是一箭雙雕。

「瀟姑娘，如果妳不嫌棄，在下倒是能推薦一位名師，我家戈兒當年開蒙時就是請的毛坦鎮的秀才，他……」

沒等張豐靈說完話，就聽身後蒼老有力的聲音打斷他。「什麼秀才，毛坦鎮的那個老傢伙不過徒有虛名，有個秀才的名號就以為自己是個人物了！」

岑老頭牽著瀟嫋，從幾人身後的房間裡出來。

他剛才在屋子裡剪紙花逗小傢伙玩，聽瀟箬和張家夫婦談合作，他感覺瀟箬完全能應付就沒有出去插手。

這會兒聽到張豐靈向瀟箬推薦毛坦村的秀才當瀟昭的開蒙恩師，頓時氣不打一處來，這才出房門打斷。

那個老秀才年輕時就不靠譜，整天流連酒樓花船，還美其名曰人生百年有幾，良辰美景休放虛過。最後雖然考了數次過了院試，得了個秀才的名號，卻再也沒有長進，到老也就只是個秀才。

這樣的人怎麼能教好瀟昭呢？昭昭這麼乖巧懂事，被那個老秀才帶歪了可怎麼辦？

張豐靈見岑老頭氣呼呼的樣子，暗叫不好，他剛和瀟箬談成合作，可不能得罪了這個倔老頭。萬一老頭子生氣了要瀟箬不賣冰給自己，那夫人豈不是又要受罪。

他趕緊起身作揖打岔，恭恭敬敬地說：「岑大夫，剛才聽瀟姑娘說您腰有傷在休息，我和賤內就沒有去打擾您，不知您現在可舒坦些了？」

「哼，不勞張大官人費心。」張豐靈態度恭敬，姿態謙卑，岑老頭也不好再發作，只悶悶地擺擺手。「我老頭子身子骨兒好著呢。」

張夫人拉拉張豐靈的袖子，使了個眼色。張豐靈心領神會，又向瀟箬作揖行禮後就要告辭。

接下來是人家家務事時間，他們再繼續待下去多少有點礙事了。

瀟箬將張家夫婦送到前堂，又客套地推了幾次禮，一會兒後就目送兩頂小轎子消失在茫茫月色之中。

待林荀插上木板吹熄燭火打烊，兩人一起往後院走去。

院中岑老頭還在生氣，瀟嫋用小肉手幫他揉著後腰，奶呼呼地撒嬌要他消消氣。

瀟昭也不再看書了，那本《笠翁對韻》被整齊地擺放在小凳子上，他對爹爹留下的藏書很是愛護。

「老爺子還生氣呢？怎麼氣性這麼大。」瀟箬越和岑大夫相處得久，越覺得他和自己前世的爺爺脾性相似，她也越來越放鬆，不再端著瀟家長姊的架勢，經常像以前調侃自己爺爺一樣調侃起岑大夫來。

「哼，哼！」岑老頭憤憤不平。「這個張豐靈也不看看他兒子現在什麼德行，還想推薦他兒子的開蒙老師給我們昭昭。」

瀟箬走過去，捏住瀟嫋的小肉手揉一揉，把她圈在自己懷裡親一口小臉蛋，逗得她縮成一團格格笑。她代替瀟嫋的小肉手給岑大夫揉著扭到的老腰，均勻的力道加速血液循環，岑老頭僵硬的腰終於有了一絲活絡感。

看老頭子眉毛有舒展的趨勢，應該是稍微舒服一點了，瀟箬邊揉邊開口道：「我也覺得他兒子那樣，開蒙老師可能不太靠譜，不過昭昭也確實該找個老師啟蒙了。」

岑老頭腦子裡把他知道的讀書人全過了一遍，給瀟昭開蒙的老師必須是有真才實學的，為人也要品性端正，最好知根知底……一條條的條件篩選著，他突然想起一個人。

鄭冬陽，與老秀才同期求學，他自幼聰明過人，天才橫溢，小小年紀時便是遠近聞名的神童，六歲成詩，八歲能論，十歲已是鄉里最年幼的童生。

他不僅勤奮好學，能觸類旁通，還天生帶著正氣，看不慣那些恃強凌弱的事情，經常幫助學堂裡被霸凌的同窗。

有次他回家路過小巷，見到幾人圍著一個瘦弱少年毆打，他立馬上前呵止，並言「善惡到頭終有報，只爭來早與來遲；黃河尚有澄清日，豈可人無得運時」。小小身軀毫不畏懼對面幾人，疾言厲色加以循循善誘，最終解救了被圍毆的可憐少年。

人人都覺得他將來必定能金榜題名，成為一個造福鄉里的好官。

他十三歲第一次參加鄉試就成績斐然，在全縣名列前茅，連學政看了他的文章都連連叫好，誇獎他年輕有為、前途無量。

只是這世界上最不缺的就是眼紅的人，有人用一封匿名檢舉信遞到了衙門，狀告鄭冬陽那年邁的奶奶年輕時經常為他人牽線說親，是個媒婆。

彼時朝廷有規定，娼、優、皂、隸及特殊職業的如媒婆、轎伕、看門人等等本人及三代後代是沒有資格參加科舉考試的。

當時的學政是個愛才之人，他多方查證後得知鄭冬陽奶奶只是熱心腸為附近青年男女牽線搭橋，雖然促成了多段姻緣，卻不是以說媒為生，並不該被認定為媒婆。

然而眼紅的人又怎麼可能輕易就放棄，畢竟如果能成功擠走鄭冬陽一人，就意味著多一個名額。舉報信又遞到了巡撫處，當時的巡撫就不像學政那樣願意多費時間查驗，當時就下令鄭冬陽成績作廢，他的出身有違朝廷規定，永遠不得再參加科舉。

此事之後鄭冬陽再也無緣科考，鄭家父母悲痛欲絕，奈何是巡撫的命令，他們再憁憤又能怎樣？旁人只能可惜神童就此隕落成庸庸農人，只能在自家薄田上從天亮忙到天黑。

岑老頭知道鄭冬陽並不是個甘於平凡的人，他即使不能參加科考出仕，也不放棄繼續自學自糾，之後四十多年來多次給鄉鎮衙門獻言獻策，針對田賦、人丁、農時耕種都有提出自己的見解。

這麼多年地方父母官都換了十幾任，有的覺得鄭冬陽提的意見確有用處，根據他的建議變更了一些治理措施，也有當任的官員接到他遞上來的策論勃然大怒，認為他藐視官府信口胡說，將他打了板子丟出衙門。

這麼一個博學多聞，為人正派的人，才是岑老頭心中有資格成為瀟昭蒙師的先生。

聽岑大夫講述了鄭冬陽的生平，瀟箬也贊同請這位先生來教瀟昭開闊眼界，學文習字。

「要是請這位先生，我們要準備多少束脩才合適？」瀟箬有點犯愁，她對這個沒有概念，少了怕人家覺得怠慢不肯收瀟昭，多麼又說不上多少才叫多。

岑老頭推開瀟箬一直為他揉腰的手，喝了口微涼的茶水，思考了片刻說：「我也沒請過開蒙師父，不然我們明天先帶上點臘肉、碎銀，先去拜訪一下再說。」他一生無兒無女，根本沒機會請開蒙師，也就說不上來該給多少束脩。

「爺爺，昭昭要去唸私塾了嗎？」瀟嫋眨巴著大眼睛，歪頭問道。

她有點憂愁，如果弟弟去上學了，她就一個人在慈濟堂裡，沒有人可以陪她玩了。

瀟箬摟著懷裡軟軟暖暖的妹妹，讓她把小腦袋仰起來靠在自己胸口，低頭和她面對面貼著。「嫋嫋是不是也想和昭昭一起唸書？」

她知道這個世界幾乎沒有人會讓家裡的女孩子去唸書，女孩子的時間被要求練習女紅，學習三從四德，恭順溫良。她們是籠中的鳥、窗裡的花，她們的名字不是文字，只是別人口中的音節，他們這麼喚她們，她們就循聲而去。

瀟箬不希望依偎在自己懷裡的小傢伙也成為這樣的花鳥，她應該和雙胞胎弟弟一樣，自由的，恣意的，長成她自己希望的模樣。

瀟嫋黑葡萄般的大眼睛轉來轉去，她其實不愛上學，以前爹爹教他們認字的時候她就老犯睏，那些字跟黑方塊一樣在她眼前轉來轉去，她一會兒就暈暈乎乎啦。

可是她又不想和昭昭分開，她從出生開始還沒有和昭昭分開過呢。

她摳著自己肉乎乎的小手，猶豫了很久才回答長姊的問題。「嫋嫋不想離開爺爺……嫋嫋也不想離開昭昭……」

瀟箬看瀟嫋不自覺噘起嘴巴的嬌憨模樣，忍不住失笑。

這小丫頭貪心著呢，不想去上學，又不想獨自一個人在慈濟堂裡沒人一起玩。

她也不強求瀟嫋，不愛學就不用去上學，左右這丫頭也不能考科舉，自己平時也可以教她識字算術，能學會基本的讀寫就可以了，有她這個長姊在，小丫頭想怎麼長、就怎麼長。

捏捏瀟嫋的小鼻頭，瀟箬說：「那嫋嫋明天和我們一起去看看昭昭將來的老師吧，幫昭掌掌眼，看老師凶不凶。」

哎呀，還有可能是凶凶的老師呀！瀟嫋被這個可能性嚇了一跳，那她可要緊跟著昭昭，萬一那個老師很凶要打弟弟板子，她還可以幫弟弟！想到這裡她用力點點頭，表示明日她一定一起去。

第十三章

全家達成共識，決定第二天一起去拜訪鄭冬陽。

幾人提了三條臘肉、三條鮮活的小鯉魚算是見面禮，三條小鯉魚還是瀟箬一大早親自去挑的。

鄭冬陽家在上溪鎮外的小山坡下，三間小屋無依無靠，孤零零地立在地面上，像它們的主人一樣。

鄭家只剩下鄭冬陽一個人，他爹娘在多年前已經去世，原來的親眷也在他被巡撫下令不得科考後全部斷絕了往來，他前途渺茫，家產微薄，自然沒有人願意將女兒嫁給他，就這麼伶仃一人過活至今。

瀟箬一行人登門拜訪時鄭家的門戶大開，斑駁的薄木板敞著，家中不見人影。

幾人站在門口，瀟箬曲起食指叩了三聲院門。

咚咚咚，無人應答。

她揚聲詢問。「請問有人在家嗎？」

這次有了回應，從屋後傳來含含糊糊的聲音。「誰……誰啊……」

「我們找鄭先生，請問他在家嗎？」

「找……找我做什麼？」隨著這聲回答，有個略顯踉蹌的身影從屋後走出來。走到幾人面前，一股淡淡的酒味從他身上傳來。

鄭冬陽年過半百有餘，卻不見半分佝僂老者的體態，反而四肢修長，雙目矍鑠，他頭髮黑白相間紮在腦後，身上穿著灰白逢掖，寬大的袖口沾著草屑，整個人顯得放浪不羈。

他扶著院門晃了晃腦袋，企圖讓自己清醒。

「我就是鄭冬陽，你們何事登門？」這麼一晃，驅散了酒氣。他方才躺在香樟樹下，看天上雲卷雲舒，心中暢然，就小酌幾杯黃酒，喝得不多，清醒得也快。

他家已經很久沒有人來過了，他也不在意。

孟夏草木長，繞屋樹扶疏。眾鳥欣有託，吾亦愛吾廬。

一個人無拘無束、自由自在，管他世間紛擾。

瀟箬帶著瀟嫋、瀟昭向鄭冬陽行了一禮，後退一步到岑老頭身後。岑老頭是長輩，這事由他來開口。

「我是上溪鎮慈濟堂的岑學理，今日是替家中小兒求學而來。」岑老頭年紀比鄭冬陽大一輪，便不需要向鄭冬陽行禮。

「求學？我這兒又不設私塾。」鄭冬陽擺擺手，寬大的袖袍隨著他手的幅度搖晃著，像一隻來回踱步的灰鶴。

面前一老四少眼巴巴地看著自己，鄭冬陽覺得連門都不讓人進也說不過去，就讓五人進屋來喝杯淡茶。

屋中陳設十分簡單，甚至可以說得上沒有陳設。靠牆只有一張木床，正中是一張發黑的四方桌，凳子也只有一張，其他一概全無。四方桌上全是交錯鋪開的書籍，一張發黃粗糙的紙在最上方，紙上是狂放的「自在」二字。

說是進來喝杯淡茶，連茶壺影子都沒看到，唯一的凳子讓給岑老頭坐，除了鄭冬陽毫不在意地半靠半躺在床沿，其他人都只能站著。

「岑大夫久仰大名。」鄭冬陽客套一句已是極限，他撓了撓頭，有點癢，不會剛才在樹下睡著了，有小蚱蜢鑽他頭髮裡了吧？

「你剛才說來找我幹什麼來著？求學？」

岑老頭咳了一聲，看鄭冬陽落拓不羈、不拘形跡的模樣，他有點懷疑起自己的選擇了，難道自己推薦他推薦錯了？

瀟箬看著方桌上的狂草和書籍，攤開的書籍上有密密麻麻的蠅頭小楷，皆是他研讀時候的心得或者見解標注，這就說明他並非浪得虛名，腹中草莽，而是有真才實學。他能多年堅持給衙門遞策論，所書所寫都是民生大計，也正說明他心性純良，為人正直，是真的有一腔為百姓謀福的大志。

岑老頭尷尬地摸著自己的鼻子、眼睛看向瀟箬，瀟箬了然，牽著瀟昭向前一步，開口道：「鄭先生，我姓瀟，這是我弟弟瀟昭，今天我們來就是希望您能成為他的啟蒙恩師。」

聽到這話，鄭冬陽先是呆了一下，旋即哈哈大笑起來。

「你們是來尋我開心嗎？我既沒有功名，又不是私塾先生，怎麼當這小娃娃的蒙師！」

「您的事情我都聽說了，您學識淵博，雖然沒有機會步入仕途，卻一直鑽研自學，為百姓謀福祉，您完全有資格替人啟智開蒙！」

瀟箬直視鄭冬陽，黑白分明的杏眼盯著笑得東倒西歪的高瘦老者，她能聽出來這笑聲裡有自嘲，有不甘，還有一絲憤怒。

鄭冬陽只覺這個姑娘的目光好似兩道火，被她盯著的地方明亮又灼熱。他收住笑聲，愣愣地看著面前的五個人。

一會兒之後他低低開口，像對著五人說話，又像是自言自語。「學識淵博，為百姓謀福祉，哈，又有什麼用，能幹什麼呢……」

「怎麼沒用，一個人只要能充分利用自身所學，不荒廢度日，心懷正氣，一心為民，總有能發揮自己才能的時候，難道一定要封侯拜相才算是有用嗎？廟堂高遠，但是你心中的廟堂無處不在。」

瀟箬這一番話鏗鏘有力，像是一口大鐘砸向鄭冬陽的腦子，砸得他腦子嗡嗡作響。

「我爹爹說過，就算只是幫別人寫一封信，幫別人遞一把鋤頭，那都是為民行事，因為別人就是百姓，百姓就是一個個人組成的。」瀟昭用軟軟的童音說道。

他還記得瀟父以前抱著自己和娘娘，和他們說一人為人，二人為從，三人為眾，天下千萬百姓也是由一個個單獨的人構成的，當有能力的時候就要幫天下百姓，若是還弱小，能力不足以護天下萬民，那麼就從幫助一個人開始，因為一個人也是百姓。

若是瀟箬的話是鐘，瀟昭這番話就是敲擊大鐘的木槌，使大鐘發出深沈而悠遠的迴響，音波如有實體，盪開鄭冬陽眼前的黑霧，他腦中竟有開明之感。

再看向五人，鄭冬陽揮袖整理衣衫，端正坐好，他朝瀟箬、瀟昭頷首。「小小年紀有如此見解，此子不凡。你們要是不嫌棄我只是個童生，我願意當他的蒙師。」

眾人欣喜，瀟昭當場下跪給鄭冬陽叩首，算是師生相應。

口頭拜師只是初步，開蒙禮是不可少的。

岑老頭沒吃過豬肉也見過豬跑，知道開蒙禮需要擇吉日舉行，於是便約好三日後再來接鄭冬陽去慈濟堂行開蒙禮。

三日轉瞬即逝，鄭冬陽一大早就起床，在僅有的幾件衣衫中挑選出最貴重的換上，收拾好自己後昂首闊步地走向慈濟堂。

一路上人們覺得稀奇，從沒見過他如此春風得意，咧著嘴、瞇著眼，一副樂滋滋的模樣。

有人就和他打招呼。「鄭冬陽，你幹什麼去啊？」

「我去我學生家收拜師禮去。」

「喲，你還有學生啊，稀奇喲！」

眾人議論紛紛，鄭冬陽也不管他們嚼什麼舌根，袖子一甩，踩著輕快的步伐將眾人的議論聲甩在腦後。

慈濟堂裡岑老頭和瀟箬早就打聽好了完整的開蒙禮流程。

他們在中堂上擺列髮菜、湯圓、豬肝、小鯉魚等十味，分盛十碗，這叫「十魁」，要請蒙師的老學生前來與蒙童共食的。鄭冬陽沒有收過學生，便只有他與瀟昭二人共食十魁菜。

食畢，瀟昭於紅氈毯上向鄭冬陽行跪拜禮。

他今日也被阿姊套上一身新衣服，藍色的小衫襯得他唇紅齒白，像是畫冊上走下來的小金童一般。

跪拜禮畢，鄭冬陽手把手地帶著瀟昭執筆描寫已印好的「上大人」三字，寫完後，他在這三個字上加圈表示肯定，瀟昭再行跪拜禮示謝，並且呈上早就準備好的一兩銀子和十條臘肉作為拜師的禮物，以表恭敬。

流程都走完後，鄭冬陽牽著瀟昭的小手一同入席。

飯菜說是瀟箬幫著林荀一同準備的，其實她只管掌火，洗切燉煮炒都是林荀來完成。

「嗯……這桌菜功勞我們三七分。」瀟箬看著色香味俱全的菜，自我認可地點點頭。

林荀挾起一筷子白玉絲瓜讓她嚐嚐鹹淡，得到肯定的大拇指。他笑著由瀟箬分配功勞。

瀟箬還是保守了，要他來分配，這功勞得一九分，他一，瀟箬九。沒有好的火候，哪有好的菜，全是瀟箬的功勞也是理所當然的。

鄭冬陽的家實在過於簡樸，他用瀟昭的束脩除了添置了桌椅板凳以供授學，剩下的全部拿去購買筆墨紙硯。

瀟箬才知道雖然給老師的束脩並不少，可每月用在購買紙筆上的花銷更大。

普通的筆一枝要一百文，墨按斤販售，三百文一斤，紙是最昂貴的，糙紙每張五十文，白紙每張一百文，這樣算下來一兩白銀也不過能買一枝筆、一斤墨和六張白紙。

很多人家不是付不起先生的束脩，而是供不起紙筆的耗費。

瀟箬清點了一下小金庫，從開始賣涼茶飲和冰塊之後，她就和岑大夫說好不再領月錢，還了岑大夫最初預支的三兩銀子，每月還另外給他一兩銀子做日常花銷，抵做他們一家四口暫住的房錢和飯錢。

老頭子自然是不肯收，直到瀟箬說就算是親爺爺，做子孫輩也該給孝敬錢，他這才勉強收下。

這幾個月來瀟箬已經攢下一百多兩銀子，看著是不少了，可是接下來每月的束脩和紙筆錢就是一筆不小的固定開銷。雙胞胎也該做秋衣了，還有林荀，他個子竄得飛快，瀟家爹爹的衣服穿在他身上已經從需要挽袖子，變成露出一截手腕和腳踝，也該給他多添幾套合適的衣服。

她咬著甘草稈子，沾水在石桌上圈圈畫畫，盤算著一家的收支。

一隻指節分明的手從她右耳後方伸過來，捏住草稈子阻止她繼續啃。

「別嚼這個，等會兒吃不下飯。」

瀟箬鬆開嘴，任由整根甘草被抽走。

林荀將甘草放在自己左手邊，把自己帶過來的溫水遞給瀟箬示意她喝。

他看著石桌上瀟箬用水畫的痕跡，有些水漬已經快乾涸了，看不清詳細內容，依稀能看到寫的是數字，最靠近瀟箬手邊的字最濕潤，是剛寫上去的「衣」字，字旁還畫著一高二矮的火柴棍似的小人圖案。

「這是什麼？」他指著小人問道。

「沒什麼，走吧，晚上吃什麼？我想吃你上次做的醬蘿蔔了。」瀟箬不想讓他知道自己在算帳，打著岔拉林荀離開石桌。「明天你給鄭老送些牛乳過去，我上次看他愛吃這個。」

林荀順從地跟著瀟箬走，他微微回頭，又瞟了石桌一眼，桌上的水漬反射著陽光。

隔日，林荀懷抱著罐子，沿著街道往鄭冬陽家走去。

牛乳用陶罐裝著，罐口牢牢封住，一是防止牛乳灑出來，二也是防止路上塵土飛揚飄進罐子裡，牛乳可就髒了。

街道上不時有人和他打招呼。

「瀟家小哥這是要出門啊？又去鄭家？」

「瀟家小哥你幫我和岑大夫說一聲謝謝啊，他前陣子給我開的藥可太有效了！」

「哎，瀟家小哥要不要看看今天的菜？水靈著呢！」

林荀一一點頭算是回應，上溪鎮的人早就習慣了英俊少年少言寡語、面無表情的樣子，並不惱怒他的冷淡，他們只管說他們的。

上溪鎮地處兩河交接處，貫通南北，久而久之這裡就成了樞紐，定居在這裡的人越來越多，商鋪林立，車水馬龍。

人多就需路廣，上溪鎮年年稅賦上交得多，衙門財政充裕，就撥款拓寬了鎮上的道路，上溪鎮青石板鋪就的街道足足能並排行駛兩輛馬車。

只要不在集市日子，街道兩邊的店家就會在自己店鋪外掛上布簾，簾上寫著自家的營生來招攬顧客，簾下則支起臨時的桌椅板凳，或放些茶水吃食販售，或租給沒有鋪面的小販作為固定販售點，也能增加營收。

面上冷冰冰，林荀腦子裡可熱火朝天。每路過一個攤子，他腦子裡都有聲音在念叨。

「涼糕今天是蘭花形狀，等一下回來可以買幾塊，嫋嫋愛吃。」

「這菜都抽薹了，不買。」

「這是什麼果子？沒見過，不知道甜不甜。」

就在他偷偷打量剛才看到的姑娘荷包樣式，想著也給瀟箬買一個的時候，背後突然傳來一個婦人尖銳的叫聲。

「啊！囡囡——」聲音中飽含驚恐。

聞聲回頭，只見一個頭上紮著小髻的小女孩呆傻傻地站在路邊，一把閃著寒光的薄刃長刀在空中劃出令人心驚的弧線，馬上就要劈中她。

來不及細想，林荀手腕一揚，懷中的牛乳罐子就朝長刀砸去。

罐子在空中和刀撞在一起，發出砰的一聲，刀子卸力直直落地，牛乳罐則是當空碎裂。白色液體在空中綻放成一張漁網，帶著罐子碎片把小女孩籠罩在內，林荀快如閃電，在拋出罐子的同時足尖點地，旁人只覺眼前一花，他已經抱住小女孩將她攏在身下。

陶罐碎片比較大，高度也不高，砸在林荀背後並沒有對他造成傷害，只是他的衣服被牛乳弄濕了一大片。

他鬆開懷中的小女孩，小孩這時才從驚嚇裡回魂，哇的一聲大哭出來。

女孩的哭聲驚醒看呆的眾人，剛才發出尖叫的婦人撥開人群，幾步跑來，一把摟住小女孩，朝著林荀連聲致謝。

這名婦人是小女孩的母親，忙著和小販討價還價，沒注意到女兒被旁邊攤位的茶點吸引，在不知不覺間已單獨走遠，她一回頭，突地看到空中的長刀馬上就要砍中女兒，這才失聲尖叫。

「謝謝，謝謝！太謝謝你了！嗚嗚嗚……要不是你，我家囡囡……嗚嗚……」她緊緊抱著女兒，又是感激、又是後怕。

啪啪啪，掌聲夾雜在她的哭泣聲中，鼓掌的是個高大漢子。

他身後帶著五個同樣健碩的硬漢，六人都綁腿護腕，緇衣馬褲，纏著一條黑紅腰帶，其中五人手上都提著一把薄刃長刀，和剛才差點劈中小女孩的刀是一個樣式。

「少俠好俊的功夫！」鼓掌的漢子豪爽地誇讚著，剛才他的兄弟們在喝茶歇息，調侃比劃，打鬧起來一時失手，飛刀脫把而出，差點釀成大禍。

林荀皺著眉頭看幾人手中一樣的兵器，知道他們就是這場意外的源頭。

「你們不該在街上亮兵器。」他聲音冷淡，卻能明顯聽出怒意。

大漢身後的人聽他這語氣就不樂意了，他們行走江湖這麼多年，什麼樣的事情沒遇過，輪得到這毛頭小子對他們大哥這般教訓？

其中一個臉上帶疤的壯漢語帶輕蔑地說道：「小子，爺爺亮不亮兵器還要你來管，我練刀的時候你還在你娘懷裡吃奶呢！」

他是幾人中唯一手上空空的，被牛乳罐子擊落的那把刀就是他的武器。

「馬老三！住嘴！」鼓掌的漢子扭頭呵斥，隨即回身對林荀抱拳道：「不好意思啊小兄弟，是我管教手下不嚴，希望你不要計較。剛才多虧了你出手相助，我實在是不知道該如何感謝。」

「感謝我就不用了，你該對她們道歉。」林荀雙手抱胸，朝還在哭泣的母女方向略一歪頭。

「對對對，應該的、應該的。」大漢豪爽地笑著，半蹲下身子，掏出一小塊碎銀想塞給婦人。「嫂子對不住，是我兄弟一時失手，這點銀子妳拿去給娃娃買點糖吃。」

婦人眼中含著兩泡淚，看著幾個像小山一樣的壯漢，她根本不敢收這銀子，只把懷裡女兒摟得更緊。

林荀看婦人嚇得身子都顫抖起來，他從大漢手上拿過那塊碎銀，塞到小女孩手裡，對婦人說：「拿著吧，這是他們應該賠給妳們的。」

顫抖著接過碎銀，婦人低低道一聲謝，抱著女兒趕緊離開了，她可怕死了這些滿身江湖氣的壯漢。

林荀見婦人和小女孩已經安全離去，他也轉身要回慈濟堂。

給先生的牛乳沒了，他要回去和瀟箬解釋。

「小兄弟留步。」

剛邁出一步，林荀就被帶頭的大漢攔住，那大漢抱拳道：「小兄弟的罐子因為我們的原因毀了，我們也應該賠償才是。」

林荀剛想說不必，腦中又閃過石桌上的水漬，話到嘴邊就變了。「那你賠吧。」

大漢好像沒料到林荀會這麼直白，抱拳的雙手頓了一下，立刻又哈哈笑了起來。「小兄弟真性情，我喜歡！」

他掏出一塊銀子遞給林荀，又說道：「還不知道小兄弟的姓名呢，我叫江平，是順記鏢局的鏢頭。」

林荀接過銀子掂了掂，這塊碎銀約莫有二兩。

「我叫林荀，罐子不值這麼多錢，你給多了。」

「不礙事，多的就當我結交你這個兄弟，你拿著買酒喝！」

「我不喝酒，我沒帶錢，等我回家找好餘錢還給你。」

江平第一次見還有嫌錢多的，他咧嘴笑道：「也行，都聽小兄弟的。只是我們現在有事要去辦，不能在此等你找錢回來。不如這樣，我們鏢車就停在鎮子西南面的三里亭，明天小兄弟可以到那裡來找我。」

林荀頷首表示知道了，隨即就不再理他們，抬腿往慈濟堂走。

江平樂呵呵地目送他遠去。

馬老三撿回自己的刀問江平。「老大，不是說我們在這兒休息幾天嗎，現在還有什麼事要去辦啊？」

江平收斂笑容看向馬老三，恨鐵不成鋼。依他所見，林荀一個人能打五個馬老三，怎麼著馬老三當鏢師也有五、六年了，跟自己走鏢也將近三年，怎麼一點長進都沒有，吃飯的傢伙都拿不穩還能脫手！

狠狠的一巴掌拍在馬老三後肩上，江平怒道：「什麼事都沒有！以後你給我刀握緊點，再有一次脫手，我就回去告訴掌櫃的扣你鏢錢！」

另外四個人見狀都背過身去哈哈笑，馬老三功夫不到家就算了，腦子也跟不上啊。他們老大這明顯是看上那小子的身手，想拉那小子入夥呢。

第十四章

瀟箬見到林荀回來有點吃驚，這才出門沒多久，這就回來了？

「東西沒送到，發生了點事情，罐子碎了，這是別人賠的罐子錢。」林荀攤手把江平給的銀子遞到瀟箬面前。

瀟箬聞到他手上傳來濃郁的牛乳味道，沒去接銀子，拽著他的胳膊讓他轉了個身。

林荀半個後背都被浸濕了，牛乳從衣服上滲透進去，怕是裡衣都沒有倖免。

她馬上推著林荀去後院，要他先把濕衣服換下來。

「誰家這麼闊綽，賠個碎罐子給二兩銀子啊？」瀟箬站在窗外，一件件接過林荀從裡面遞出來的髒衣服。

「我沒全要，明天把餘錢找給他。」林荀的聲音從半開的窗戶裡傳來，糊糊悶悶的。

「也好，不明不白的錢拿著燙手，罐子我們二十文錢買的，剩下的錢我給你包起來，你好還給人家。」瀟箬覺得林荀這樣處理很對，雖然到了她手裡的銀子再還出去有點肉痛。

談話間林荀已經換好了乾淨衣服，他從瀟箬手裡接過自己換下來散發牛乳味的髒衣衫，兩人一起走向水井旁。

夏天就要過去了，井水已經發涼。他自從身體恢復後就不再讓瀟箬碰洗滌一類的活計，從洗碗洗鍋到洗衣洗被都被他一手包攬。

瀟箬搬出洗衣服用的大木盆，林荀從井中打上來兩桶水倒進木盆裡，往髒衣服上搓了點皂角，就開始洗滌衣物，邊搓洗邊和瀟箬講今天街上發生的事情。

看他熟練地搓著髒衣服的樣子，瀟箬腦中浮現起前世的一個詞語——家庭煮夫。又是做飯、又是洗衣，平時掃地整理林荀都能幹得很好，瀟箬一度懷疑林荀怕不是點了家務技能，怎麼會這麼賢慧。

洗完衣服晾好，兩人一同去瀟箬房間裡數明日要還給江平的餘錢。

銀子被瀟箬藏得很深。她先從枕頭下拿出一把銅製小鑰匙，再掀起床板從縫隙中掏出一個小木盒，用銅鑰打開木盒後拿出一把略大的鑰匙，這把大鑰匙才能打開她的小金庫——被壓在衣櫃下面的木箱。

不是她過分謹慎，誰叫這個世界沒有保險箱呢，不這麼藏著她心裡不踏實，一想到辛辛苦苦攢的銀子萬一被人偷了，她都要犯心絞痛了。

這丟的是錢嗎？這丟的可是雙胞胎的口糧，丟的是他們未來合身的衣服和希望！

抱著這樣的想法，每一文錢在她眼中都是珍貴的。瀟箬數出一兩白銀，九貫又八十文銅錢，用小布包緊，手指在布包上戀戀不捨地摩擦了幾下，這才遞給林荀。

看著瀟箬眼中流露出的不捨，石桌上的水漬又閃現在他腦海裡，林荀抿了抿唇，問道：

「箬箬，我們是不是很缺錢？」

林苟身上一直不留錢，每個月岑老頭還是會給他四十文，每次拿到錢他都會交給瀟箬。他平日也沒有什麼花銷，若是去買菜就從前堂抽屜裡拿個十幾文，買完後有餘錢也都丟回抽屜。

這就導致他對家裡的經濟狀況掌握度不高，看瀟箬對錢依依不捨的小氣樣，他不由猜測難道家裡其實很缺錢嗎？

「嗯？你怎麼會這麼覺得？」瀟箬瞪大雙眼看向林苟。

她雖然還算不上家財萬貫，起碼家裡現在是不缺吃喝，怎麼小狗會有家裡很窮的感覺？難道是她平時太過於摳門了？

林苟沒有回答，只是盯著瀟箬看。微微上挑的眼尾使他在持續盯著人看的時候，顯得眼神格外專注而深邃。

被這樣盯著看，瀟箬心中平白升起一絲愧疚。

是自己沒有給小狗足夠的安全感嗎？不然明天帶他先去做兩身合適的衣服，證明一下家裡絕對沒有窮到缺錢的地步。

「行了行了，你別擔心了，咱們家裡算得上小康水準的啦，小狗不該操心這些的！」瀟箬踮起腳，習慣性地摸了摸林苟的頭，企圖以此給小狗安慰。

沒聽明白什麼叫小康水準，林苟也沒問，只是捏緊了手上的小布包。

當晚看著窗外的點點星空，林苟徹夜難眠，腦中不斷浮現瀟箬明媚的笑容，還有瀟嫋、瀟昭喊「阿荀哥哥」那奶呼呼的聲音。

翻來覆去想了一晚上後，他決定作為瀟箬的男人，應該承擔起男人的責任，他要努力賺錢，讓瀟家姊弟都過上不為錢財發愁的日子，就算「瀟箬的男人」這個稱號只是以前的權宜之策。

第二天一早林荀帶上小布包，往上溪鎮外的三里亭走去。

三里亭外果然停著四輛馬車。馬車上有序地堆放著一箱箱的貨物，尾部都插著金字狼牙旗，黑色的旗面上是碩大的順記二字，旗子在風中獵獵作響，好是威風。

江平等人圍坐在鏢車附近，見到林荀出現，他立刻起身抱拳，哈哈大笑道：「林荀兄弟果然守信，我沒看錯人！」

林荀也學著他抱拳，遞上布包。「這裡是一兩九貫八十錢，你點一下。」

江平以拳換掌，把布包連著林荀的手一齊推回去，他連連說道：「我江平雖不是什麼大人物，但是我向來一口唾沫一個釘，說出去的話沒有不算數的，給出去的錢也沒有收回的道理。」

不等林荀再說什麼，江平又壓低聲音繼續說：「實不相瞞，我這錢也不是白給，我是有一事想和林荀兄弟你商量。」

林荀一挑眉，要他平白無故收人錢財是不可能的，但若是別人要他辦事給的錢，那也不是不能收……他昨晚剛決定了要賺錢養家的。

看他的表情，江平知道自己想辦的事情可能有戲。

「來來來，林荀兄弟一大早就趕過來，早上沒吃好吧？我們兄弟幾個正吃著呢，你要是不嫌棄，就搭一口！」江平順勢拍著林荀的肩膀，半推半拉地把他帶到人群裡坐下。

遞過去個夾了肉的饅頭，江平這才把自己從昨天就開始想的事情說出來。

「我看林兄弟身手這麼好，不發揮也太可惜了！」他也拿起饅頭，邊啃邊說：「如果林兄弟覺得可以，不如和我們一起走鏢！」

「走鏢？」林荀只聽說過鏢師這個行當，具體做什麼的他並不清楚。

「對，我們這一趟鏢就是走的滇南，上溪鎮只是我們中途落腳休息的地方。」

「走鏢給工錢嗎？」

「給啊，怎麼不給！咱們鏢師按路線長短和貨物價值算鏢錢的，像這一趟鏢，安全送到的話，每個人至少能分這個數！」江平伸出五根手指在他面前比劃著。

「五兩銀子？」林荀心中一動，五兩銀子可以管瀟昭半年的束脩了。

「五十兩！」江平一巴掌拍在他背上，哈哈笑道：「這還是保守的估計，要是託鏢的老闆心情好，另外給了賞錢，每人分個百八十兩也不是沒可能！」

五十兩！林荀的瞳孔收縮了一下，這可不是小數目，有五十兩的話箬箬就不用這麼發愁了吧？

「那，如果我跟你們護這趟鏢，大約要幾天？」

「上溪鎮到滇南目的地，也就十來天的路程，一來一回，算寬裕點，一個月差不多。」

林荀低頭沈思，心裡盤算起來。

一個月的時間不算長，一個月就能賺五十兩，這筆買賣很划算。

於是他點頭答應。

江平本來很是為這趟鏢發愁，按以往的習慣，四輛鏢車應該派八名鏢師，可是正巧趕上鏢局剛接了筆大生意，大部分鏢師都被派去押送那筆貨物了。

滇西這趟鏢的老闆和鏢局大掌櫃沾親帶故，非要指名順記鏢局來護鏢，大掌櫃拉不下臉拒絕，最後只能拜託他來走這一趟，鏢師帶鏢頭就湊出六個人。

六個人護四輛鏢車，滇西多異事，他一路上心中忐忑，就怕出點事情人手不夠應付。昨日在街上看到林荀身手敏捷，反應迅速，就知道他絕對是個好幫手。之後他又以銀錢試探，林荀不僅不貪不昧，還很信守約定，若是這樣的人能同行，這趟鏢的安全性就能大大提升。

「好，不知林荀兄弟家中幾人？是否需要告知家中長輩？」走鏢一趟個把月，不提前告知家人，他怕會被誤以為拐賣人口，到時候鬧出誤會就不好了。

「嗯，要跟家裡人說一聲。」林荀點頭，這件事他確實要告知瀟箬和岑老頭。

「我們在這兒還要再休整一天，補充飲水和物資，林荀兄弟你儘管去和家裡說，我們明日再出發。」江平精神振奮，拿出水囊遞給林荀道：「我知道兄弟你不喝酒，那麼以水代酒，我們喝一杯！從今天開始，我江平就是你共患難、同享福的兄弟了！」

接過水囊喝了一口，林荀一抹嘴抱拳告辭。

「哎，對了，你多大了，我好給你加到過所上。」過所是他們走南闖北必備的文書，登記在過所上後才能順利通行各縣鎮州府。

林荀想了想，說：「年十六。」

他也不知道自己到底幾歲，瀟笙提過剛撿到他時覺得他只有十一、二歲，但這段時間以來他身高長了不少，已經不似十一、二歲少年，現在說自己十六歲也不會有人懷疑。

他這句話驚得順記鏢局幾人呆在當場，林荀看他們沒說話，就再一抱拳後轉身回家了，他還要去和瀟笙說自己要走鏢的事情呢。

好一會兒後，馬老三才把哽在脖子裡的饅頭嚥下，結結巴巴地和江平說：「這、這小子才十六歲啊……」

江平也是嚇了一跳，他以為林荀這麼好的身手，怎麼著也是練了有十來年，原先只當他臉嫩，沒想到他還真的就是個小少年而已。

「十六也能出來賺錢了……他家長輩應該不會反對吧……」江平只能這麼自我安慰，心裡默默拜起了關老爺，這好不容易找到的幫手，可千萬別黃了啊。

林荀回家時，岑老頭正坐在那把老榆樹木樁製成的診凳上，抓著一把南瓜子嗑著。

他近來越發無事可做了。

瀟昭每日都去鄭冬陽家唸書，連帶著瀟嫋也隔三差五地跟著弟弟一起。

小丫頭機靈可愛，嘴巴甜、會撒嬌，哄得鄭冬陽心甘情願地不收束脩多教一個。

藥館裡的事情也輪不上他做，瀟箬像海綿一樣源源不斷地從醫書及他的言傳身教裡吸收著知識，大部分病人都很信任她，她開的有些方子能在保證藥效的情況下，用藥更便宜，岑老頭也不得不承認瀟箬在醫藥方面已是青出於藍。

她還改動了慈濟堂前堂的格局，把開方、抓藥、取藥、煎藥分成四個區域，病人多的時候也能按序就診，不會擠做一團手忙腳亂了。

他之前逞強把腰給扭傷了，好一陣子躺在床上起不來，自此之後瀟箬乾脆就讓他每日只坐在前堂休息，翻翻醫書、看看風景，怕他無聊，甚至還給他炒了瓜子、花生、杏仁果。

「阿荀回來啦？」岑老頭剝瓜子動作不停，手邊已經攢了一小碟瓜子仁。他這是留給瀟嫋、瀟昭下學後吃的。

林荀點點頭回應。

「嘖，老這麼板著臉老得快。」岑老頭咕噥著，朝抓藥區努努嘴。「也就你家箬箬不嫌棄你這個冰塊臉。」

瀟箬此時正抓好最後一味黃精，把藥包俐落捆紮好，遞給取藥的病人叮囑道：「三碗水熬成一碗，早晚服用一次，三天後來複診。」

病人連聲道謝，付完診金離去。

這是早上接待的最後一位病人，瀟箬揉著有點痠痛的手腕，看了一眼岑大夫。「老爺子您別再給嫋嫋、昭昭留這些了，他們再這麼吃下去怕要上火了！」

岑老頭訕訕地停下剝瓜子的動作，悄悄把裝瓜子仁的碟子往自己懷裡攬，企圖用袖子擋住瀟箬的視線，保住雙胞胎下學後的零嘴。

走到瀟箬身邊，林荀掏出布包遞給瀟箬。

昨天布包什麼樣、今天還是什麼樣，紮布包的棉繩都還是瀟箬昨天打的蝴蝶結。

「怎麼又拿回來了？不是說還給人家嗎？沒見到人？」瀟箬有點疑惑，接過布包抽開棉繩，裡面還是昨天她數的銀子數量。

林荀把短劍放在櫃檯上，拉過瀟箬的手替她揉捏起手腕。她的手腕是如此纖細，他想自己只要拇指和食指合成一個圈，就能把她困在裡面。

腦子裡想歸想，他並沒有這麼做，只是力道適中地按壓著她的神門、太淵等穴位，緩解她的痠痛。

「見到了的，他們有事託我辦，這錢就給我了。」

「什麼事啊？將近二兩銀子，給這麼多？」

「讓我跟他們走鏢。」

「走鏢?!」一老一少發出二重奏。

換成瀟箬按住他的手不讓他動了。

「你答應人家了？」瀟箬的眉頭擰成一股繩，她心中有不好的預感。

鏢師這個職業她以前在小說和電視上見過，在她的認知裡鏢師那可是刀口舔血的活計。他們往往身懷高強的武功，還要有廣闊的人脈，她還記得看《笑傲江湖》時，裡面福威鏢局的林震南就說「江湖上的事，名頭占了兩成，功夫占了兩成，餘下的六成，卻要靠黑白兩道的朋友賞臉了」。

林荀雖然功夫不錯，可他之前連自己叫什麼都想不起來，哪裡來的人脈？真遇上什麼事情不得全靠自己一雙拳腳？

走鏢在她印象裡也是件非常辛苦的事情，餐風露宿，日夜兼程是常態，危險性非常高，最主要的是她以前看的電視劇、小說中，鏢師都是炮灰的角色，一個鏢隊動不動就死傷過半，乃至全滅也是時有發生。

越想越心驚，瀟箬眼神銳利，一巴掌拍在林荀手背上道：「不許去！你去回絕了人家，你不跟他們走鏢，這錢也還給他們！不，我跟你一起去，我來說！」

這一巴掌拍在手背上，林荀只覺得是小貓撓了一下，還是收著爪子用肉墊撓的，一點也不疼。只是輕微麻麻發癢，讓他想抓一抓。

抓是不可能真的去抓的，小貓正炸毛呢。

他嚥了嚥口水，緩解想去抓小貓爪的衝動。

「是啊，阿荀，我經常聽說走鏢一去就要好久的，你聽箬箬的，還是別去了。」岑老頭在旁邊插嘴，瀟箬現在差不多是他們的一家之主，他覺得瀟箬的想法都是對的。

「他們說這趟鏢最少給五十兩。」

「五十兩！」岑老頭聽到這個價格眼睛都瞪大了。「給這麼多啊？鏢師這麼賺錢嗎？」

「那更不能去！」瀟箬深知收益越大、風險越大，走鏢要是沒什麼危險，怎麼會願意給這麼多錢？她雖然愛錢，一想到五十兩可能是林荀受傷，甚至喪命換來的，她就覺得白花花的銀子也沒那麼可愛了。

畢竟錢她可以再賺，小狗的命可只有一條。

「五十兩而已，我們賣兩個月茶飲和冰就賺回來了，你不許跟著那些人去走鏢，聽見沒有！」瀟箬擺出自己覺得最凶的表情，怒視著低頭不看自己的小狗。

林荀還是沒克制住自己，抽出右手去摳被瀟箬拍了一巴掌的左手手背。

左手被瀟箬握著，摳手背就難以避免會觸碰到瀟箬的手，她的手又軟又白，經常抓藥讓她手上散發著淡淡的藥香。

「現在八月末了，我們最多也就再賣一個月的冰。」他陳述事實。

冰塊的收入是有時節的，再過一個月慈濟堂的收入就要大減，每月支出卻並不會減少，這也是他答應江平走這趟鏢的主要原因。

被林荀直白地戳破，瀟箬有點惱怒起來，她自然也知道冰塊生意最多就只剩下一個月，她只是不想讓小狗因為擔心錢的問題去冒險。

一把拍開林荀摳著摳著就變成摳她手心的狗爪，她哼了一聲扭頭就走進了後院，不再理會身後罰站似的一老一少。

瀟箬氣呼呼的狀態一直持續到晚上，吃飯的時候她都只挾自己面前的菜，一個多餘的眼神也不給對面眼巴巴看著自己的林荀。

「阿荀哥哥是不是犯錯啦？阿姊怎麼這麼生氣呀？」瀟嫋舉高碗擋住自己的臉，自以為小聲悄悄地問岑老頭。

「噓……妳快吃，小孩子不要問這麼多。」岑老頭也學她的樣子，把臉藏在舉高的碗後面，和她隔空咬耳朵。

「哦……昭昭你說阿姊是不是發現阿荀哥哥昨晚偷偷給我們吃糖啦？所以阿姊才生阿荀哥哥的氣呀？」她又把藏在碗後的臉扭向瀟昭，企圖和弟弟討論今晚飯桌上氣氛異常的原因。

她以為自己放輕了聲音在悄悄說話，其實所有人都聽得一清二楚。

瀟箬清了清嗓子，瞪圓杏眼掃視了一圈各人。

一家之主的架勢還是很能拿捏人的，雙胞胎和岑老頭頓時脖子一縮，不敢再廢話了，埋頭加快了扒飯的速度。

第十五章

一家人不能鬧太久脾氣，為了家裡和諧，瀟箬還是決定把話說開了。

她放下碗筷，清清嗓子。「阿荀，我還是反對你去走鏢。」

林荀還沒說話，瀟嫋就舉起筷子表示要發言，她看向林荀的眼神中充滿了崇拜。

「阿荀哥哥，走鏢是不是就是行俠仗義啊？就是話本裡那樣，吼！哈！」她小胖手捏著筷子像模像樣地比劃了兩下，好像她手裡拿的不是竹筷，而是一把寶劍。

「嫋嫋，吃飯不許亂揮筷子！」瀟箬手一拍桌子，板著臉呵斥道。這小丫頭一打岔，她營造起來的嚴肅氣氛蕩然無存。

瀟嫋立刻縮手埋頭扒飯，烏黑的大眼睛滴溜溜轉著，從碗沿上方偷看一臉嚴肅的長姊。

嗚嗚嗚，阿姊好凶哦……

瀟昭小大人似地嘆了口氣，給自己雙胞胎姊姊挾了一筷子肉，示意她多吃飯、少說話。

他明天要好好和蒙師談談了，不能再瀟嫋一撒嬌就給她講話本，看看，她學的都是些什麼啊。

瀟箬深呼吸幾下，平復被淘氣的小傢伙氣得發脹的腦袋，確定自己冷靜下來後才又開口。「阿荀，你還小，你不明白走鏢意味著什麼，那些鏢師風裡來、雨裡去的，動不動就會遇到一些窮凶極惡的人……」

「他小？」岑老頭神色古怪地指著林荀，他看看瀟箬再看看林荀，語帶困惑地問瀟箬。「丫頭，我記得妳說妳今年十六是吧？」

「對啊。」瀟箬點頭，她不明白為什麼岑大夫會是這個表情。

「那這小子至少跟妳同年，有可能還比妳大那麼一、兩歲，妳怎麼說他小？」岑老頭一副想不明白的表情。

「他怎麼可能比我大啊？老爺子您又不是沒見過他幾個月前的樣子，他那時候才到我這兒吧！」瀟箬比劃下自己耳朵的高度。「比我矮半個頭呢，他也就十一、二歲吧？」

岑老頭連連搖頭。「我之前給他治傷的時候，摸了那麼多遍他的腿骨，還有他的牙齒，這些都表明他不可能是十一、二歲的年紀，我不會看錯的。」

他摸骨的本事是年輕游醫時從一個老大夫那裡學的，摸骨定齡屬於基礎性的知識，他不可能弄錯的。

「這幾個月他身高長得這麼快，妳就沒想過為什麼？」岑老頭補充著。「那是因為他體內的毒素排出，原本被壓抑的身體舒展開來，人自然就恢復成他這個年紀本來就有的模樣。」

瀟箬恍然大悟，雖然說成長期的少年長個子是正常的，但她一直覺得林荀的個子長得未免也太快了，已經超過她的日常認知。原先她只當林荀是天生特殊，沒想到是事出有因。

「難道他之前不只是中了生半夏的毒？」瀟箬追問。

「我一開始也以為只是生半夏導致的咽喉水腫，後來他遲遲不能恢復記憶，我就懷疑他體內可能有另一種毒素存在。正是這種毒素抑制他的身體，讓他失憶，我還懷疑這種毒會讓人身體外觀發生變化，矮化或者其他，不過我到現在也不知道這是什麼毒素。」

岑老頭想了想，又補充道：「他吃了生半夏沒死，也可能是兩種毒性相抗導致的。」

瀟箬啞然，她以為自己撿了個小狗崽子，雖然對別人說這小狗崽是她娃娃親的夫婿，但她一直在心裡把他當成弟弟一樣看待。

突然之間小狗變大狗，弟弟可能要變成兄長？

林荀也沒想到自己糊弄江平，隨口說的十六歲竟然可能一語中的。

隨即他心裡又泛起一陣快活，他可能和箬箬同歲，甚至可能比箬箬要大，那麼更應該他來照顧瀟箬。

林荀挾了一筷子炒雞蛋到瀟箬碗裡，她賭氣一晚上只吃面前的菜，炒雞蛋都沒被她臨幸過。

觀察了下她的神情，確定她沒有之前那般激烈的抗拒後，林荀才緩緩開口道：「箬箬，除了五十兩的酬金外，我還有其他要跟鏢的原因。」

說話間，他的視線一刻也不曾從瀟箬的臉上移開，看到俏麗的臉蛋緊繃的線條逐漸柔和下來，不再像之前那樣怒氣沖沖，林荀知道瀟箬這是逐漸平復了情緒。

瀟箬不是個不講道理的人，她開朗強勢的外表下有一顆柔軟的心，她只是習慣用強硬的姿態來保護她想保護的人。

「我雖一直沒有想起自己的過往，但我很慶幸是妳撿到了我，幫我治傷，給我姓名，我也很喜歡和妳在一起生活，還有嫋嫋、昭昭和岑老，對我來說這就是我的家。」林荀語調平穩，從他的聲音裡能聽出他是真心喜歡現在的生活。

「有時候我會作夢，夢裡面有時是無邊的黑暗，有鞭子噼啪的響聲，有時會是廣闊的，一望無際的草原，我不知道這是我的想像，還是我曾經的生活。

「我並不想回到過去，我也不關心我是否還有其他家人。我希望我將來的生活裡一直有妳，有嫋嫋、昭昭，有岑老，對我來說你們就是我的家人。但是我想記起我是誰，我想作為一個完整的，有來處的人，和你們一起過有去處的生活。

「走鏢能接觸到很多人，沒準兒有些東西就能觸發我的記憶。」

瀟箬扭向一邊，她眼眶酸脹，淚水盈睫。但她不想在弟弟、妹妹面前哭鼻子，只好努力向上看，並且快速眨動雙眼，企圖讓眼淚倒流回去。

她能理解林荀的想法。在重生前有次出任務，她也曾腦部受到衝擊而短暫的失憶過。那段時間她覺得自己就像是無根的浮萍，在偌大的天地間遊蕩，她不能回頭，回頭只有一片濃重的霧氣。

那種腳不沾地的漂浮感，是因為她不知道自己的來處，沒有根。就像林荀所說的，覺得自己不是一個完整的人。

林荀一直注視著瀟箬，看到她眼角一閃而過的水光，他頓時慌亂起來。

「我只是想試試能不能想起些東西，他們說這趟鏢就一個月的時間，很快就能回來的，我很快就能回來……」

那抹水光像一根尖銳的針，狠狠扎進他的胸口，在他的心裡面叫囂著、攪動著。

瀟箬看他甚少有表情的臉上充斥的慌張和不知所措，噗哧一聲笑出來。「我又沒說不許你想以前，急什麼。」她也不掩飾了，大大方方地用指節揩去眼角的淚痕。

「你要走鏢也可以，就一點你要記著，要是路上遇到了危險，你唯一要做的事情就是逃跑，知道嗎！不許受傷！」

瀟箬的要求林荀就沒有不答應的，何況只是要他保證自己的安全，他連連點頭，就差沒舉手發誓。

一家人這才安安穩穩地把晚飯吃完。

第二天林荀獨自一人去找江平會合。

瀟箬本想和他一起去，林荀藉口醫館裡病人求醫不好耽擱，沒讓瀟箬與他同去。鏢師個個腰佩寒刃，面帶風霜，他怕瀟箬見了徒增擔憂。

江平早早在亭外等著，馬老三時不時過來晃幾圈，陰陽怪氣地說道：「老大，這太陽都大起來了，那小子怕是拿錢跑路了，不會來的，咱們還是出發吧！」

他特別看不慣老大對那毛頭小子看重的樣子，不就是拿罐子擊落了自己的刀嗎，那是自己一時失手，要是正正經經和那小子比一場，他一定能打得那小子哭爹喊娘。

「你少說幾句！」江平白了馬老三一眼，這傢伙心裡想什麼他可一清二楚。「我可警告你，等會兒林兄弟來了你給我放恭敬點，他是我江平請來的，以後就是我們兄弟，你再挑刺惹事，別怪我不顧往日情面！」

馬老三看老大真生氣了，也不敢再強，只不服氣的嘟囔幾聲，回去整理自己的行囊了。

瀟箬給林荀準備行囊時為了帶幾套衣服糾結了好一會兒，導致林荀到三里亭已經是巳時，太陽已經火辣辣的炙烤著大地。

江平也不生氣，他讓鏢師們和林荀互相認識了一下，分給他一條和幾人腰間相同款式的黑紅腰帶，腰帶末端用金黃色絲線繡著順字。

「這是咱們順記鏢局的標誌，這腰帶加上我們的鏢旗，路上的朋友們見到了就能知道我們是誰。」江平向他解釋著。

順記鏢局創立已有二十餘年，實力雄厚，從天子腳下的盈州盈都到南北的縣府，大大小小十幾個分局，在江湖上頗有威望，金字狼牙旗和黑紅腰帶就是他們在鏢路上的通行證。

清點完要押運的貨物，行囊中蓄滿清水，準備好的眾人在江平的一聲令下，踏上了繼續往滇南前進的路途。

幾日下來路途很是順遂，他們每天卯時啟程，酉時歇息。有村落小鎮就借宿一宿，不趕巧在荒野中便直接就地安營。

越往滇南行走山路越多，馬匹吃重登山下坡，逐漸地就慢了下來，之前一日能走百里，現在則不足八十里地。

江平是個經驗豐富的鏢頭，看到這樣的情況，他果斷下令換成水路前行。馬匹被寄存在馬行裡，每日只需付二十文的草料錢，等他們回來時憑信物就能取回。四車貨物用塗了熟桐油的油布包裹防止進水，整齊碼放在租來的船艙裡。

而林荀第一次體會到頭暈目眩、四肢無力的感覺，他暈船了。

又一次忍不住趴在船沿上乾嘔，他覺得自己的腳好像踩在棉花上，口腔兩側不斷分泌著酸澀的口水，喉嚨痙攣，彷彿被無形的手掐著。

他已經吐不出什麼東西了，從上船開始他就頭腦發脹，胃口全無，早上強迫自己嚥下的包子早就吐了個一乾二淨，胃裡面空盪盪的，只湧上來陣陣酸水。

「來，喝點水漱漱口。」江平遞過來水囊。「林兄弟之前沒坐過船吧？暈得這麼厲害可不好受啊。」

林荀接過囊袋，打開喝了一口，嘴巴裡的酸澀被沖淡。現在他連說話都覺得費勁，只能朝江平舉了下水囊表示感謝。

「還以為是條多厲害的龍呢，沒想到帶了隻旱鴨子。」陰陽怪氣的聲音必然是馬老三無疑。

他被江平警告過後就憋著一肚子氣，無奈老大的命令他不敢不從，一路上只是離林荀遠遠地翻著白眼。這會兒林荀暈船手腳無力，總算是被他逮著機會嘲諷。

拋下這句嘲諷之後馬老三立刻朝船艙走去，他只是過過嘴癮，被老大逮住少不了一頓教訓，還是去船艙藉口看貨物，乘機找個地方睡覺舒坦。

江平有心說馬老三幾句，又找不著機會，最後只能嘆一口氣朝林荀說道：「你別介意，馬老三就是嘴巴欠，他對你沒有惡意。」

林荀搖頭表示沒關係。對他來說馬老三不過是暫時性的合作夥伴，等這趟鏢走完以後還不一定能見面，只要馬老三不來招惹他，他也不管對方對他到底是喜歡還是討厭。

兩人靠在船欄杆上吹著江風聊著閒話，以此分散林荀的注意力，緩解他暈船的感覺。

大部分時候是江平在說，林荀在聽。

江平走南闖北多年，十八歲開始在順記鏢局做鏢師，去過荒蕪的漠北，也去過風浪滔天的南海，他斬過厤匪，擒過山賊，曾經三天三夜追擊千里搶回被盜的珠寶，也曾失手被擒關在山洞裡差點餓死。

正當他滔滔不絕地跟林荀講述他押鏢去江南的途中，遇到色藝雙絕的花魁非他不嫁時，船艙裡突然傳來重物落在艙底的巨響，緊接著就是馬老三的破鑼嗓子嚎了聲。「你們是誰？來人啊！有賊！」

江平和林荀對視一眼，同時緊握兵器飛奔向船艙。

還未等兩人掀開船艙口懸掛的簾布，一個身影就從船艙裡屁股朝後地迎面飛來，正是被踹飛出來的馬老三。

林荀左腳向後一抵，上身前傾，右手正托住馬老三的後背心。接住馬老三卸去第一步的力道後，他右手肘依著慣性向後一撤，帶著馬老三的身體連續後退三步，穩穩地停在甲板上，免去馬老三被踹下船落水的結局。

江平在他接住馬老三的瞬間已提刀衝進船艙，與艙裡的人纏鬥起來。他那把薄刃長刀在狹小的船艙裡彷彿一條游魚，迎著三個賊人左突右擊，以一敵三毫不落下風。

林荀抓住江平閃身讓出的間隙，短劍出鞘，也加入了戰鬥。

他的劍法沒有那些華麗繁複的招式，精髓在於快、狠、準。

劍鋒凌厲，幾招下來對方幾人身上都有不同程度的受傷，其中一人手腕被林荀劃開一道深可見骨的血口。

三人中領頭的那個見勢不妙，口中發出尖銳的哨聲，緊接著三人就開始後撤，向船尾衝去。

另外四個鏢師這時也從船尾趕到船艙，和江平、林荀形成前後包抄的架勢，將三個賊人正好困在艙口。

幾人皆是黑布蒙面，只露出精光四射的吊梢眼，三人背靠背圍成三角陣勢。

眼看無路可逃，為首的賊人環視一圈後朝江平喊道：「懸崖枯枝老鴉立，淺潭仍有戲龍魚。」

江平在聽到這句話後眉頭一皺，抬手攔住正要提劍攻去的林荀。

林荀不解為何不趁著現在一舉拿下這三人，但江平是鏢頭，鏢頭的決策就是鏢師要執行的鐵律，他只能握緊短劍暗中聚氣，注視著圍靠在一起的賊人，隨時準備在他們有所行動之前，讓他們一劍斃命。

只聽江平沈思片刻後開口道：「老鴉展翅歸巢去，風停雲止自有時。」

這一句話之後，原本攔在船尾艙口的四個鏢師便左右散開，居然給三個蒙面人讓出一條路來。

三個蒙面人一拱手，走出船艙後魚貫躍入江中，隨著水波散去，他們也消失無蹤。

危機解除，除了馬老三被踹了肚子需要揉藥酒休息外，其他人都毫髮無傷。江平指揮著眾人兩兩一組，把船艙裡因打鬥散亂的貨物重新整理碼放。

林荀和江平合力抬著箱子小心地放在一起。江平看林荀只幹活不說話，他暗想這小子真沈得住氣，第一次走鏢遇上這種事情也不開口問問他為什麼放人走，是個成大事的苗子。

放好箱子後，江平擦了把額頭的汗水，拍拍林荀的肩膀道：「林兄弟，這次多虧你。」

「我收錢跟你護鏢，這是我該做的。」

「你就不好奇為什麼我們剛才讓他們走？」

林荀聞言抬頭直視江平，並不言語，意思是你要是想告訴我，我就聽著，你要是不說，我也沒必要多問。

江平哈哈笑著說道：「你這小子有點意思。你也聽到他們頭兒剛才說的話了吧，這是我們道上的暗語，意思是他們不是衝著我們的貨來的，純粹就是撞上了。

「我回那兩句的意思是讓他們趕緊離開，我們也不再追究，天高路遠以後若是再遇上，大家就當什麼都沒發生過，交個朋友。」

林荀了然地點頭，暗想這鏢師內裡的門道原來有這麼多，他這趟也是長了見識。

兩人這邊說著話，就聽到瞿二揚聲喊道：「老大，這裡還有個人！」

江平和林荀聞聲上前，果然見在貨箱的陰影處仰躺著個青年，身量八尺左右，剛才被交錯疊放的箱子擋著視線，所以誰都沒有發現他。

青年身著墨綠色絲綢織就的行裝，袖口一圈繡著雅致竹葉紋路的雪白滾邊，此刻已經被水浸得濕透，整個人好像是從水裡撈出來一般，他躺著的船板上已經暈開一大灘水跡。

這人雙目緊閉，面色蒼白，江平伸出食指在他鼻子下面探了片刻，有微弱的鼻息。

「沒死。」江平得出結論。「剛才那三個人可能是衝他來的。」

瞿二靠著貨箱探頭觀察這人，說道：「他這打扮，看起來是個有錢人，他怎麼會出現在我們船上？只怕是個麻煩。」瞿二也是跟著江平護鏢多次的鏢師，形形色色的人見了不少，一眼就能看出地上這人穿的衣服料子可不便宜。

江平也贊同翟二的觀點，青年服飾昂貴，來歷不明，還被人追殺，怎麼看都會是個大麻煩。他思考了下說：「等明天到下個碼頭，就尋個醫館把他丟在那裡吧，我們還有一段路才能到貨點，帶著他只怕會滋生事端。」

「救……救……」微弱的聲音從地上的人口中發出，在江平決定怎麼處理他的時候，此人竟然醒了。

他發白的嘴唇無力地開合著，費勁擠出幾個字。「請……救……救……」

在眾人驚訝的目光裡，林荀靠近青年蹲下，將他上半身扶起，才發現這人的後背處有一道約莫五寸的傷口。

傷口被水泡得發白發脹，不知是不是剛才仰躺的姿勢壓迫正好止住血，此刻的傷口並沒有流出大量血液，只有絲絲縷縷的血絲摻雜在水裡，沿著衣袖往下滴落。

「林兄弟，你這是……」江平欲言又止，他本打算讓這人就這麼在船艙待一晚，明天送下船就和他們無關了。林荀這會兒若是插手，那就等於他們管了這件事，只救人不是什麼大問題，問題是救了這個人會發生什麼樣的後續，是不可預見的。

林荀明白江平沒說出口的顧忌，他看向江平道：「這件事和你、和順記鏢局無關，是我林荀一人所為。」

他並不想給江平帶來麻煩，只是在慈濟堂看岑老頭和瀟箬救治病人這麼久，讓他明白什麼是醫者仁心。傷勢嚴重的病患在他面前，他有能力救治卻要袖手旁觀，他做不到。

從貼身攜帶的藥瓶裡倒出兩粒橙黃色的藥丸，林荀把其中一粒塞到青年嘴裡，另一粒小心地放回藥瓶裡，塞緊蓋子重新貼身存放。

這兩粒藥丸是瀟箬研製的，取林下參、幼鹿角、三月雪蓮等珍稀藥材炮製了小半個月才成功，出發前她特意叮囑林荀，若是路上受傷就吃一粒，這藥生肌活血，固氣養神，對內外傷皆有奇效。

瀟箬所言非虛，一刻不到，青年雙唇開始恢復血色，微微睜開的雙眸也有了神采，只是身體依舊沒有氣力，不能行動。

林荀見青年略有好轉，撐到明日已不成問題，便避開他背後的傷口，將他的身體斜靠在貨箱上，又從袖口取出一包金瘡藥粉，撒在傷口處。

金瘡藥就是普通的藥粉，內含松香、樟腦等，撒到傷口時激得青年倒抽了一口氣。這一激靈好似給他增添了點活泛氣，他顫顫開口道：「小……小兄弟，謝謝……謝謝你……」

江平看林荀已經處理完了，木已成舟，他總不能和林荀反著來再把這青年丟回江裡去，只能嘆了口氣，讓翟二去拿點熱水吃食給青年。

「多謝……好漢，你們放心，我……我不會給你們添……添麻煩，就按你們之前……之前所說，明天把我……我放在碼頭醫……醫館就好……」

「別謝我，謝他就行。」江平擺手，指了指林荀對青年說道。

江平看在林荀的面子上，勻了一套自己的乾淨衣衫給青年，他倆身量差不多，他的衣服給青年穿著正好。

他又把多備的油布給青年墊在身下，防止晚上江水潮氣上湧。幸好現在秋老虎正猛，晚上也冷不到哪裡去，青年在船艙裡湊合一晚不算難捱。

白天的突發事情好像對暈船有奇特的治療效果，到了晚上林荀都沒再噁心過，只是仍舊沒什麼胃口。他吃不下東西，就獨自一人來到船頭吹著江風。

今日晴好，晚上的星星格外明亮，一閃一閃好似一把細碎的明珠撒在黑色的幕布上。

林荀抬頭看著繁星閃爍，忍不住想瀟箬此刻在幹什麼呢？她會不會也在抬頭看夜空？他們會不會凝視到同一顆星子？

正在他發呆愣神的時候，右手邊遞過來一個小罐子。

「這是我妹妹給我準備的醃黃瓜，你嚐嚐，能治暈船的。」來人是馬老三。

他一隻手舉著罐子，另一隻手局促地摳著褲邊縫隙，眼神閃爍，不敢直視林荀。

林荀一偏頭，看到開口的罐子裡盛放著黃綠色的醬瓜。黃瓜被切成手指長短，被鮮香濃郁的醬汁醃漬得邊緣剔透，一看就非常入味。

他伸手捏了一塊送入口中，鮮脆爽滑，鹹酸中帶著一絲回甜，很是開胃。

「謝謝。」林荀點頭致謝。

「不、不用謝。」馬老三看林荀吃了醃黃瓜，他臉上流露出鬆了一口氣的表情，他本來還擔心林荀會不理他，畢竟他之前對林荀的態度太差了。

「應該是我謝謝你，下午要不是你接著，我可能就掉江裡餵魚了。」馬老三不好意思地撓撓頭說道：「林荀兄弟，之前是我不對，我給你道個歉。」

林荀有點意外，他還以為馬老三會一直對他陰陽怪氣直到這趟鏢結束。

「沒什麼，一起走鏢就該互助。」

「嘿，我就知道你不是小心眼的人，從今以後你就是我異父異母的親兄弟了！我馬老三別的本事沒有，就是特別護短！你以後有什麼事情儘管開口，我馬老三上刀山、下火海，眨一下眼睛我就是孬種！」馬老三咧著嘴拍著胸脯。

「馬老三，別在外面瞎說，喊林兄弟一起進來吃點烤魚啊！」江平豪放的聲音從艙裡傳來。

「哎，來啦！」馬老三應了一句，拉著林荀就往船艙裡走，邊走邊說著自家妹妹手有多巧、多會疼人，好似他妹妹是天上的仙女下凡一般。

不過也真虧了馬老三那罐醃黃瓜，之後的水路林荀再也沒有暈船到食不下咽的情況了。

第十六章

第二天靠岸放下青年後，他們一路順風行船，只四天的工夫就到了目的地。

算算日子他們比答應老闆的日子還早到了兩天，收貨的人很滿意，滇南路遠凶險，能安全準時到貨的話，老闆給錢就格外爽快。除了答應好的每人五十兩護鏢錢以外，還額外每人給了二十兩的賞錢。

任務完成領了銀子，江平按照慣例給兄弟們一天的自由活動時間，好放鬆下身心。

「林兄弟，咱們明日午時再啟程，這段時間你可以自己安排。」江平笑呵呵地說。

「哎，要不你跟著我，哥哥帶你去好玩的地方。」馬老三用胳膊肘捅捅林荀，朝他眨著自己的綠豆眼，連帶著臉上的刀疤都擠出褶子來。

江平一巴掌拍得馬老三一個趔趄，怒罵道：「馬老三，你可別帶壞了林兄弟，臨出發前我可是答應了你妹子要看著你的，你再拿銀子去賭，看我回去怎麼跟你妹子說！」

馬老三訕訕地不敢說話了，他撓撓臉皮，灰溜溜地回客棧去。

他可不敢在老大眼皮子底下去賭，萬一老大真回去告訴他妹妹，他妹妹能把他耳朵揪下來。

林荀本就沒打算和馬老三一起去放鬆，雖然這一次就拿到七十兩銀子，但這錢他要攢著回去交給瀟箬的。

謝絕了江平想帶他去嚐嚐滇南特產的邀請，他打算去街上逛逛，看看有什麼新鮮小玩意兒可以帶回去哄家裡雙胞胎開心。

出發時瀟箬把原來江平給的二兩銀子都塞進他包裹裡，這一路上吃住行都是鏢局掏錢，他還沒機會用上自己的銀子呢。

滇南風情迥異，沿街有不少當地裝扮的小販在叫賣著，攤位上大多是林荀從沒見過的奇特動植物。有一人多高的筍狀樹芯，也有用芭蕉葉盛放的各色花朵，更多的是一筐筐還在鮮活蠕動的蟲子。

「阿哥，新鮮的蠶蛹要不要來一點？」

「菌耳炒菜甜著咧！來一份菌耳吧！」

「自家的芭蕉心，解渴的芭蕉心，便宜賣啦！」

各種熱情的攬客聲此起彼伏。

林荀在人群中穿梭著，兩隻精緻的木雕小馬是給瀟嫋、瀟昭的，當地炒的雲山茶是帶給岑老頭的，只有給瀟箬的東西他定不下來，看看這個覺得好，看看那個也適合箬箬。

最後逛得天都要黑了，他才選定了藥香囊。

靛藍色布料上綻放著兩朵別致的白花，店家告訴林荀這是滇南特有的紮染，用蓼藍、板藍根和艾蒿等天然植物汁液作為染料製成。香囊裡是滇南特產的三七粉、滇龍膽、雲當歸等藥材，佐以鮮花香料，氣味悠長宜人，有助眠安神的功效。

林荀拿起藥香囊在鼻尖嗅聞，淡淡的藥香裡混合著鮮花的芬芳，彷彿瀟箬柔嫩的雙手撫摸著他的臉，頓時俊朗的臉上升騰起一陣熱氣，放下銀錢拿著香囊就匆匆離開。

這小夥子臉怎麼突然這麼紅？店家看著林荀略顯倉皇的背影一臉疑惑。

當夜林荀枕著藥香入眠，一整晚影影綽綽夢境不斷，夢中瀟箬對他溫柔淺笑，正是相思樹上合歡枝，紫鳳青鸞共羽儀。

雞叫三遍，猛然驚醒，眼前沒有瀟箬白皙的手臂，也沒有燃燒的龍鳳喜燭，入目只有陌生的床頂。他還在滇西的客棧裡，離家千里。

林荀翻身坐起，感覺到濡濕的被褥，忍不住弓起雙腿，把發燙的臉頰埋進雙掌。

該死。他恨恨地捶了下自己，想娶箬箬，自己就要快點強大起來。

「林兄弟，你起了嗎？收拾收拾我們準備回程了！」門外傳來咚咚咚的敲門聲，是江平來喊林荀。

「馬……」林荀一開口就發現自己嗓音沙啞，他用力咳了兩聲，清清嗓子後道：「馬上好！」

江平聽到林荀的回答，就轉身去招呼其他兄弟也抓緊準備行囊，好早早啟程回去了。

林荀起床換上乾爽的衣物，收拾好行囊和昨日給家裡人帶的禮物，想了想又紅著面皮在枕頭旁放了二十文錢，算是給收拾房間的小二留下額外辛苦的酬勞。

待他下樓時，其他人已經都收拾妥當開始吃早飯。

「林兄弟來坐我這邊！」馬老三手裡握著個包子朝他揮著，屁股挪了挪給他讓出位子。

林荀走過去坐在他旁邊，也拿起包子吃，一夜春夢，他現在覺得分外饑餓。

「喲，胃口這麼好，昨晚幹什麼體力活了？」馬老三擠眉弄眼地揶揄道：「小夥子就是精力旺。」

「行了行了，馬老三你別老逗林兄弟。心情這麼好，難道昨晚贏錢了？」翟二插嘴。

「嘿嘿嘿，我這是關心林兄弟。再說了，我馬老三贏錢，那不是小事一樁。」

「噓，小點聲，老大聽到了又該罵你了……」李吳看江平過來，趕緊提醒得意忘形的馬老三。

江平看眾人吃得差不多了，招呼著大家拿上傢伙登船啟程。

回程輕裝簡從，空船順水，到馬行取馬後換回陸路，不到十天的工夫，上溪鎮就在眼前了。

江平捨不得林荀這棵好苗子，幾次邀請他和鏢隊一起回州府的分鏢局住幾天。

「林兄弟，上溪鎮離我們最近的分鏢局也就幾天工夫，你真不跟我們去一趟啊？回鏢局裡還能拿掌櫃給的工錢呢！」

林荀抱拳謝過江平的好意，這段時間相處下來，他明白江平是個熱心的老大哥，知道自己缺錢，想讓自己跟著去鏢局分一份佣金。

「可不是，林兄弟就跟我們一起吧！」馬老三一夾馬肚，催促馬緊踏幾步跑到兩人身邊插嘴道：「我家就在欽州桂角巷，領完工錢你還能來我家住幾天，我把我妹子介紹給你呀！」

他現在可滿意林荀了，長得俊俏，功夫又好，人還本分，要是自家妹妹能和林荀成了好事，他馬老三作夢都能笑出來。

「得了吧馬老三，你妹妹那麼潑辣，林兄弟可吃不消。」立刻有人吹口哨調侃馬老三。

「潑辣又如何，我妹子長得漂亮啊！」提起自家妹子，馬老三可來勁了，揚著馬鞭就要和調侃他的兄弟比劃比劃。

林荀看他們打鬧笑而不語，這一個月以來風餐露宿，熾熱的陽光和飛揚的塵土非但沒有讓他顯得頹唐，反而在他臉上增添了成熟和穩重，刀刻一樣的輪廓更加鮮明，眼神銳利如刀鋒。

若說之前的他是一把沒有開刃的劍，那現在就是吹毛可斷，鋒芒畢露。

馬蹄噠噠，上溪鎮的大門已到。

林荀翻身下馬，把韁繩遞給翟二，向六人抱拳道：「林荀謝過各位兄弟這個月的照顧，家中有牽掛，我就不再和大家繼續前行了。」

馬老三聽林荀這麼說，誇張地哎呀一聲嘆出好大一口氣，惋惜起自己無緣的妹夫，惹得眾人紛紛大笑。

江平抱拳回禮道：「青山不改，綠水長流，那林兄弟我們有緣再會！以後你要是想繼續走鏢，就來順記鏢局找我！」

其他幾人也一樣抱拳與林荀告別。

目送鏢車和眾人遠去後，林荀握緊短劍，把背後的包袱緊了緊，迫不及待地向慈濟堂走去。

一月不見的上溪鎮依舊熱鬧，兩邊攤位上做買賣的、喝茶吃點心的、聊天嘮嗑的皆如離開那日一樣，好像這一個月的日子是須臾間從指縫裡溜走的。

林荀腳步輕快，他想著不知道瀟箬看到他時會說什麼，會覺得他曬黑了嗎？還是會和每次他一回家時一樣，說一句「阿荀回來啦」？

岑老頭這個月是不是還總是翻動那本書頁泛黃的醫書，躲開瀟箬的注意，偷偷給雙胞胎藏零食？

瀟昭的學業不知道有沒有長進，不過他向來勤奮好學，又聰明，定是很得鄭冬陽的誇獎。就是瀟嫋這個小丫頭，天天想著玩，也不知道能不能順利背出《弟子規》。

心裡快活地暢想，在他遠遠看到慈濟堂門口空無一人時全被打斷。

現在還不到申時，太陽還明晃晃地掛在天上，往日這時候慈濟堂前總有進出抓藥的人。

他眉頭一皺，加快腳程幾步跑到門口，只見慈濟堂大門緊閉，門把手上懸掛著小木板，上面寫著「家中有事，今日不營業」。

林荀知道這塊小木板是瀟箬訂製的，另一面寫的是「今日營業，歡迎光臨」，每天開張時她就會把營業這一面掛上，鮮少用到不營業這一面。

拍拍門板，砰砰砰，無人應答。

林荀眉頭皺得更深，心像被一隻手緊攥著，他快速繞到慈濟堂的側後方，這裡是後院的小門。從圍牆右上角的半塊黑瓦下掏出鑰匙，打開小門上的鎖，他推開門喊著。「箬箬？岑老？」

無人回應。

顧不上放下背上的包裹，他三步併作兩步，打開幾個房間一一察看。

四個臥室沒人，製藥房也沒人，一摸藥灶是冷的，這就說明至少有三、四個時辰沒有生火炮製藥了。

林荀越來越心慌，正當他腦子裡不受控制地浮現可怕猜測時，小院門外傳來一個老婦人的聲音。

「是荀小哥回來了嗎？」

隨著這聲疑問，一個胖乎乎的老婦人從門外探進頭來。

她是住在慈濟堂隔壁的李氏，和岑老頭做了幾十年的鄰居，平時兩家也經常打招呼送個菜什麼的，交情很是不錯。

「哎呀，真是荀小哥啊，你可回來了！」李氏看確實是林荀，她踩著小碎步進了院子。

「李嬸，妳知道箬箬他們去哪兒了嗎？」林荀焦急詢問。

「你怎麼才回來呀，你都不知道你不在的這個月發生了什麼！箬箬和岑大夫他們這會兒應該在鄭童生家呢。」

鄭童生就是鄭冬陽，他最後只到童生這一步，雖然不能再科考，上溪鎮上了年紀的人還是習慣叫他鄭童生。

林荀聽李氏這麼說，腦子裡嗡的一聲，各種可怕猜測好像有了實體，短短幾個彈指間朝他的心臟發起千軍萬馬的攻勢，心臟突突地好像要從喉嚨裡跳出來，太過緊張讓他沒有注意到李氏是笑著說這句話的。

來不及問李氏具體詳情，只把包袱往桌上一扔，林荀就往鄭冬陽家飛奔而去。

李氏連喊他都來不及，最後只能無奈地搖頭，幫他把院門再次鎖上，邊上鎖、邊嘀咕。

「荀小哥平時看起來這麼穩重，今兒個怎麼這麼慌張，話都還沒說完呢……」

林荀不知道自己奔跑了多久，好像才一眨眼，又好像跑了幾個時辰，他已經分辨不了時間的流逝，只想快點到鄭冬陽家。

鄭冬陽家裡此時正充斥著笑聲。

「我！鄭冬陽！沒想到這輩子還有這樣的福氣！」

鄭冬陽酒氣上頭，站都有點站不穩了，他一隻手撐著桌面，一隻手舉著小酒杯，朝同桌的幾人做了個碰杯的手勢道：「來，今天，今天我們不醉不歸！」

他酒量淺，往日是斷不會這樣豪飲，沾幾杯度數淺的黃酒就是極限。

但是今天他快活得很，比他童生試得了學政的誇獎時還要快活！

與他同桌圍坐的正是岑老頭、瀟箬和瀟嫋、瀟昭四人。

岑老頭雙頰通紅，他今天喝得也不少，一拍桌子搖搖晃晃地站起身來，舉著酒杯就要去和鄭冬陽碰杯。

「不醉不歸！我就知道我老頭子沒看錯人，小的我沒看錯，老的我也沒看錯！」拿酒杯的手有點抖，醇香的酒液灑到他花白的鬍子上，他也毫不在意。

瀟箬看著樂得快發酒瘋的兩個老頭，搖搖頭也不去制止，只嘴巴上叮囑道：「老爺子，鄭先生，你們少喝點，明天醒來要頭疼了！」

這事確實值得慶祝，兩個老頭樂成這樣也是自然，要不是要照顧兩個老的和兩個小的，她也想喝幾杯快活快活！

林荀就是在此時推門而入，他雙目赤紅，鬢髮淩亂，扶著門框急促地喘息著，嚇了瀟箬一跳。

她放下筷子趕緊上前扶住林荀問道：「阿荀你怎麼了？你什麼時候回來的？」

她能感覺到掌心下林荀的手臂肌肉在一脹一脹的鼓動，他的身體不知是因為劇烈奔跑，抑或是其他原因，在微微顫抖。

林荀說不出話來，他跑得太快了，嗆進喉嚨裡的風割得他嘴巴裡湧出腥甜味，急速擴張的肺葉在向他抗議。

瀟箬柔軟的小手從上到下順著他的脊背，幫他順氣。

「呼……呼……我，我剛才到家……呼……你們都……不在……呼……我以為你們出事了！」他艱難地說著。

「阿荀啊？是阿荀嗎？」岑老頭醉眼迷離，瞇成一條縫努力聚焦。「來來來，阿荀也來喝一杯，我們一起給昭昭慶祝一下！」

「慶……祝？」在瀟箬一下下的撫摸下，林荀的肺終於沒有快爆炸的疼痛感，他不解地看著醉醺醺的兩個老頭子，又看看一臉期待表揚的瀟嫋和瀟昭。

「老爺子喝醉了，你別理他，來喝杯水。」瀟箬扶著林荀到桌邊坐下，給他倒了一杯溫水道：「這事說來話長，我慢慢和你說。」

在瀟箬的敘述中，林荀才明白到底發生了什麼。

事情是在他走後第三天發生的，那日瀟昭照例去鄭冬陽家唸書。

瀟家二子聰慧，之前瀟家爹爹已經教過姊弟認字和句讀，瀟昭又自己讀完了《論語》、《朱子家訓》、《增廣賢文》等啟蒙書籍，鄭冬陽平日就開始教他四書、五言六韻等更深一步的學問。

這一日鄭冬陽特地囑咐他提前一天溫習，明日要考校。瀟昭在回慈濟堂的途中就一路思索著，想得入神，沒留意就與人撞了滿懷。

被撞的是個十一、二歲的少年，比瀟昭高了一個頭不止，這一撞下去少年只趔趄後退了一步，瀟昭卻結結實實地摔了個屁股墩。

「哎喲！」少年發出一聲假意的哀號。

接著他身邊就圍過來三個和他差不多年紀的少年，七嘴八舌地說開了。

「子路，你沒事吧？」

「哪裡來的小子，走路不長眼啊?!」

「這不是藥館那個小矮子嗎！眼睛不好讓你姊先給你治治吧，省得在街上亂撞亂竄！」

瀟昭自知理虧，趕緊從地上爬起來，拍拍屁股上的灰塵，向幾人作揖道：「剛才是我不小心，撞到了你們，瀟昭在此向你們賠禮了。」

「賠禮？那你倒是賠啊！」

「哎呀，你們別難為他了，聽說他沒爹沒娘，八成是拿不出什麼錢來賠的！」

「哈哈哈哈，對呀，就是沒錢才拜了鄭冬陽那個老童生當蒙師吧。」

幾個少年語帶譏諷，笑成一團。

聽他們以這樣的語氣提起自己的蒙師和亡父母，瀟昭明白這幾個人不是偶然遇見的，十有八九是在這兒故意等自己撞上。

咬著牙，嬰兒肥未褪去的小臉蛋看起來更圓了，他憤怒地說道：「君子和而不同，小人同而不和！請各位讓開，我要回家了！」

被撞的少年眉毛一豎，上前一步猛地一推瀟昭，罵道：「你說誰是小人！我們有說錯什麼嗎？你家就是因為窮，才請不起秀才當蒙師！」

另外幾人也在一旁搭腔。

「就是！我們蒙師都是王秀才，哪像你只能找個童生！」

「什麼童生，鄭老頭這輩子不能考科舉，我看叫童生都玷污了聖人！」

「童生能和秀才比？也不秤秤自己幾斤幾兩！」

瀟昭被推得又摔了個結實的屁股墩，疼得他眼淚都要出來了。

就在這時，從旁邊慢慢踱步出一個老頭，稀疏花白的頭髮綰成一個細小的髮髻在頭頂，身上穿著考究的杏白色文人長衫，手上還搖著一把題字山水扇，上面寫著「王恩卿」三個大字。

老頭斜著眼睛看了眼被推倒在地的瀟昭，咳了一聲假模假樣地說道：「子路，子貢，子張，子期，你們不可以這麼說。」

老頭就是四個少年的蒙師王秀才。

他早就聽說上溪鎮藥館裡有個小童聰明伶俐，他家人在給他找蒙師時卻沒考慮自己這個秀才，找了鄭冬陽當這個小童的蒙師。

知道這件事後他氣得三天吃不下飯。

年輕時這個鄭冬陽就處處壓他一頭，求學的同期學子中鄭冬陽雖然最年幼，卻很得夫子喜愛，學堂裡做的文章回回都是鄭冬陽第一，他第二。後來一起參加鄉試他也差點被鄭冬陽比下去，還好有人告發，鄭冬陽因為出身被剝奪了科考資格。

誰知道都這把歲數了，他還會被鄭冬陽壓一頭！

王秀才看瀟昭忍著痛又站直了身體，搖著扇子和善地對瀟昭說道：「我的弟子不是故意與你爭執，小孩你不要計較才好啊。」

瀟昭心如明鏡，他擦了擦疼出來的淚水，對著王秀才作揖道：「爭執是雙方的，方才那算不上爭執，既然您是他們的蒙師，那您管教他們就好，我是晚輩，自沒有計較的必要。」

好個伶牙俐齒的小孩！王秀才眼角抽搐，他聽明白瀟昭是說他教徒無方，縱容自己的弟子們先惹事。

「好啊，小娃娃你蒙師就是鄭冬陽吧？你回去轉告你的老師，我與他也許久未見，明日我會登門拜訪，和你老師敘敘舊日同窗情誼。」王秀才手搖摺扇，假裝溫和地說道。

他倒要好好看看，這鄭冬陽這麼多年沒進私塾、沒科考，能有什麼東西可以教這小孩！

瀟昭回到慈濟堂時，瀟箬看到他白嫩嫩的小臉蛋上縱橫著一道道的灰印子，向來乾淨整潔的衣服也變得凌亂髒污，而他平日滴溜溜、精神抖擻的眼睛此刻紅通通的，眼角還有未乾的淚痕。

瀟箬當即就炸了，一把摟住瀟昭的小身子，心疼地問道：「昭昭，這是發生什麼了？誰欺負你了？」

瀟昭再早慧也就是個六歲娃娃，此刻被長姊摟在懷裡安慰，心裡憋著的委屈瞬間放大。

「嗚嗚……阿姊，阿姊，有人說我沒爹沒娘……嗚嗚……嗚……」小包子臉上淚水縱橫交錯，沖刷著灰塵，整個小臉蛋糊成一團，看起來更淒慘了。

「怎麼了、怎麼了？昭昭這是怎麼了？」聽到瀟昭的哭聲，岑老頭牽著瀟嫋匆匆忙忙從後院趕來。

「昭昭，昭昭不哭……嗚嗚哇……」雙胞胎心連著心，瀟嫋伸著小肉手想安慰弟弟，結果鼻子一酸，沒忍住也跟著哭了起來。

瀟箬心如刀絞，她早就把雙胞胎當成自己親弟弟和親妹妹，一直捧在手心裡照顧，沒讓他們受一絲委屈，哪個王八羔子今天居然讓他們傷心成這樣，真當她瀟箬是好欺負的嗎！

「好了好了，乖乖，昭昭乖，不哭了、不哭了，告訴阿姊，誰這麼說的？」

瀟昭抽抽噎噎地把剛才路上發生的事情和長姊複述了一遍，瀟箬越聽柳眉皺得越緊。擺明了就是王秀才覺得瀟昭沒有選他當蒙師，讓他丟了面子，今日才指使弟子們在路上尋釁滋事。只怕所謂的明日登門和鄭冬陽重敘同窗舊情，也是來者不善。

她絞了濕帕子給瀟昭、瀟嫋擦著哭花了的小臉蛋說道：「明日我送你們去上學。」

她倒要會一會這個王秀才，敢罵她家崽崽沒爹沒娘，她瀟箬就要讓他們嚐嚐什麼叫哭爹喊娘！

第十七章

第二天瀟箬一手牽著一個娃，三人一同前往鄭冬陽家。

本來岑大夫也想一起去，她怕到時候兩個老的和兩個小的自己顧不過來，就藉口萬一有病人來求醫，讓老頭子留守慈濟堂。

到鄭冬陽家後，瀟箬把昨日瀟昭遭遇的事情原原本本地和鄭冬陽說了一遍，鄭冬陽一聽勃然大怒。

「這王恩卿從小就眼高於頂，求學時候沒少欺負同窗，原以為我不再科考後與他就是趨舍異路，沒想到他到老還是這個德行！欺負一個小娃娃算什麼本事！」鄭冬陽一甩袖子，氣憤地說道。

「先生莫急，他既然說今日要登門，想來也是不懷好意。等會兒他們來了，就由我來接待，先生只需旁觀。」瀟箬笑著安撫憤怒的鄭冬陽，只是她的笑怎麼看都讓人頭皮發麻。

鄭冬陽忍不住打了個寒顫，他小弟子們的長姊，看起來可不好惹啊。

約莫巳時左右，王秀才帶著他的四個弟子到了鄭冬陽家。也沒敲門、沒詢問，被稱為子路的少年率先推開鄭家院門。

薄木板不堪蠻力，發出讓人牙酸的一聲「吱呀——」。

瀟箬等人聽到聲響出屋一看，果然是王秀才他們。

「你就是鄭冬陽？」子路指著鄭冬陽問，語氣滿是不屑。

鄭冬陽冷哼一聲。「豎子無禮！」

「子路，你怎麼這麼說話呢？」王秀才笑咪咪地搖著摺扇，假意斥責道：「要稱呼這位為鄭……嗯，鄭童生才是，怎麼可以直呼姓名？」

「蒙師教訓得是。」子路拱手向王秀才作揖後，轉身一字一頓地道：「鄭、童、生。」最後兩字咬得特別重。

其餘幾個少年哄笑起來。

鄭冬陽氣得臉色通紅，要不是瀟嫋、瀟昭在他身後站著，他都想上去給那幾個小子一人一拳。

瀟箬遞給鄭冬陽一個少安勿躁的眼神，款步走向王秀才幾人，到了他們面前微微躬身行了個禮道：「幾位登門是客，還請進來喝杯茶水吧，總不好就這麼在院子裡站著。」

誰都沒注意到瀟箬行禮的時候手在袖子的掩蓋下，往王秀才幾人身上彈去幾枚小藥丸。丸子接觸到幾人衣服後就化成粉末，毫無聲息地附著在他們身上。

那是用飛蛾翅膀上的鱗粉和細微的石棉炮製出來的，飛蛾翅鱗容易讓人過敏，石棉是針狀結構，肉眼難以分辨，卻可以讓人刺撓麻癢。

王秀才依舊端著一副高深大儒的表情不說話，他身邊的少年開口道：「就你們這幾間破房子，能有什麼好茶水，別給我們喝壞了肚子！」

「你這個人真沒禮貌，別人請你喝茶你還這樣說！」瀟娴從鄭冬陽身後探出小腦袋，嘸著嘴巴回那個少年。

「妳這個小丫頭片子……」少年捋起袖子就要朝瀟娴走來。

瀟箬纖長的手指略微彎曲，在袖子的遮掩下朝王秀才的摺扇遙遙一點，頓時那把山水題字扇噗的一聲化成一團火光，嚇得王秀才哎喲慘叫著趕緊把扇子扔在地上。

四個少年手忙腳亂地爭相去踩扇子，想把火踩滅。

可奇怪的是這火怎麼都滅不了，越燒越旺，扇子在王秀才肉痛的「哎喲哎喲」聲裡化成了一堆黑色炭末。

「我這扇子可是趙刺史親自題字的！哎喲我的扇子啊！」

王秀才心痛得眼淚快出來了，一張老臉皺成一團，像一顆風乾的杏子。

瀟娴、瀟昭看他抬手跺腳哎喲叫喚，忍不住噗哧一聲笑出來，兩個團子縮在鄭冬陽身後格格直樂。

鄭冬陽雖然不知道他那扇子是怎麼莫名其妙著火的，但看王秀才這狼狽樣他心中解氣得很，慢悠悠地道：「王兄今日來不會就是給我們表演燒扇子的吧？可有其他貴幹啊？」

王秀才也想不通自己的寶貝扇子怎麼突然燒起來了，想怪鄭冬陽作怪吧，又沒有證據，他只能打落牙齒和血吞，恨恨道：「我早就聽說你有個聰敏的弟子，這次來就是想問問你，敢不敢讓你弟子參加二十日後的縣試。」

縣試一般都在二月舉行。去年大旱，冬天沒有糧食，不少百姓沒挨過凜冬寒風，開春時餓殍遍野，官府整個二月都在忙著分發糧種，收殮屍首，縣試就被推遲到九月。按照官文公告，正是二十日之後，今日是最後一天報名期限。

鄭冬陽眉頭緊皺，瀟昭才六歲，沒有正式唸過私塾，讓這麼小的孩子去參加縣試，這不是說笑？

看鄭冬陽沒回話，叫子路的少年又開口道：「鄭童生這是怕了嗎？我們幾個都會參加這次縣試，莫不是你怕自己的弟子會輸給我們？」

「就是，學生不如學生，蒙師也不如蒙師呀！」另一個少年插嘴道。

「我參加！」脆生生的童音擲地有聲。

瀟昭從鄭冬陽身後站出來，小身板挺得筆直。

蒙師如父，鄭冬陽待他和姊姊親厚，他是打心眼裡尊敬這個慈愛又學識淵博的老師，今日這些人用自己來羞辱鄭冬陽，他豈能不回擊？

王秀才一挑眉，杏乾臉上露出得意的神情。「好，那就一言為定，我們二十日後縣試考場見分曉。」

王秀才幾人見計謀得逞，轉身得意地離開了鄭家，只是他們怎麼覺得身上麻麻得發癢，全身越來越刺撓？

看著五人扭動著身體以詭異的姿勢離去後，鄭冬陽低頭看向自己的小弟子。

「瀟昭，你真要今年參加縣試？」

「是的先生。」

「你可知縣試是各路學子踏進科考之路的第一步？踏出這一步，你就要埋首學海，不可再有半分懈怠之心了。」

「學生知曉。」

看瀟昭的小臉蛋露出堅毅的表情，鄭冬陽頷首讚揚道：「好，不愧是我鄭冬陽的學生，有志氣！那我們即刻準備去府衙報名，明日開始我們就好好開始準備縣試。」

當天瀟箬就在鄭冬陽的提點下，準備好親供、具結等報名材料，趕去縣署禮房給瀟昭報了名。

之後的十五天裡，瀟昭幾乎夜夜宿在鄭冬陽家裡，平日的換洗衣服和三餐都由瀟箬和瀟嫋送來。

兩人挑燈夜讀，鄭冬陽詳細講解縣試五場要考的內容，十五天內瀟昭肉乎乎的臉蛋便肉眼可見地清減不少，讓瀟箬心疼得很。

更凶險的是縣試的那幾天，連續五場考下來，瀟昭出考場的時候腳都是軟的，幾乎是被瀟箬抱著回慈濟堂的。

幸好瀟昭平時就努力，縣試要考的時文、詩賦、經論、駢體文等他都有熟讀，縣試放榜那天，二十個上榜的名字裡瀟昭的名字赫然在最上方，他竟然是這次縣試的縣案首！
而王秀才的四個學生，只有子期堅持到最後一場沒有被刷下去，剛好卡在第二十名。
看著那張公文告示，王秀才氣得臉都扭曲了。他的臉之前被他自己抓撓得血痕交錯，正在結疤，一氣之下疤又裂開，黃膿紅血流了滿臉，把路過的小孩給嚇得啼哭不止。
慈濟堂的小童是今年縣案首這件事傳遍了上溪鎮，知縣趙乾坤親自接見了瀟昭，問了幾個問題瀟昭都對答如流，進退有度，趙知縣當場就賞了十斤肥肉、一石粟米。
鄭冬陽更是樂得見牙不見眼，他可是縣案首的蒙師，現在出門誰遇到他都會恭敬地喊他先生，再也沒人拿他童生名號說事取笑。
這十斤肥肉和粟米，瀟箬又添了幾籃子時蔬，請鎮上大廚做成各色菜餚，都給街坊四鄰分了，自己只留下三葷兩素，一家人整整齊齊地帶著酒菜到鄭冬陽家慶祝。
這才有了林荀歸來家中無人的場面。
邊吃喝、邊說著，瀟箬把前因後果講完，鄭冬陽和岑老頭已經酩酊大醉，臥床酣眠了。
天色已晚，瀟箬決定大夥兒索性就都在鄭冬陽家過夜，這段時間瀟昭在這兒夜夜留宿，不知不覺間瀟箬已經搬了不少家用的東西過來，鄭冬陽家已經不像最初那樣家徒四壁。
把醉酒的兩個老頭安頓好，又哄睡了瀟嫋、瀟昭，林荀這才有機會和瀟箬兩人相處。
秋天的夜已經全然退去了白日的燥熱，晚風帶著讓人舒爽的涼意。
瀟箬坐在屋簷下深吸一口氣，享受得讓涼風充盈身體，帶走不多的酒氣。

她沒有喝酒，只是岑老頭和鄭冬陽豪飲了一下午，房間裡充斥著糧食酒發酵後的醇香，熏得她都有點昏昏沈沈。

林荀坐在她旁邊，歪頭看身邊的少女白裡透紅的臉龐。這才分開一個月，他卻覺得好像很久很久沒有見到瀟箬了，現在怎麼看都看不夠。

「傻狗，幹麼一直盯著我？」瀟箬笑著，杏眼彎成兩汪月牙兒。「你這趟運鏢順利嗎？有沒有遇到危險？」

林荀把運鏢一路上的事情挑著有趣的給瀟箬講，講自己暈船吐得七暈八素，講馬老三是個愛妹狂魔，講江邊的船伕會唱響亮的號子，還講了滇南的美景和奇異的動植物。

說著說著他從懷裡掏出那個藥香囊遞給瀟箬。

「這是我從滇南小販那裡買的，送給妳。」

其他人的禮物都裝在包裹裡，被他甩在慈濟堂的桌子上了，就這個藥香囊他一直貼身放著。

藥香囊還帶著他的體溫。

瀟箬接過香囊嗅聞，奇異的藥香和花香混合，還帶了一點小狗身上的味道。

她莞爾一笑，大大方方收下道：「那就謝謝小狗啦。」

把香囊放在袖籠裡，瀟箬大大地伸了個懶腰，她現在覺得無比的輕鬆暢快。

瀟昭得了案首，瀟嫋健康活潑，撿的小狗也會出門後回家給她帶禮物，她覺得自己算是沒有辜負瀟家爹娘的託付，把瀟家的人都照顧得還說得過去。

「阿荀，這趟出門你有想起什麼來嗎？」她偏頭問道。

林荀當時要去護鏢的理由之一，就是想透過接觸更多的人和事物，看看能不能讓他回憶起一些過往。

林荀搖頭，他並沒有想起任何事情。

瀟箬摩挲著下巴思索著道：「我覺得可能還是要去三甲醫院看看……」

「三甲醫院？」林荀不解，那是什麼地方？

「哦，就是州府裡的大醫館。」瀟箬解釋道：「州府裡經濟更發達，那裡的醫館裡藥材啊、大夫的醫術啊，沒準兒都比較好。」

林荀點點頭，瀟箬說得很有道理。

「那好，明日等老爺子們醒了，我們再商議一下，看什麼時候去州府找間大醫館給你看看。」瀟箬一拍手，把提議敲定下來。

喝多了的兩老頭子睡到第二天日上三竿才慢慢轉醒，齜牙咧嘴地喝了瀟箬煮的醒酒湯才感覺好些。

「讓你們少喝點，就是不聽，也不想想你們都什麼歲數了。」瀟箬假意念叨著，給兩人端上養胃的雞蛋羹。

林荀回來了就是好，能吃到滑滑嫩嫩的蛋羹了，不像她做的，整個像一碗蜂窩。

「岑爺爺，鄭爺爺，要聽阿姊的話哦！」瀟嫋嘴巴裡塞了滿滿一勺蛋羹，含含糊糊地幫長姊的腔。

「哎好好好，下次一定不喝這麼多了……」岑老頭虛心受教，嫋嫋丫頭的話他最聽了。

「對了老爺子，我想過幾天帶阿荀去州府一趟，到時候鄭先生就搬來慈濟堂和你們一起住吧，你們二老二少的，也好相互有個照應。」瀟箬道。

「去州府？」鄭冬陽抬頭看向瀟箬。

「對，阿荀這趟出門也沒有想起什麼，我想帶他去州府找大些的醫館看看。」

「嗯……我倒有個提議。」鄭冬陽放下筷子，鄭重地說道：「瀟昭現在通過了縣試，按照規定，他明年四月可以參加欽州府試，府試不比縣試，要考校的更多。我建議瀟昭不如去欽州府的私塾求學，那裡的夫子更懂府試的要求，對他以後的科考更有利。」

瀟箬停下挾菜的動作，思考起來。

府試是縣試再高一級的科考，競爭更激烈，所考的內容也必然更困難。雖然瀟昭現在還小，但是府試三年兩次，若是錯過了明年的機會，就要隔一年之後才能再參加。府試之後還有院試，院試之後還有鄉試，層層考核，越往上只會越來越難，若是一直只在小鎮自學肯定是不夠的，必須要去大的州府，去更好的私塾。

思及此，瀟箬猶豫起來，昭昭還這麼小，要他一個人去州府求學，她肯定放心不下。

彷彿看透了瀟箬的心思，鄭冬陽開口道：「我覺得不如藉此機會，你們搬到州府定居，既能給阿荀治病，又可以方便瀟昭求學。」
搬家？瀟箬倒是從沒想過這個方案。
「我贊同太禮的提議。」太禮是鄭冬陽的字，岑老頭比他要大幾歲，便直呼他的表字。
「去州府確實是一舉多得。」
瀟箬思來想去，確實如兩個老人所言，這是最好的選擇。
「那我們這幾天就收拾收拾，慈濟堂前陣子不是有人來問要不要盤給他嗎，改天我就去聯繫一下談談價格。」她又轉頭對鄭冬陽說道：「您這邊要收拾的多不？要不我讓阿荀留下給您打包、搬東西吧。」
兩個老頭同時呆愣住。
「為什麼要盤出去？」
「我為什麼要收拾？」
瀟箬皺起了眉頭道：「老爺子您這把年紀了，我們不在這兒了，難道您一個人還要繼續搬藥材、爬梯子？您忘記上次您非得要一個人搬葛根，結果把腰給閃了。」
岑老頭低頭不語。
瀟箬又轉頭看向鄭冬陽。「鄭先生，都說一日為師、終身為父，您既然是昭昭的蒙師，就是我們家的長輩。難道要我們做不孝之人，留您一個人在這兒無人照料嗎？更何況昭昭的學問還需要您繼續指教，還是請您跟我們一起去欽州吧。」

這一番話把鄭冬陽也說得無法反駁。當今聖上最重孝道，要是有人拿這個做由頭，以後編排瀟昭是不孝之人，豈不是毀了他的一生？

鄭冬陽最知道被人編排指摘的厲害，他不忍心讓瀟昭將來也有可能落得如此境地。

左右家中已無牽掛，只他一人隨心即可。

「妳說得對。」鄭冬陽點頭道：「那我就跟你們一起去欽州。」

岑老頭還是捨不得自己一手創建的慈濟堂，他更不想拖累瀟箬他們。

雖然他早就把瀟家四人視作子孫輩疼愛，但畢竟他們非親非故，自己年紀這麼大了，跟著他們只會添麻煩。

他猶猶豫豫地道：「我……還是不去了，慈濟堂關了以後上溪鎮的人上哪兒求醫去呀？」

瀟箬怎會不明白岑大夫擔憂什麼，她蹲坐在岑大夫身邊耐心勸解。「老爺子，慈濟堂不會完全關閉的，這件事我去談，保證上溪鎮的人們還是和以前一樣，能在鎮上看病。」

她又把一直乖乖在旁邊聽大人們談話的瀟嫋拉過來，跟她一起蹲坐在岑大夫身邊。

「您要是不跟我們一起去欽州，那以後嫋嫋豈不是要天天想您想得哭鼻子啦？」

瀟嫋這個小機靈鬼立刻配合起長姊，濕漉漉的大眼睛看著岑老頭，噘嘴道：「爺爺，爺爺，您就跟我們一起去吧，嫋嫋捨不得您。」

小奶音軟呼呼的，岑老頭聽得心都快化了，他又何嘗捨得瀟家四人呢？

「可……可老頭子我去了也幫不上你們什麼忙啊……」

「誰說幫不上忙？您那些炮製藥材的方子，我可還沒學全！我還指望著到了欽州，能繼續跟您學製藥，到時候我們就賣炮製好的藥材，賺他個盆滿缽滿！」瀟箬俏皮地眨眨眼睛。

「賺他個盆滿缽滿！」瀟嫋像個小鸚鵡一樣歡樂地學舌道。

岑老頭雙眼忍不住酸澀起來，兩泡眼淚差點沒忍住流出來。

他點點頭道：「哎，好，好……」

搞定了兩個老頭，一家人要喬遷定居欽州的計劃算是正式提上議程。

瀟箬是個行動派，當天就聯繫了之前想盤下慈濟堂的人。

那人也算半個大夫，之前是在北方醫館當學徒的，後來北方動亂他就回老家了。之前攢了不少銀錢，回家後也沒有什麼活計可幹，思來想去還是做回老本行，開個醫館吧。只是他只會抓藥，開方子只會幾個基礎藥方，要從頭開始租鋪面豎牌匾怕是困難，於是就相中了上溪鎮唯一的醫館——慈濟堂。

瀟箬與他聊了一陣，就摸清了這個中年人的情況，她列出幾個條件。

一是要保留慈濟堂的名號，不能換牌匾，也不能做有損慈濟堂名號的事情。

二是要他保證將來只做藥館生意，不能隨意變更活計。畢竟上溪鎮就慈濟堂這家藥館有坐診大夫，能稱得上是醫館的，要是變成其他商鋪，人們就要跑很遠才能看到病。

相應的瀟箬也給了他幾項優惠，比如店鋪盤讓費只需二百兩，店鋪裡所有的藥材及平日供貨藥農的管道都保留給他；另外瀟箬還給他留下包括治療跌打損傷、發熱寒症、體虛乏力等在內二十多張常見病症的藥方。

藥材有價、藥方無價，中年人千恩萬謝，連連答應一定會好好經營慈濟堂，不會毀了這幾十年的招牌。

瀟箬對慈濟堂的處理，岑老頭也很滿意，便簽了紙契約，定好三日之後中年人來交錢拿鑰匙。

這三天他們要把所有需要帶走的東西整理出來，可忙壞了瀟箬。

一老二少是指望不上，被她勒令在一旁看著，省得沒幫上忙還傷著磕著。

林荀又被她指派去幫鄭冬陽整理行囊了，這會兒逼得她不得不花了一兩銀子請了兩個腳伕幫忙。

六口人的行李足足裝了三輛馬車，其中有一輛車裝的全是書籍，有瀟家爹娘留下的，也有鄭冬陽多年收藏的。

對於需要多租一輛馬車裝書這件事，瀟箬倒是不心疼，這叫多租嗎？這叫為知識付費！

第十八章

欽州離上溪鎮有五天的路途，瀟箬在馬車的硬木板上顛簸來、顛簸去，感覺屁股都要開花的時候，他們終於抵達了欽州。

欽州不愧是附近最大的州府，寬闊的街道兩旁林立著茶樓、酒館、作坊、當鋪，鋪子門口站著專門招攬客人的夥計，吆喝著自家的特色。街道上行人如織，挑擔趕路的，駕車送貨的，逛街遊玩的，各式各樣的商品被攤販們擺放在大傘下的車鋪上。精美的綢緞、色澤誘人的糖果、雜耍藝人精湛的功夫，都在陽光下陳列展示著，吸引著人們駐足賞玩。

瀟昭、瀟嫋好奇又興奮地挑開馬車布簾向外張望，小嘴巴裡時不時發出驚嘆的聲音。瀟箬也透過車簾看著這熱鬧的城市，不由感慨原來以前電視裡繁華喧囂的古都是真實存在的。

車伕問瀟箬在何處下車，瀟箬讓他尋個便宜實惠的客棧就行。

可能這世界的車伕也是吃回扣的，欺負他們不懂行情，竟然把他們拉到欽州最繁華地段的客棧放下，忽悠著他們結算了剩下的車錢後揚長而去。

瀟箬問了價錢才知道，這個客棧最便宜的房間也要二兩銀子一晚。二兩銀子都夠上溪鎮客棧包幾個月房間的價格了！

店小二看瀟箬猶猶豫豫，一臉不耐煩地問道：「住不住啊？嫌貴就別來我們悅來客棧！

我們悅來客棧可是全欽州最好等級的客棧，不是誰都能住得起的！」

一家老小都眼巴巴地等著休息，他們的行李又都被坑人的車伕卸在客棧門口，瀟箬正要狠下心要兩間房的時候，身後傳來驚喜的喊聲。

「林兄弟？這不是林兄弟嗎！」

一個高大的漢子大步向他們走來，古銅色的臉上大笑著露出一口白牙，來人正是不久前與林荀分別的江平。

「林兄弟，沒想到能在這兒見到你，你怎麼來欽州了？」

林荀也沒想到會在此時遇到江平，心中驚喜，面色卻不變。他向江平抱拳打了招呼，轉頭向瀟箬說道：「這位是之前護鏢的鏢頭，江平江大哥。」

又向江平介紹了瀟箬等人。

瀟箬欠身行了個禮道：「謝謝江大哥之前照顧阿荀。」

江平愣了愣，他從沒見過像瀟箬一樣漂亮又獨特的姑娘。

說她令人驚豔吧，算不上，畢竟欽州明豔的女子不在少數。

但瀟箬就是給人眼睛一亮的感覺，像是豔麗牡丹叢裡的一株潔白玫瑰，讓人心生好感，挪不開雙眼。

不過江平也是見過大風大浪的人，一會兒就反應過來，用胳膊肘戳戳林荀，壓低嗓音道：「這就是你家中的牽掛吧？」

於是他難得見到向來面無表情的林荀紅了臉。

「不住不要擋著我們做生意，要走趕緊走啊！」店小二一甩白布巾打斷幾人的談話。「一堆破東西放在門口我們還怎麼招呼客人！」

江平聞言皺眉看向店小二，他人高馬大，常年走鏢帶了一身江湖氣，這眼一看過去讓店小二不禁瑟縮了一下，聲音都小了好幾階，只敢囁嚅嘀咕著抱怨的話。

「林兄弟這是舉家來欽州定居嗎？可有中意的房子了？沒有的話先來我們順記鏢局歇息歇息，我來給你們介紹幾處如何？」江平問道。

林荀看向瀟箬，家中大小事務他們都習慣了瀟箬來拿定主意。

江平咧嘴一笑，心想看不出來林兄弟還是個懼內的，他心領神會地轉向瀟箬說道：「瀟姑娘，我們鏢局就在兩條街道以外，如果不介意的話，就先去我們鏢局喝口茶，下午我帶你們去看宅子。」

瀟箬本來打算住幾天客棧，再看看有沒有合適的宅子，這會兒江平願意牽線搭橋介紹房子，簡直就是雪中送炭，畢竟欽州客棧的房價超出她的預算太多了。

她笑著說道：「太好了，我們正發愁住的問題呢，那就煩勞江大哥了。」

「哪裡的話，林兄弟的事就是我江平的事，你們只管放心，這事包在我身上！」

江平喚來幾個鏢局夥計拉來空鏢車，把他們的行李都運到順記鏢局暫放，又讓瀟箬幾人吃了便飯休息到下午，才帶他們去看宅子。

江平介紹的宅子是鏢局老帳房的舊屋，他兒子娶妻後另外置辦了宅院，接二老過去共住，這邊的院子就空出來了。

說是舊居，房屋仍養護得很好，門梁、窗櫺無一處蟲蛀，只有糊窗戶的紙有些泛黃。院中有十公尺見方的青石板空地，空地旁邊有一小塊沒鋪石板的泥土地，上面搭著空瓜架子，想來是老帳房夫婦自己拿來種些瓜果的。院子靠牆處有一方水井，打開井蓋能看到井水清澈充沛，這就能免去每日去城郊打水的麻煩。

瀟箬最滿意的還是小院房間多，數了數有十間屋子，足夠六人居住，還能整理出倉庫、製藥房和瀟昭的書房，餘下的一間空屋正好供奉瀟家爹娘的牌位。

「江大哥，這院子我們很滿意，只是不知道這個價格……」

瀟箬心中盤算著，她自己原本攢的有一百八十五兩銀子，加上林荀帶回來的七十兩護鏢工錢，共計二百五十五兩。但是接下去要帶林荀去看病，瀟昭也要上私塾，都是需要用錢的地方，如果這院子價格太高，再喜歡她也沒辦法承擔。

「我們老帳房說了，這院子要是租，那就每月十兩銀子，要是想買，給二百兩就行！」

每月十兩的租金雖然比上溪鎮高很多倍，但是對於欽州的物價來說，已經算得上很便宜了。

二百兩買斷的價格更是基本上等於半賣半送。老兩口不缺銀子，房子空著也是空著，賣給不知根知底的人，怕這房子被人糟踐了。正好江平開口要替兄弟尋一處住宅，才開了這個價，只求這套房子能有個靠譜的新主人。
瀟箬有點猶豫，十兩銀子的租金確實划算，府試在明年四月，若是租的話，最少也要租七、八個月，那就是八十兩打底，若是一試不中，那就需要再隔一年，遠遠不止二百兩……
林荀的傷也不知道要治多久，這樣比較下來，其實二百兩買斷是更划算的。只是若一口氣掏出二百兩銀子，那身邊的餘錢可就不多了……
「我們買斷。」岑老頭突然說道。
他從懷裡掏出一張二百兩的銀票遞給江平。
「煩勞這位小哥，幫我們和屋主商定個時間，我們好去衙門過契。」
「好呀老爺子，包在我身上，順利的話明日就能去過契！」
瀟箬阻止都來不及，江平和岑大夫就已經達成了協議。
她從未想過要岑大夫掏錢買房。
看她皺眉，岑老頭明白她這是不想用他的錢，這二百兩銀子是慈濟堂的盤讓費，瀟箬讓他留著頤養天年的。
他笑呵呵地說道：「丫頭，妳自己說我們是一家人的，既然我是長輩，我的錢和妳的錢有什麼分別？再說了，我以後養老妳就不管啦？我還指望著妳和荀小子生個娃娃，喊我太爺爺呢！」
這個強老頭。瀟箬搖著頭苦笑，她重生前自力更生，凡事都靠自己打拚，沒想到重生後倒是體驗了一把啃老的感覺。

江平行事靠譜，第二天果然辦好了房屋過契，房子的戶主寫的是瀟昭的名字。

瀟箬本欲寫岑大夫的名字，老頭子又強起來，說自己一把年紀了寫自己名字做甚，林荀沒有戶籍冊，瀟箬、瀟嫋是女兒家，登記了容易招惹閒話，一家人商議良久，最後才決定登記瀟昭為戶主。

安身之所塵埃落定，瀟箬又拜託江平打點了些銀錢，將瀟昭安排進欽州最好的私塾，算是正式入了學籍。瀟昭白日在私塾受夫子教學，晚上回來後鄭冬陽詢問今日所學為何，再做補充加強。

私塾不收女子入學，正好瀟嫋也志不在學，每天就在院子裡逗逗蝴蝶，陪著兩個老爺子解悶，再幫忙做些力所能及的家務活，日子過得也算快活。

家中事務步入正軌，瀟箬心頭只剩下林荀的失憶和賺錢養家兩件事。

她曾帶林荀去欽州的大醫館求醫，耗費了十幾兩銀子的診金，大夫只得出「人腦精妙非人力所能判定，宜強身健體，或可自癒」的診斷，簡而言之就是順其自然。

林荀安慰她這事確實急不來，正好江平力邀他加入順記鏢局，倒不如自己再跟著他們四處走走，沒準兒就能找到契機想起點事情。

瀟箬也只能答應，只要求林荀護鏢要挑那些安全的路線，路遠、危險的，再多酬金也不許去。

得了林荀的保證，她才放心。

她只是撿到小狗，卻不能束縛小狗。

賺錢養家這邊，瀟箬選擇向欽州的藥鋪供應炮製好的藥材。合適的火候及精確的炮製技巧，能最大程度地激發藥性，加上她炮製的藥材損耗低，又守時守信，不在藥材中摻雜其他不合格品，欽州的藥鋪大部分都很樂意和她合作。

這日瀟箬將笸籮上晾曬的禹白附極薄片收攏，這是她答應下午交付給同記藥鋪的。

禹白附又叫白附子，屬天南星科，未經過炮製或者炮製不當會有毒性，炮製過程也十分繁複，需清水沖洗，漂製四至七天，加白礬均勻搓揉醃製十二個時辰，取特製的薑水再醃製十二個時辰後，用武火蒸煮三至四個時辰，才可得禹白附雛形。

這禹白附還需再用藥刀切成可透針尖的極薄片，不是多年的老師傅，很難掌控好笨重的藥鍘。

正因此，很多藥鋪並不自己炮製，而是選擇從瀟箬這兒購買成品。

「嫋嫋，阿姊去送藥了，妳乖乖在家陪著岑爺爺和鄭爺爺，我沒回來不要隨便開門知道嗎？」

今日聽說城裡有孩童被拐賣失蹤，瀟箬出門前不得不多強調幾次。

「阿姊放心，不是阿姊回來我一定不會開門的！」瀟嫋舉起四根手指信誓旦旦，這是她從馬叔叔那裡新學的發誓手勢。

「妳放心去，家裡還有我們兩個人呢，門栓肯定插得嚴嚴實實。」岑老頭一邊切著桑白皮說道。

院中陽光好，他把藥鍘搬到院子裡來，這樣就可以邊切藥、邊陪著瀟嫋在院子裡玩耍了，還能和太禮聊天解悶，這日子比以前在慈濟堂還要舒服。

瀟箬在門外確認門栓從裡面牢牢抵住了，不能隨意推開後，才安心去送藥材。

同記藥鋪的錢掌櫃早早在門口張望，盼著瀟箬的到來。倒不是怕瀟箬不守約定，而是這禹白附極薄片他著急用。

好不容易看到瀟箬的身影出現在巷口，他趕緊迎上前去。

「哎喲瀟姑娘，妳可算來了！」

「錢掌櫃怎麼這麼著急，我沒延誤時辰吧？」

「沒有沒有，是我這兒剛才突然送來個病人，口眼歪斜伴有驚厥，應是中風的症狀，需要這白附子入藥！」

救人如救火，瀟箬趕緊把裝藥的箱子交給他，錢掌櫃抱著箱子就往內堂跑。

等瀟箬走到同記藥鋪的正門，就看到先跑回來給煎藥夥計送藥的錢掌櫃氣喘吁吁地靠在櫃檯旁，哆嗦著手給自己倒茶呢。

瀟箬趕緊上前幫他倒好茶水，讓他喝了緩口氣。

錢掌櫃自從做了掌櫃的，平日要顧及體面，就再也沒有這麼火燒眉毛地飛奔過，這回跑這麼一遭，差點讓他背過氣去。

喝了茶緩了氣，錢掌櫃不好意思地道：「瀟姑娘見笑了。」

「哪裡，錢掌櫃也是醫者仁心，急病人所急這是大善事。」

雖然得了誇獎，平日裡總是樂呵呵跟笑彌勒一樣的錢掌櫃卻依舊愁眉不展。

瀟箬不由好奇問道：「錢掌櫃還有其他心事？怎麼還如此擔憂？」

「唉，瀟姑娘妳是不知道啊。」錢掌櫃深深嘆了一口氣道：「看到妳這禹白附，我就想起附子來。附子這味藥溫腎壯陽，溫中散寒強心，附子湯乃正治傷寒之法，本是各大藥鋪常備的藥材，可現在，唉，只怕是一附難求了……」

「這是為何？附子尋常易得，怎麼會一附難求？」

「這還要從十日之前說起……」錢掌櫃娓娓道來。

原來這欽州雖然藥鋪林立，但群龍有首，眾多藥鋪總能分出個大小強弱，欽州藥鋪之首就是開彤醫館。開彤醫館的老掌櫃是個心地寬厚的人，為開彤醫館攢下不少好名聲，只可惜老掌櫃去世後他兒子接管開彤後這口碑就急轉直下。

開彤新掌櫃唯利是圖，他命令醫館的大夫開藥能開貴的就不許開便宜的，病人若是銀錢不夠不僅不再救治，還要將人拖出醫館去，哪怕那個病人已經奄奄一息，百姓私底下都罵他喪良心。

雖然開彤醫館丟失了百姓的口碑，但是它依舊是欽州最大、最富有的醫館。

原因無他，這新掌櫃極其擅長溜鬚拍馬之策，對達官顯貴是奉承討好，年節次次不落地送上名貴補品，自然也會得到上面的特殊照顧及庇護。上頭對新掌櫃做的種種劣跡不僅不聞不問，還給他牽線搭橋，讓他做起了官家生意。

十日之前開彤醫館突然宣布，欽州的所有藥材商必須將附子都賣給開彤醫館，若是讓他們發現有人私自將附子賣給其他藥鋪的，就等著麻煩上門吧。

起先也有膽大的藥材商偷偷賣了點生附子給其他小藥鋪，只因開彤醫館給的價錢實在太低，可是當天夜裡這個藥材商就在自家門口被人套上麻袋狠狠揍了一通，打得是鼻青臉腫，連話都說不清楚了。

這個藥材商的家人心中不忿，去衙門告狀，可是無憑無據的，反而被官差訓斥一通，趕出了府衙。

從此之後再也沒有人敢違背開彤醫館，私下賣附子給其他藥鋪了。

「這不就是搞壟斷嘛！」瀟箬氣憤道。

「什麼？什麼壟斷？」錢掌櫃有點懵，心想這瀟姑娘炮藥手藝好，人心眼也好，就是有時候說的話自己聽不太懂。

意識到自己說漏了嘴，瀟箬尷尬笑了笑，解釋道：「就是說他想霸占所有的附子，到時候想賣多少價錢，就都由他說了算。」

「正是這個道理呀！」錢掌櫃一拍大腿道：「為了搞這個壟斷，他硬是把全欽州的附子全吃走了，到時候我們想要附子，就得去開彤買了！」

「全欽州的附子量可不少吧，他有這麼多銀錢吃下？」

「附子是陝西產的最佳，其他地方也有種植，不過多數還是商隊運送過來，每年能到咱們欽州的附子量確實不少，聽說開彤這次是從廣安錢莊借銀子，才把所有附子全吃下的。」

「借錢囤貨啊……」瀟箬瞇起杏眼，看來得想個法子治治這喪良心的開彤醫館了。

「錢掌櫃，你別著急，等我回去準備準備，明天我來告訴你怎麼讓開彤醫館把吃進去的附子給吐出來。」

錢掌櫃大吃一驚，告到官府都不能拿開彤醫館怎麼樣，這瀟姑娘能有什麼辦法？可是不論他怎麼追問，瀟箬都笑得一臉神秘，只讓他耐心等著，明日他便知曉。

結完禹白附極薄片的藥錢，瀟箬提著空籃子往家裡走去。

家裡的院門果然還是像她離開時那樣緊閉，她曲起指節叩響門板，門內就傳來瀟嫋軟呼呼的聲音。

「是誰呀？」

「是我，嫋嫋讓爺爺來給阿姊開門。」瀟嫋個子矮，還搆不到門栓，回回都得喊岑大夫或者鄭先生來開門。

果然院子裡傳來瀟嫋跑進屋的腳步聲，還伴隨著她喊大人的聲音。

「爺爺，爺爺，阿姊回來了。」

不一會兒門內傳來門栓被拉動的聲響，「吱呀」一聲，院門向內被拉開，開門的是鄭冬陽。

「箬箬回來啦，累了吧，快進去歇歇。」鄭冬陽道。

「沒事，阿爺我不累，怎麼不見老爺子？」往日開門的都是岑大夫，今天卻換成了鄭先生，瀟箬有點好奇。

鄭冬陽將食指豎在嘴巴前噓了一聲，示意她小聲，然後回頭伸著脖子往屋內觀察了一下，確定岑老頭沒有聽到他們的談話。

瀟箬更好奇了，今天是怎麼了？怎麼鄭先生也奇奇怪怪的。

「他生自己的氣呢。」鄭冬陽小聲地附在瀟箬耳邊道。

「生氣？生什麼氣？」

「哎，今天妳走沒多久後，我犯睏，就回屋睡覺去了。也不知道過了多久，他突然就啪的一聲打開我的房門，喊我起來陪著嫋嫋。等我起來後，他就氣呼呼地回自己屋子了，門關得震天響。」

瀟箬追問道：「是嫋嫋淘氣了？」

「不是，我後來問嫋嫋才知道，我睡著後本來就他倆在院子裡，中途岑兄大概是想去屋裡拿點什麼東西，就離開了會兒。嫋嫋這時候聽到門外有人在敲門，她就從門縫往外看，她說門外有個很好看的布偶小狗在動來動去。」

瀟箬聽到這裡心中一緊，但她沒有打斷鄭先生，讓他繼續說下去。

「婳婳就問門外是誰，門外那個布偶小狗搖頭晃腦地說讓她出去一起玩，小丫頭只知道陌生人敲門不能開，現在敲門的是個會說話的布偶小狗，她就想出去了。

「她搆不著門栓，還挺聰明的知道搬個小凳子墊著，等岑兄出來時婳婳小手都放門栓上了，差一點就要把門栓打開了。岑兄問婳婳幹麼呢，婳婳說門外有隻會說話的布偶小狗，讓她去和小狗一起玩。

「等岑兄把門打開，門外哪有什麼小狗，什麼都沒有！」

瀟箬明白這會說話的布偶小狗，十有八九就是人牙子拐賣小孩的一種手段，把小孩騙出門好抱走。

岑大夫估計是惱怒自己害婳婳差點被拐走，這才生起自己的悶氣來。

「我知道了。」瀟箬放下空箱子，給鄭冬陽一個安撫的笑容道：「麻煩阿爺再幫我照看下婳婳，我來勸勸老爺子。」

鄭冬陽點點頭，招呼瀟婳過來，他繼續唸剛才沒唸完的話本。

瀟婳一聽能繼續剛才中斷的俠客故事，樂顛顛地跑過去乖乖坐好。

第十九章

瀟箬推開岑大夫的房門，就看到老頭子背對著大門，佝僂著腰坐在床上，背影都透露著懊悔與惱怒。

「老爺子？我回來了。」

岑老頭不吭聲。

「怎麼了老爺子，生這麼大氣？」

岑老頭依舊不吭聲。

瀟箬嘆了口氣，走到岑大夫面前蹲下，讓自己的視線和他齊平，她看到岑大夫有些渾濁的雙眼是紅腫的，岑大夫哭了。

「我剛才聽阿爺說了下午發生的事情。」瀟箬放柔聲音道：「這也不能怪您，人牙子的手段層出不窮，誰能料到他們會拿玩偶去哄騙孩子出門呢？」

「差點……差一點嫋嫋就要被……是我進屋找藥缽，把嫋嫋一個人留在院子裡……」岑老頭語帶哽咽。「要是嫋嫋沒了，我這輩子都不會原諒我自己……」

「現在嫋嫋不是沒事嗎，您也別再自責了，咱們吃一塹、長一智，以後這種事情就不會再發生了呀。」

見岑大夫情緒依舊低落，瀟箬又假裝生氣道：「嫋嫋這個小丫頭也是，等會兒我就打她兩下小屁股，讓她也長長記性。不能給陌生人開門，就能給陌生小狗開門了？」

一聽瀟嫋要挨揍，岑老頭也顧不得自責了，趕緊勸起了瀟箬。

「嫋嫋還小呢，妳好好和她說就行了，可不能打她！」

瀟箬噗哧一聲笑出來，解鈴還須繫鈴人，她就知道搬出瀟嫋來，岑大夫才能提起精神。

「好了好了，就按您說的，我只教育她，不揍她，行了吧？」

岑老頭這才鬆了口氣，被瀟箬這一陣連哄帶嚇的安慰，這會兒他心中的鬱結也舒展了很多。

「對了，我跟您說件事。」

瀟箬看岑大夫神色如常了，這才把今天在同記藥鋪裡聽到的事情和他說了一遍。

岑老頭聽到開彤新掌櫃如此不顧病人，將全欽州的附子通通買斷的事情，氣得鬍子都要翹起來。

他怒道：「修合無人見，存心有天知。良藥為君，良心為臣，良知佐之使之，這人居然敢做如此傷天害理的事情，他就不怕遭報應嗎！」

瀟箬點頭附和道：「確實應該讓他自食其果。」

共同生活這麼久，岑老頭太瞭解瀟箬這麼篤定的語氣意味著什麼，他問道：「丫頭妳是不是有什麼主意了？」

「主意是有的，就是有一些問題想請教一下您。」瀟箬狡黠一笑道：「我記得附子的藥效與烏頭相近，您知道有沒有什麼特殊的炮製方法，能把烏頭炮製成不像一般烏頭呢？」

「不像一般烏頭？」

「對，只要從外觀上看起來不像一般烏頭就行，要看起來更……嗯，更高級，更昂貴的樣子。」

岑老頭低頭思索了一會兒道：「我曾經在古書上看過一個方子，能把烏頭炮製完以後，藥性相差不大，但是炮製好的烏頭外有一層奪目的光澤，彷彿撒了一層金粉。」

「好，就用這個法子！這方法知道的人多嗎？」

「這樣的烏頭藥性一致，只是看起來不同，炮製起來還分外麻煩，幾乎不會有人用這個方法，知道的人寥寥無幾。」

聽岑大夫這麼說瀟箬就放心了，當晚她就在岑大夫的指導下炮製出十枚金烏頭。只見出爐的金烏頭色澤鮮亮，表面均勻地覆蓋著一層厚厚的金色粉末，彷彿一塊沈甸甸的金子。

瀟箬看著十枚賣相十足的金烏頭，滿意地點頭道：「人為財死、鳥為食亡，是時候讓他體會體會什麼叫自食惡果了。」

第二天瀟箬就帶著金烏頭去同記藥鋪找錢掌櫃，把自己的計劃詳細講給他聽。

錢掌櫃邊聽邊點頭，不住讚揚道：「好！好！好！瀟姑娘果然聰慧，我這就按照妳說的去安排！」

他讓夥計尋了個路過欽州的戲班，出錢雇了三個臉生的戲子，讓其中一個人扮成鄉野村夫，另外兩人則是穿著富貴，一看就似家有萬貫錢財。

扮成鄉野村夫的戲子帶著一枚金烏頭去開彤藥鋪，一進門就壓低嗓音問店裡夥計。「你們掌櫃的在嗎？」

夥計是個機靈的，看這個村夫含胸駝背，好似懷裡藏著什麼寶貝，也一樣壓低嗓音問道：「掌櫃現在不在，客人有何貴幹？」

村夫拉開衣襟露出金烏頭的一角，不等夥計看仔細又立刻用衣服牢牢包裹住。

開彤夥計只覺眼前金光一閃，還沒看清就又消失在眼前。他怕這人真有什麼寶貝要給掌櫃的，自己若是耽誤了，只怕要挨訓。

於是他讓村夫在後堂稍等片刻，立馬跑到二樓帳房去通報此事。

開彤掌櫃聽夥計說樓下有人給自己帶了金寶貝來，心中又歡喜、又疑惑，跟著夥計下樓一看，後堂中真有一人在等著他。

「你有什麼寶貝？」他直奔重點，跟一個村夫有什麼好客套的。

村夫見他穿金戴銀、遍身羅綺，確定了他就是開彤的掌櫃，這才謹慎萬分地從懷裡將金光閃閃的寶貝掏出來，用兩隻手捧著遞到他面前。

「這是？」開彤掌櫃也從沒見過此物，說它是金子吧，細看也不是，但是這東西就是遍身都裹著一層金光。

「大老爺，這是小人家中傳下來的，叫金烏頭。」

「金烏頭？這是藥材？」

「正是，小人祖輩是山中採藥人，機緣偶得金烏頭。這金烏頭色如黃金，稀少至極，壯陽健體等功效更比普通烏頭強上千萬倍。」村夫見掌櫃的眼睛不錯神地盯著金烏頭，自己手挪到哪兒他目光就跟到哪兒，知道這計劃的開頭算是成了。

他又假裝哀傷道：「要不是我兒娶妻需要用錢，我是萬萬不肯賣這個的。我聽說大爺你在收附子，烏頭與附子藥效相近，就想要不來這兒試一試，或許大爺對這金烏頭感興趣？」

「有！有興趣！」開彤掌櫃咧嘴笑道，露出他嘴巴裡鑲金的大門牙。

「你這金烏頭打算怎麼賣？」

「一枚金烏頭一千兩。」

「什麼？這也太貴了！」一旁本在看熱鬧的夥計失聲驚叫道。

開彤掌櫃也收斂了笑容，再稀罕的藥材，開這個價也著實離譜了。

「大爺你有所不知，這金烏頭世間罕有，只怕這全天下也就我家的十枚存量，若是遇上了需要金烏頭的人，別說一千兩銀子，再多的錢該掏也得掏呀！」

開彤掌櫃並沒有被這番話說動，再珍貴的東西，有價無市又有何用？他可不當這傻子。

村夫咬咬牙道：「那這樣，這枚金烏頭我先暫放在你們這裡，也先不收銀子，你們先考慮考慮。兩日後我再來，如果到時候你們真覺得不值得，那我再拿走。」

話說到這分上了，開彤掌櫃才傲慢地點了點頭。

不要錢的東西放著也無妨，這玩意兒金光閃閃的，放著做個裝飾也可以。

於是他就讓夥計尋了個琉璃罐子裝上金烏頭，擺在藥櫃上。

村夫佝僂著身子，搖頭嘆息著走出開彤醫館，一步三回頭的架勢，讓夥計都覺得有些不忍。

夥計不知道的是他以為的可憐村夫一走出開彤醫館的視線範圍，就鑽進小巷子裡被人團團圍住。

錢掌櫃緊張地問道：「事情辦得怎麼樣？」

戲子笑嘻嘻道：「老闆放心，都按照您交代的，那寶貝現在已經在櫃檯上放著了！」

錢掌櫃這才鬆了一口氣，按之前說好的給了演村夫的戲子賞錢，囑咐他等下次安排。

一切都按瀟箬計劃進行著。

等天色剛剛擦黑，開彤醫館的夥計正在灑掃門口準備打烊，扮做富貴人家的兩個戲子開始登臺演戲。

兩人佯裝路過開彤醫館，年輕一些的那個扭頭往醫館裡一瞧，那枚金烏頭在琉璃罐裡散發著淡淡金光。

他趕緊拉住年長一些的那個，用驚訝的語氣喊道：「大哥快看！那是不是金烏頭?!」聲音控制得剛好能讓夥計聽到。

年長一些的人也一起扭頭探看，然後又是驚喜、又是激動地喊道：「果然是金烏頭！太好了！皇天不負苦心人啊！」

夥計見兩人能說出金烏頭的名字，趕忙上前說道：「二位是在找金烏頭嗎？我們醫館裡正好有，要不您二位進裡面來和我們掌櫃的詳談？」

兩人連連點頭，迫不及待地進了開彤醫館。

開彤掌櫃接到夥計稟報下樓時，就看到兩個衣著華麗的中年人捧著裝金烏頭的琉璃罐，愛不釋手地撫摸著，口中還連連感嘆。

「哎呀，真是金烏頭，主子這回有救了！」

「是呀，只要能帶回金烏頭，我們可就發達了！」

聽兩人這麼說，開彤掌櫃不由心中暗暗一驚，能被稱呼主子的，莫不是皇親國戚？這麼想著他也不敢怠慢，連忙臉上堆笑地走向二人道：「貴客貴客，有失遠迎，還請不要見怪。」

年長一些的那人小心翼翼地放下琉璃罐，朝掌櫃一拱手道：「掌櫃的客氣了，只怕掌櫃的才是我們兄弟二人的貴人呢。」

「哦？此話怎講？」

「我叫賈青宜，這位是我兄弟賈良信，今日路過貴寶地，竟然能見到傳說中的金烏頭，實在是我們兄弟倆的福氣啊。」

賈青宜感慨道：「我們兄弟倆替我家主子尋找金烏頭已經半年有餘，久尋不得，還以為那個神醫是忽悠我家主子的，世上根本沒有金烏頭呢！」

「哦？不知你們的主子是……」

賈青宜和賈良信對視一笑並不言語，只高深莫測地舉起食指往天上指了指，然後抱了抱拳。

這一動作讓開彤掌櫃後背心都嚇出一層汗，能向天上指的主子，那得有多大的潑天富貴啊！

賈良信又接著問道：「只是不知道這金烏頭，掌櫃的有多少存貨？」

開彤掌櫃剛伸出右手食指，轉念間又把左手食指伸出，交叉成一個十字。

「十枚，這金烏頭是我家傳秘藥，只存世十枚！不過嘛……這價格可不菲啊……」

他臉上的綠豆眼滴溜溜轉著，心想這不是老天賞給他發達的機會嗎，他可不能錯過！

「價格好說，只要有貨，以我家主子的財力，就算這金烏頭千金一枚，也是小意思！」

賈良信哈哈笑著說道。

一千兩黃金一枚都是小意思?!那十枚金烏頭不就一萬兩黃金？這筆買賣做成了，他可就發達了！

開彤掌櫃只覺胸腔裡有隻小鹿撲通撲通亂跑起來，腦子都被一萬兩黃金這個想法衝擊得嗡嗡直響。

「那、那……」他嘴巴都不索利了，磕磕絆絆地吐不出一句完整的話。

賈青宜見掌櫃已經上鉤，便從懷裡掏出一張銀票塞到掌櫃手裡，說道：「今日我們兄弟倆只是恰巧遇上，身上沒帶多少現銀，這兒是一百兩，掌櫃的先拿著，就當是個訂金。」

他又舉高雙手向上拱拱手說：「待我們回去將此事稟告主子，不出十天，啊不，五天足矣，我們定然帶萬金前來購買金烏頭，還請掌櫃的早做準備。」

說罷兩人就笑呵呵地告辭離去。

開形掌櫃待兩人身影在夜色中遠去消失在路口，這才呼出一口氣癱坐在椅子上。

夥計趕緊關緊大門，回到自家掌櫃身邊探頭看他手裡捏著的銀票，果真是張一百兩的。

「兩個下人隨隨便便都能掏出一百兩的銀票，他們的主子那得多有錢啊……」夥計忍不住感慨道。

癱坐在椅子上的開形掌櫃猛地彈起身，邊走邊喊：「帳房！帳房呢？快給我盤盤咱們還有多少現銀！」

帳房一盤帳，開形能挪用的現銀不足五百兩，帳上還欠著廣安錢莊八千多兩，銀子全被拿來買附子了。

開形掌櫃來回踱步，思來想去決定明日還是去廣安錢莊試試。

要想買下十枚金烏頭，他還要再搞到一萬兩銀子，眼下也只有再從錢莊借高利了。

沒想到在廣安錢莊他卻碰了壁。

這個月他賒貸的金額已經很高，現在又開口要再借一萬兩白銀，廣安錢莊的老闆皮笑肉不笑地說道：「開彤掌櫃，有借有還，再借不難。要不然你先把之前的八千兩還上，我們再談一萬兩的事情吧。」

他只能灰溜溜地回了開彤醫館。

「掌櫃的，那村夫明日就要來了，咱們要是湊不上銀子，金烏頭可就要還人家了。」

夥計也是著急，有道是一人得道、雞犬升天，掌櫃的賺錢了，自己的油水還會少嗎？

開彤掌櫃何嘗不著急呢，一想到這到嘴的鴨子要飛了，這比剜他的心頭肉還要痛。

他一咬牙、一跺腳，恨恨地道：「開倉，告訴欽州的其他醫館藥鋪，咱們原價賣附子！」

那可是一萬兩黃金！區區附子怎麼能比得過？

夥計領命去通知各大藥鋪，直到下午才神情萎靡地回到開彤醫館。

「掌櫃的，他們都不要……」夥計一臉委屈地說道：「欽州十五家醫館藥鋪我都跑遍了，奇了怪了，他們都說不要附子，說咱們的附子太貴了。」

當初他們是壓價收的附子，已經比市價要低了，怎麼那些人還嫌貴呢？

「那就折價賣！我就不信這一萬八千兩囤的附子，我賣不到一萬兩！」

開彤掌櫃已經紅了眼。

這下子欽州的大小藥鋪可就沸騰了，每家都派人來收購附子，但是來的十五家帳房非但沒有競爭搶貨，反而互相禮讓。

最後各家藥鋪按照自家的規模，排序出對應能吃下的附子數量，一齊收購了開形醫館的所有附子。

而這特殊的情況，一向精明的開形掌櫃卻沒有放在心上，他現在腦子裡已經被即將到手的一萬兩黃金充斥著，再也容不得他思考其他事情了。

出售完所有的附子，帳房一清帳，剛好湊足一萬兩。

第二天村夫果然再次來到開形醫館，還帶來了剩下的九枚金烏頭。

開形掌櫃現在看村夫已經不是村夫，而是自己的財神爺了。

他笑咪咪地請村夫上座，沏上最好的白山雲霧茶。

「老先生，你的金烏頭我都要了，只有一點需要麻煩你。」他努力擠出自以為最和善的笑容。「我希望你以後不要告訴任何人，這金烏頭是你賣給我的。」

他不僅要賺這萬兩黃金，還想借此機會攀上賈青宜和賈良信的主子，錢和權他都要。

「這有何不可，我答應你就是。」村夫爽快地應道。

銀貨兩訖，村夫收好一疊銀票美滋滋地離開了醫館，開形掌櫃也同樣美滋滋地欣賞起金燦燦的金烏頭。

村夫一離開醫館，就直奔約定好的秘密小院。

他只是個唱戲的，懷裡揣著這麼多銀票他心裡慌啊。

小院中早就有十六個人在等他，正是欽州十五家醫館藥鋪的掌櫃和瀟箬。
「怎麼樣？成了嗎？」錢掌櫃關好院門，緊張地問道。
「成了成了，老闆您看，這是他給的銀票！」戲子像掏火炭一樣掏出銀票，一股腦兒地全塞給錢掌櫃。
眾人圍攏過來清點那一疊銀票，正正好一萬兩整。
「好，很好！這是你們的酬勞，拿好，你們幾個連夜出城，以後最好再也不要來欽州，知道了嗎？」
錢掌櫃清點出三百兩交給戲子，戲子連聲道謝，並保證今生今世他們幾人再也不會到欽州來。
事情終於塵埃落定，他們不僅每家都有了充足的附子庫存，還狠狠教訓了一把企圖一手遮天的開彤醫館。
「一萬兩除去訂金和給戲子的酬金，還餘九千六百兩，我們十六家，每家分六百兩。」
錢掌櫃把錢分配到其他掌櫃的手裡，瀟箬那一份他也沒忘記。
「這次多虧了瀟姑娘，我們才能出這口惡氣。」他感激地向瀟箬拱手行禮道。
瀟箬淺淺笑著回禮，說道：「各位掌櫃的同心協力才是最重要的，若是有一人去和開彤醫館通風報信，那我們的計劃也不會成功。」
她這話既是在謙虛，也是在敲打所有在場的醫館藥鋪掌櫃。

言下之意大家現在都是一條線上的螞蚱，事後誰要是想把這件事捅出去，也要想想自己乾淨不乾淨。

在場的都是聰明人，自然不會做這樣損人不利己的事情。

「要我說啊，開彤就是惡有惡報，他要是不見錢眼開，囤積居奇，也不會中了我們圈套不是。」

說話的叫張風蘭，是十五個藥鋪中唯一的女掌櫃，她早就看不慣開彤醫館金錢至上，見死不救的行事準則，無奈自己勢單力薄，一直沒什麼辦法改變這個局面。

「張掌櫃說得對。」仁心藥鋪的黃掌櫃點頭贊同道：「希望在場的各位都能記住開彤的下場，引以為戒，我們做的是救命的行當，萬不可喪失本心。」

其他掌櫃也紛紛應和，表示同意黃掌櫃的觀點。

瀟箬望著眾人陷入沈思，不是她不相信眼前這些人，只是她見過太多背叛，深知人的善惡標準若是沒有強制性的標準，就會很容易根據自己的立場而改變。

「我有個提議，不知各位可否願意一聽？」她輕啟朱唇，明亮的雙眸緩緩掃視眾人。

「瀟姑娘請講，我們願聞其詳。」

「我覺得可以成立一個欽州醫藥商會。」

瀟箬這句話引起所有人的興趣，他們之前從未聽說過商會這個詞。所有人目光都集中在瀟箬身上，眼中都露出好奇與探究的意味。

瀟箬解釋道：「所謂商會，就是種行業協會。只要加入商會，就會受到商會的保護和支援，當然也需要受商會規定的約束。

「比如商會能制定各類藥材的規格，針對不同產地、不同品質的藥材，提供公平的指導價格，這樣就可以防止有人擅自抬高藥價，或者以次充好，牟取暴利。

「商會也會監督欽州所有醫館藥鋪的作風，所有見死不救、有違醫德的行為都將被公之於眾，受商會其他成員的譴責。

「商會還可以整理和彙集各方藥材商和藥農，為供應方和購買方搭建更加便捷透明的橋梁，方便大家採購藥材，減少買到假藥材或者劣質藥材的風險。」

她將加入商會的好處與制約娓娓道來，聽得在場所有人大呼妙哉。

待將加入商會的好處與制約大致說完，瀟箬停下來抿了口茶水潤潤喉嚨，她悄悄觀察著各位掌櫃的反應。

「我覺得瀟姑娘的提議很好，我願意加入商會！」這是豪爽的阮氏藥鋪掌櫃阮皓。

「的確精妙，加入商會能降低很多成本，以後買益母草就方便多了。」這是擅長婦科的平欣醫館掌櫃毛增榮，益母草在欽州很難一次性大量收購，他每次都要跑很多商行才能買到足夠他們醫館使用的量。

「不過，商會由誰來打理呢？」毛掌櫃又提出新的疑問。

瀟箬等的就是這個問題，她說道：「可以推薦三人作為商會主事，平時商會的決定由這三人投票決斷，每人一票，票數過半才能算通過。同時還可設定三位監事，監事沒有處理商會事項的權力，但可以監督主事。」

「這倒是個好法子，不用所有人都耗時耗力參與商會決策，又能保證決策的公平。」

錢掌櫃對瀟箬真是佩服得五體投地，他沒想到這個看似柔弱的小姑娘能想出這麼絕妙的主意。

他舉起雙手示意大家安靜，待所有討論聲停下，他說道：「如果大家沒意見，那我們擇日不如撞日，今天就把欽州醫藥商會的事給定下來。」

錢掌櫃話落，其他人紛紛鼓掌表示贊同。

隨後每個人以投票選舉的方式推選出三名主事，分別為同記藥鋪錢掌櫃、仁心藥鋪的黃掌櫃和久信醫館的丁掌櫃，三名監事則由阮氏藥鋪的阮掌櫃，妙仙醫館的張掌櫃和平欣醫館毛掌櫃擔任。

在唱票的過程中，居然有不少掌櫃推舉瀟箬作為欽州醫藥商會的主事，不過被她以自己並未經營醫館為緣由推掉了。

最後盛情難卻，在她自己的提議下，她成為欽州醫藥商會的外聘理事，只在商會需要的時候才會出席商會會議。

——未完，待續，請看文創風1225《藥堂營業中》2

2024
過年書展
狗屋

一筆生歌㊢

借問美味何處尋？
路人遙指楊柳巷

2/6
出版

他是個不可多得的好男人，許多女人都想要，她也想，
可是，這份感情終究不是給她的，而是給另一個女人的，
她不能奪走屬於原身的深情，不然，她與小偷有何區別？
然而，他正在蠶食鯨吞她的心，她無法控制被他吸引，
如果他繼續守在自己身邊，她不知還能不能守住這顆心……

文創風 1229-1231

《請進！美味飯館》全三冊

孤兒出身的米味因從小就對廚藝極有興趣，所以努力靠自己白手起家，
最終她自創品牌，成立了世界知名的食府，站在美食金字塔的頂端，
因有感於生活太忙碌，她想好好放個假，便把事業交託給徒弟打理，
不料還沒享受人生，她就意外地車禍喪命，再睜眼已穿成個古代姑娘，
而且頭部受傷又懷有身孕，偏偏她腦中對這原身的一絲記憶都沒有！
幸好寺廟的住持慈悲收留，母子倆一住四年，過上夢想中的鹹魚生活，
可惜好景不常，為了兒子的小命著想，母子倆不得不離開，踏上尋親之旅，
只因兒子自出生起，每月便要發病一次，發作時會全身顫抖、疼痛一整天，
住持說孩子身中奇毒，既然她很健康，那問題顯然出在生父身上啊，
想著孩子的爹或許知道如何解毒，母子倆便循著住持占卜的方向一路向北，
哪怕人海茫茫，她也要帶著孩子找到他爹！
為了養活娘倆，看來她得重操舊業賣拿手的美食佳餚才能快速賺錢了，
貪多嚼不爛，她先弄了個小攤子賣吃食，打算日後攢夠錢了再開間飯館，
期間聽客人說，曾在京城看過跟她兒子長得很像的人，那肯定是孩子生父啊！
於是她二話不說，包袱款款就帶著孩兒直接北上進京尋父救命去了……

加購價88元

文創風 697-698《胖妞秀色可餐》全二冊

嗚嗚，她李何華出身廚神世家，被視為難得一見的美食天才，
如今卻穿成一個十惡不赦的大胖妞，連小孩都唾棄！
聽說原主好吃懶做、蠻橫霸道，不僅會欺負婆家人，還把兒子虐待成自閉症！
這下可好了，鐵面冷酷的夫君直接扔了紙休書給她，要她滾蛋！
不不，她才剛穿來，身無分文，好求歹求才換來暫住，
可這寄人籬下的滋味實在苦，讓她決定要自立自強，另謀生路，
自古「民以食為天」，靠她的絕活，還怕收服不了吃貨們的舌頭？

2024
過年書展
狗屋

拾全酒美㊔

預料之外的婚約，
握入掌心的鍾情

2/20
出版

這些人總鄙視商户貶低她名聲，
但這名聲好壞於她來說又不值錢，
縱使他們擁有一身清譽，
可真正能辦好事情的是她家的財富！

文創風 1232-1234

《夫人請保持距離》全三冊

首富千金秦汐帶著金手指，回到家中受誣陷而家破人亡前，
她一掃上輩子的迷障，看清環繞秦家周遭的魑魅魍魎，
並加快腳步，為甩開針對她家的陰謀詭計做準備。
暗示商隊可能被塞了通敵信函，學會漠視虛情假意的親戚，
並利用空間裡的水產，與貴人結下善緣，爭取靠山。
多項事務同時進行下，蝴蝶翅膀竟搧出前世不存在的婚約，
對象是赫赫有名不近女色的小戰神曝郡王——蕭曝玹。
儘管她不願早早嫁人，卻也不擔心這門婚事能談成，
對於外頭頻傳秦家挾恩逼王爺娶商女的流言，她更不在意。
誰知不但惹來皇上賜婚，那前世敢抗旨的小戰神也一反常態，
提議先假成親，待一年後他自污和離，以維護她名聲。
這條件對她皆是有利的，而且秦家與他也有更多合作空間，
且思及上輩子此人無論是行事作風及人品，皆可信賴，
不就是一種契約婚姻？他既然願意，她又怕什麼呢？

第351期－2023年終幸福特別企劃

大汪小喵的幸福日記

不論心情晴天或是雨天，天天都想與你作伴，
記錄下我們的相處點滴，未來回味可有意思了吧！

【340期：乖乖】　寶貝兒子ㄚ財　　高雄／陳org

邁入中年，夫妻倆已不打算生孩子，之前的毛小孩也過世一陣子了，便決定再領養個毛孩子，所以老婆就積極上網看領養資訊，最終在桃園新屋的「浪愛一生」看中了乖乖，於是兩夫妻就在過年連假北上與牠互動。

隨著導航來到了浪愛一生，志工帶我們見了乖乖，果真不負其名，所有的狗兒活潑的到處吠叫奔跑，唯有牠靜靜的看著我倆，隨後志工為牠套上牽繩並將繩子交給我，說可以帶去走走互動一下。互動期間，牠其實都很安靜，一路上尾巴低垂著，並不是很開心的感覺，但我倆討論完，還是決定領養牠了，因牠的安靜在園區顯得特別，其他的狗兒帶回去恐怕會拆家，至於取名更是隨興，我說今天是初四迎財神，那就叫我的寶貝兒子「ㄚ財」吧。

接下來的生活日常就是不斷的教導、磨合，ㄚ財雖有ㄋㄧㄡ、脾氣，曾因為餵藥把牠媽的手咬得腫成麵龜，但其他方面還算聽話。有次ㄚ財過敏了，看醫生打針、改處方飼料，仍是無效且掉毛水瀉，甚至還抓到傷口流血，後來聽老人家說狗狗泡海水皮膚可改善也試了。直到某天去到柴山小秘境的海邊泡澡，兒子跟老婆玩得超開心時，引來一位大姊的關注並介紹了她認識的老獸醫，才診斷出不是因為飲食過敏，而是不斷舔舐所造成的酵母菌感染，後續配合醫生的洗劑，我的乖兒子終於恢復健康啦。

領養兒子也十個月了，之前的習性在努力不懈的教導下已漸漸改掉，不再撿檳榔渣，喜歡與各種動物交朋友，愛散步，出去不牽繩也不吠人，老爸的叫喚和訓話也能聽得懂，但中間的點點滴滴真的細數不完，只能說寶貝兒子ㄚ財，爸爸媽媽真的很愛你，也謝謝浪愛一生救了ㄚ財，讓我們有機會愛牠！

【341期：小藍】　不簡單的你

屏東／林愛媽

發文送養至今只有一人詢問過小藍，卻又不了了之，最後決定由我收留。小藍這半年多來身體健康，食慾也良好，基本上沒什麼狀況，唯一的問題就是牠仍然對人戒心重重，靠近牠還是會對我哈氣、會想攻擊人。最近常常躲到看不見的地方，讓人難以觀察，所以考慮把牠移到三樓更大間的貓房，那邊空間比較空曠，我也比較好觀察牠的狀況。

小藍算是很特別的貓，我自己本身是愛媽，家裡也收留了二、三十隻貓，但很少像小藍這樣過了這麼久還對我抱持很大的敵意，可能流浪太久了，極度不親人，之前幫牠弄藥或是帶去看醫生，也被抓得都是傷口。

即使如此，我並不想放棄小藍，滴水能穿石，鐵杵也能磨成繡花針，哪怕牠只釋出一點點的善意，做媽媽的都不會放棄自己的孩子，期許這孩子的未來不再是黑夜，而是太陽和白雲交織出的美麗藍天。

別走開！這裡也有好事發生

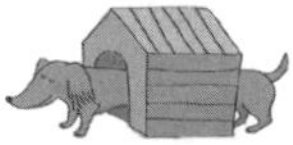

【338期：幼咪】

【344期：肉鬆】

好事一籮筐，除了上述寫文分享的家庭外，這些寶貝們也已成功送養有了新家囉！但礙於版面有限，就簡單告知，並祝福牠們與親愛的家人幸福久久！

請大家一起支持領養代替購買～～

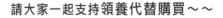

\Hello/

毛小孩也想去有愛的地方，找家中……

一個剛剛好，兩個很幸福，
只要您有愛心與耐心，歡迎來敲門結緣！

335期：Jen寶

別看Jen寶身體有點不完美，但牠活潑、親人愛玩、愛撒嬌，最愛坐上狗輪椅在戶外行走快跑，元氣滿滿到不時衝過頭導致後腳被輪子卡住，當下牠愣住的模樣，簡直令人捧腹大笑。如此個性不服輸的生命鬥士，十分適合成為您人生的狗老師，快來報名啦！
（聯絡方式：Jerry先生→0932551669 or Line ID：kojerry）

337期：Jimmy

一身乳牛斑紋的Jimmy，親人親狗，不怕生，愛吃不護食，更不會亂吠，妥妥的優良模範生，牠時不時露出微笑，一舉一動頗有明星的上鏡潛質。快來親近帥度零死角的Jimmy，詢問度即將危險破表！
（聯絡方式：Xin小姐→Line ID：0931902559）

342期：班長

視零食為情人的班長，非常親人、忠心、愛撒嬌，一看到零食會乖乖坐好等著，一副垂涎三尺的求餵模樣，非常可愛。若您平時下班後想找伴吃喝，不妨回家找班長這個隨傳隨到的好食友吧。
（聯絡方式：李小姐→0915761172 or serenalee0429@gmail.com）

妮妮

娜娜

343期：妮妮和娜娜

姊姊妮妮，很活潑愛玩，喜歡邊喝水邊玩水；妹妹娜娜，有條特別的麒麟尾，個性呆萌，相對容易緊張、膽小。姊妹倆的個性不太一樣，不過感情非常好。乖巧好照顧的一對姊妹花，歡迎您登門造訪尋寶啦！
（聯絡方式：李小姐→Line ID：dianelee0817）

認養資格：

1. 須同意簽認養寵物切結書。
2. 須同意送養人日後之追蹤探訪，對待寵物不離不棄。

來信請說明：

a. 個人基本資料：姓名、性別、年齡、家庭狀況、職業與經濟來源等。
b. 想認養的理由。
c. 過去養寵物的經驗，及簡介一下您的飼養環境。
d. 若未來有結婚、懷孕、出國或搬家等計劃，將如何安置寵物？

2023年12月出版

夫君別作妖

文創風 1217～1219

縱使枕邊人未來會是權傾天下的冢宰，
但是作為書中反派就註定沒有好下場。
讀過原著的她知道投奔主角陣營才能改變宿命，
無奈身為短命炮灰妻，光是保住自個兒小命就是個大難題～～

反派要轉正，人生逆轉勝／霧雪燼

在公堂上，面對原主留下「與人私奔、謀殺親夫」的爛攤子，
只能說自己實在不怎麼走運，一朝穿書就成為反派權臣的惡毒正妻，
這人設也是一絕，一來不孝順公婆，二來不服侍丈夫，三來專橫跋扈。
李姝色心中無語問蒼天，只能跪著抱住沈峭的大腿，聲淚俱下地道：
「夫君，我錯了！我以後再也不敢忤逆你了！一定好好伺候你！」
雖說她急中生智從死局中找到出路，但後面還有個大劫正等著她——
按原書劇情發展，秀才沈峭高中狀元後，就要尚公主，殺糟糠妻了！
為了給自己留條活路，她平時努力當賢妻與枕邊人搞好關係，
本想著日後他平步青雲，當上駙馬能高抬貴手給一紙和離書好聚好散，
孰料，這年頭還有公主流落民間的戲碼，而這反派女配角不是別人，
正是在村中與她結怨、覬覦她丈夫許久的鄰女張素素！
如今死對頭當前，她這元配即使想騰位置出來，人家也未必肯放過她啊，
那不如引導夫君走上正道，抱對主角大腿，再怎麼樣下場也不會差了去～～

文創風
1224

藥堂營業中 1

國家圖書館出版品預行編目資料

藥堂營業中 / 朝夕池著. --
初版. -- 臺北市 : 狗屋出版社有限公司, 2024.01
冊 ; 公分. --(文創風 ; 1224-1226)
ISBN 978-986-509-483-6(第1冊 : 平裝). --

857.7　　112020314

著作者　朝夕池
編輯　黃暄尹
校對　沈毓萍
發行所　狗屋出版社有限公司
地址　台北市104中山區龍江路71巷15號1樓
電話　02-2776-5889～0
發行字號　局版台業字845號
法律顧問　蕭雄淋律師
總經銷　知遠文化事業有限公司
電話　02-2664-8800
初版　2024年1月
國際書碼　ISBN-13　978-986-509-483-6

本著作物由起點中文網(www.qidian.com)授權出版

定價280元
狗屋劃撥帳號：19001626
網址：love.doghouse.com.tw　E-mail：love@doghouse.com.tw